UNE PASSION NOUVELLE

Les Frères Gallagher

CARRIE ANN RYAN

UNE PASSION NOUVELLE

Les Frères Gallagher

tome 2

Carrie Ann Ryan

Une passion nouvelle
Les Frères Gallagher
Par Carrie Ann Ryan
© 2017 Carrie Ann Ryan
eBook ISBN : 978-1-950443-38-3
Print ISBN: 978-1-950443-39-0

Traduit de l'anglais par Liliane-Fleur C. pour Valentin Translation

Ceci est une œuvre de fiction. Les noms, les lieux, les personnages et les incidents sont le produit de l'imagination de l'auteur et sont fictifs. Toute ressemblance avec des personnes réelles, existantes ou ayant existé, des événements ou des organismes serait une pure coïncidence.

Pour plus d'informations, abonnez-vous à la LISTE DE DIFFUSION de Carrie Ann Ryan.

Pour communiquer avec Carrie Ann Ryan, vous pouvez vous inscrire à son FAN CLUB.

La série *Les Frères Gallagher* par Carrie Ann Ryan, auteure de best-sellers au classement du *New York Times*, continue avec l'histoire du frère qui pense pouvoir tout gérer et la seule femme capable de tout changer.

Owen Gallagher aime que tout chez lui soit organisé à l'extrême. Si tous ses frères ont leurs propres tragédies et tensions personnelles à affronter, Owen reconnaît qu'il a plutôt la belle vie. Ou du moins, jusqu'à ce que son monde parfaitement agencé soit ébranlé sur ses fondations, le forçant à s'appuyer sur les autres. À présent, il doit guérir son corps et son âme tout en essayant d'ignorer sa voisine, aussi exquise qu'inatteignable.

Liz McKinley est angoissée, épuisée, certainement pas d'humeur à voir débarquer cet homme barbu et grincheux dans son service d'urgences. Après l'avoir remis sur pied, elle est déterminée à l'écarter résolument de ses pensées. Bien sûr, ce serait plus facile si sa meilleure amie et elle n'avaient pas acheté la maison voisine de la sienne. Maintenant, leurs chemins se croisent au quotidien et elle a de plus en plus de mal à dire non à l'homme maussade et blessé qui habite à côté. Mais elle a trop souffert dans sa vie, et même si ce Gallagher est trop beau pour être vrai, elle sait que parfois, satisfaire une envie de cette nature n'est pas la meilleure des idées.

CHAPITRE UN

Il trouvait quelque chose de spécial aux femmes en jeans. À vrai dire, il avait un jean particulier en tête. Délicieusement moulant, près du corps, épousant si parfaitement les formes de cette femme qu'Owen Gallagher devait s'accrocher au bar pour ne pas tomber à genoux et se répandre en remerciements. Ce n'était pas tous les jours qu'une femme le laissait pantelant rien qu'en franchissant la porte. Owen déglutit péniblement, remerciant Dieu une fois de plus pour les jeans moulants et cette démarche si féminine.

Son frère cadet, Murphy, haussa un sourcil en le voyant, avant de se retourner pour suivre son regard. Owen vit le moment précis où Murphy l'avait repérée, car le jeune homme poussa un sifflement discret entre ses dents avant de jeter un œil par-dessus son épaule en inclinant le goulot de sa bière.

Pas mal, fit Murphy en se retournant, dos au bar.

Ainsi côte à côte, ils avaient tous les deux une vue imprenable sur la salle, mais ils pouvaient toujours se parler comme ils le faisaient avant que la femme en jean n'arrive.

Owen avala une gorgée de bière, ses pensées dérivant vers

des images salaces sur lesquelles il ne valait mieux pas s'attarder.

« Pas mal » était loin de suffire pour décrire cette naïade en jean. La femme était tout en courbes et exsudait la séduction, même si elle ne portait pas exactement la tenue typique des noctambules. D'ailleurs, lorsqu'elle avait fait irruption dans le bar quelques instants auparavant, Owen avait bien remarqué l'appréhension dans son regard, aussitôt changée en agacement.

Elle avait balayé la salle des yeux avant de se diriger vers un groupe, dans le coin, formé de plusieurs hommes et une femme. Owen n'avait pas vraiment prêté attention à eux. Il les avait aperçus en passant, mais ne s'y était pas attardé. Il n'avait d'yeux que pour la femme blonde et sexy en t-shirt ample et jean moulant.

Même si son haut n'était pas près du corps, il voyait bien qu'elle était gâtée par la nature et qu'elle avait tout ce qu'il fallait pour lui remplir les mains. Il adorait cette partie de l'anatomie féminine, enfouir son visage entre les seins d'une femme pour la sucer et la lécher jusqu'à la faire jouir. Il aimait voir la poitrine de sa partenaire se balancer quand il la prenait par-derrière et rebondir quand elle le chevauchait, ses mains glissant sur ses cuisses alors qu'elle cambrait le dos.

Bien sûr, avec des seins aussi parfaits, il se redresserait pour pouvoir les lécher, les sucer et lui mordiller les tétons. Ensuite, il lui prendrait la poitrine à pleines mains et ferait rouler ses mamelons tendus entre ses doigts pendant qu'elle continuerait à le chevaucher comme un foutu poney.

Mais ce n'étaient pas seulement les seins de l'inconnue blonde qui avaient retenu son attention. Le balancement de ses hanches n'était pas passé inaperçu, le subjuguant à chaque pas. Elle avait des courbes parfaites et des fesses délicieusement rebondies, véritable ode à l'amour. Il savait que ses deux globes charnus trembleraient lorsqu'il la prendrait et qu'il en aurait plus qu'assez pour se raccrocher. Quant à ses hanches ? Bon Dieu, ses hanches formaient deux poignées parfaites, quelle que soit la position qu'elles prendraient quand ils baiseraient jusqu'au lever du jour.

Sa queue se durcit douloureusement derrière sa fermeture éclair et il poussa un gémissement. Oh, bon sang. Cela faisait longtemps qu'il n'avait pas fantasmé comme ça sur une femme à qui il n'avait même pas adressé la parole. Murphy avait peut-être raison. Il avait besoin de s'envoyer en l'air.

Il se changeait en obsédé sexuel et il n'aimait pas ça du tout.

Agacé par sa propre réaction, Owen sirota doucement sa limonade pour ne pas s'étouffer, mais surtout pour avoir quelque chose à faire avec ses mains, maintenant qu'il avait lâché le bar.

À présent, la blonde discutait avec une autre beauté aux cheveux bruns, à l'écart du groupe d'hommes. Ces derniers ne semblaient pas très contents, mais ils n'interpellèrent pas les jeunes femmes. Owen s'en réjouit, et avant de faire une bêtise, comme baver sur cette blonde anonyme, il reporta délibérément son attention sur son frère.

Malheureusement, il s'intéressait à présent aux deux femmes avec un regard tout aussi avide.

Oh, merde.

— Je ne vais pas dire preum's, parce qu'on n'est plus au lycée et qu'on a passé l'âge, mais...

Owen laissa sa phrase en suspens et Murphy ricana.

— Allez, pas besoin de preum's. Je suis presque sûr que ton regard de chiot qui vient de découvrir un nouveau jouet à mâcher et à culbuter était pour la blonde, dit Murphy avec un clin d'œil. Moi, j'ai toujours préféré les brunes.

Owen secoua la tête, un sourire aux lèvres.

— Bon à savoir, répondit-il en buvant une gorgée. Je n'étais pas trop flagrant, si ?

En haussant les sourcils, Murphy posa sa bière à moitié vide sur le bar. Ils étaient venus en voiture ce soir, tous les deux, et ils s'étaient fixé la limite d'une bière, même si Owen avait opté pour une limonade. Il avait mal à la tête.

— Tu étais incapable de la quitter des yeux. Ça m'étonne que tu ne la suives pas partout en essayant de la renifler. Tu t'es décroché la mâchoire, je me demande bien comment ça se fait que tu ne baves pas. Enfin, c'est déjà ça.

Owen brandit son majeur avant de poser son verre à côté de la bière de son frère.

— La ferme. Je ne bave pas, quand même !

Au cas où, il s'essuya le menton et Murphy éclata de rire, rejetant la tête en arrière.

— Tu vois, pas de bave.

— Ce n'est pas le meilleur moyen de me prouver que tu n'es pas un adolescent en rut. Ça fait un moment, non ?

Murphy sourit et Owen résista difficilement à l'envie de le frapper à l'épaule.

— Ça ne fait pas *si* longtemps.

Cela dit, il fit la grimace en se rappelant qu'il n'avait couché avec personne depuis Tracy et que cela remontait à plus de trois mois. Tracy et lui se voyaient de temps en temps quand leurs horaires et leurs relations respectives le leur permettaient. Récemment, ils avaient rarement été disponibles l'un pour l'autre. S'il réagissait aussi passionnément à une femme qu'il ne connaissait même pas, il devait peut-être appeler Tracy histoire de se défouler un peu. Pourtant, cette pensée ne le séduisait pas. Ce n'était pas une bonne idée.

— Si tu dois y apporter une nuance, ça veut dire que ça fait trop longtemps, expliqua Murphy. Et si tu allais lui proposer de sortir avec toi ? Lui parler, au moins. Tu n'as rien à perdre.

Pourtant, à voir le regard noir que dardait Blondie sur son amie, Owen pensait qu'il avait quelque chose à perdre, au contraire, comme un doigt... ou pire.

— Je passe mon tour, merci.

— Comme tu voudras, dit Murphy avant de se commander un soda.

— Pas d'humeur à finir ta bière ce soir ?

Son frère secoua la tête.

— J'ai mal au crâne.

Les épaules d'Owen se raidirent.

— Tout va bien ? Tu veux t'asseoir ?

Murphy lui décocha un coup d'œil.

— Toi aussi, tu as mal à la tête, abruti. La preuve, tu n'as même pas tenté de boire une bière. La journée a été longue sur le chantier aujourd'hui, comme tu le sais bien puisque tu y étais, alors voilà, j'ai mal à la tête. Il ne faut pas s'inquiéter à chaque petit pincement et à chaque douleur, tu sais. Ça fait des années que j'ai guéri de mon cancer.

Owen expira en s'appuyant contre un tabouret.

— Désolé, Murph. Je suis un peu surprotecteur.

Murphy adressa un signe de tête au barman qui lui remit son verre et soupira en réponse à Owen.

— Je sais bien. Vous me couvez, tous les trois. J'ai trois frères surprotecteurs depuis le jour de ma naissance.

— Tu aurais pu t'y habituer, depuis le temps, rétorqua-t-il avec un sourire qui n'atteignit pas ses yeux.

Murphy avait été malade quand il était enfant. Gravement malade. Et plus tard, alors qu'ils avaient tous grandi et qu'ils s'étaient crus en sécurité, Murphy avait fait une rechute.

Leur mère, décédée quelques années auparavant, en avait payé le prix. Leur père l'avait suivie peu de temps après.

Graham, Jake et lui n'en avaient jamais accusé Murphy, naturellement. Le cœur de leurs parents avait lâché très tôt pour plusieurs raisons, mais Owen savait que Murphy s'en tenait responsable.

Et chaque fois qu'il avait ne serait-ce que la goutte au nez, le reste du clan Gallagher se mettait dans tous ses états et les frères en faisaient trop, ce qui n'aidait pas beaucoup. Mais c'était plus fort qu'Owen. Il aimait tout réparer, tout gérer dans les moindres détails. S'il pouvait s'assurer à coup d'étiquettes et de classement organisé que Murphy reste en bonne santé pour le restant de sa *très* longue vie, il le ferait.

— Ça va, Owen. Laisse tomber, d'accord ?

Il dévisagea son frère, des lignes dures de sa mâchoire jusqu'à la couleur de ses joues, et il hocha la tête. Quoi que Murphy dise ou fasse, Owen était là pour s'assurer que son petit frère aille bien. Il n'oublierait jamais la pâleur de sa peau, dans son lit d'hôpital, lorsqu'il était enfant, puis plus tard, à l'adolescence.

Jamais.

— Je peux laisser tomber, dit lentement Owen avant de chasser les souvenirs qui le hanteraient jusqu'à son dernier souffle.

— Tant mieux.

Ils sombrèrent dans le silence pendant un moment, malgré le brouhaha du bar. Il aimait venir ici après leurs longues journées de travail. C'était l'endroit idéal quand il n'était pas d'humeur à supporter le silence de sa maison vide sans pour autant vouloir perdre ses tympans avec la musique assourdissante des autres bars du quartier. Et puis, cet établissement était assez proche des rues où ses frères et lui habitaient, ce qui en faisait l'une de leurs destinations habituelles. Bien sûr, aucun des quatre ne rajeunissait, et comme deux d'entre eux étaient mariés et avaient des enfants, les sorties dans les bars commençaient à devenir de l'histoire ancienne.

Owen fit la grimace en se frottant le bas du dos, songeant à la journée qu'ils avaient passée sur le chantier. Décidément, il vieillissait. Murphy, Graham, leur frère aîné, et lui étaient propriétaires de Gallagher & Frères Rénovation. Jake, le deuxième frère, les aidait aussi, même s'il ne voulait pas de part dans la société puisqu'il avait sa propre entreprise. Graham était l'entrepreneur principal et Murphy l'architecte. Jake participait aux travaux spéciaux en tant qu'artiste, quant à Owen... eh bien, Owen était le grand organisateur. Presque trop, parfois.

Ou du moins, c'était ce que Murphy lui avait dit pas plus tard que ce matin-là.

— Alors, tu sais ce que tu vas offrir à Rowan pour son anniversaire ? demanda Murphy au bout de quelques instants.

Rowan était leur nièce, la fille de Graham et Blake. Mais comme elle était entrée plutôt récemment dans la vie des frères, ils manquaient souvent d'idées cadeaux pour la petite.

Owen soupira.

— Je ne sais pas quoi offrir à une fillette pour son anniversaire. On n'a jamais eu de sœurs.

Murphy hocha la tête.

— C'est vrai. Peut-être que Maya et Blake vont nous aider. Il nous reste encore quelques semaines.

Maya Montgomery-Gallagher vivait avec Jake et avec un autre homme, Border, dans un ménage à trois épanoui. Elle faisait partie de la vie des Gallagher depuis des années. Elle avait épousé légalement Border et s'était engagée auprès de Jake lors d'une cérémonie spéciale, car les mariages polyamoureux n'étaient pas légaux, mais tous ceux qui les connaissaient les considéraient comme mariés à tous égards.

— Peut-être, convint Owen. Mais je pense qu'ils vont nous laisser trouver nous-mêmes la solution.

Murphy ricana.

— Eh bien, c'est toi qui organises et qui effectues toutes les recherches. Dresse une liste et je choisirai quelque chose.

Owen adressa un doigt d'honneur à son petit frère.

— Je ne fais pas qu'organiser et dresser des listes, merci !

— Évidemment. Tu nous apportes aussi le café. Avec nos initiales dessus pour éviter qu'on se trompe. Graham n'y fait même pas attention, tu sais.

— C'est toi qui as pris le *G* ce matin, alors ne la ramène pas.

Un moment plus tard, il reprit :

— En plus, je ne fais pas que ça. Tu t'en rends compte, au moins ?

Il n'appréciait pas que ses frères le considèrent comme un simple assistant de direction alors qu'il faisait partie intégrante de la société. Bien sûr, les assistants étaient essentiels, mais il estimait que son travail ne se réduisait pas à cela.

Murphy fronça les sourcils.

— Bien sûr. Tu fais tellement plus ! Je te taquinais. Tu as un nouveau projet sur les rails et nous n'y sommes pour rien du tout.

Owen examina le fond de son verre.

— Ce n'est pas encore définitif.

Mais cela ne saurait tarder. Il avait un bon pressentiment. Il avait fait toutes les recherches, passé d'innombrables heures en pourparlers avec le propriétaire et les entreprises impliquées dans la rénovation... Habituellement, tous les frères Gallagher travaillaient main dans la main sur chaque projet, mais avec le futur mariage de Graham, le nouveau bébé de Jake, et Murphy qui prenait la relève, Owen avait été seul à travailler sur la phase suivante de leur entreprise.

Il était très nerveux, et enthousiaste en même temps.

— Tout va bien se passer. Tu es doué dans ton domaine.

Murphy regarda par-dessus l'épaule d'Owen et esquissa un sourire.

— Et maintenant, tu vas avoir un bel aperçu de mes talents, dit-il avec espièglerie. Mesdames.

Owen se retourna alors que Blondie et son amie arrivaient au bar. Si la blonde fronçait les sourcils, la brune souriait. Bien que cette dernière soit magnifique, Owen n'avait d'yeux que pour la première.

— Salut, les gars, fit la brune d'une voix légèrement traînante à cause de l'alcool. Liz veut qu'on s'en aille, mais je tenais à vous saluer. Je m'appelle Tessa.

Elle tendit la main avant de baisser les yeux, et rit en retirant son bras.

— Désolée. On n'est pas au boulot. Les poignées de mains dans les bars, c'est bizarre, non ?

Blondie, ou plutôt *Liz*, ferma les yeux et il crut bien qu'elle comptait jusqu'à dix. En cet instant, il ne put s'empêcher de compatir. Récupérer ses copains ivres dans les bars quand on n'est *clairement* pas d'humeur, ce n'est pas une expérience très agréable.

— Nous sommes entre amis, dit son frère avec douceur. Je m'appelle Murphy, et voici mon frère, Owen.

Ce dernier leur adressa un signe de tête à toutes les deux, les yeux toujours rivés sur Liz.

— Salut.

— Salut, répondit-elle de mauvaise grâce. Maintenant que les présentations sont faites, Tessa, on rentre à la maison. Je suis claquée et je ne suis pas d'humeur à supporter les bars et les mains baladeuses des types qui les fréquentent.

Elle fit la grimace en regardant Owen et Murphy.

— Désolée. Sans vouloir vous manquer de respect.

Murphy renifla et leva les mains.

— Aucun souci. Il n'y a *pas* de mains baladeuses par ici. C'était un plaisir de vous rencontrer toutes les deux.

Owen inclina la tête, attentif aux cernes sous les yeux de Liz. Elle était peut-être épuisée, mais il avait le sentiment que ce n'était pas seulement le manque de sommeil qui lui donnait ce regard.

Et d'abord, pourquoi s'en souciait-il ?

Il venait de la rencontrer, son amie et elle, et il ne lui avait pas dit un seul mot jusqu'à présent. Il ferait mieux de les laisser partir et de rentrer chez lui. Tout compte fait, il n'était pas d'humeur pour une soirée au bar, lui non plus.

— Allez vous reposer, mesdemoiselles, dit-il au bout d'un moment. Enchanté d'avoir fait votre connaissance à toutes les deux.

Tessa fit la moue, mais le petit clin d'œil qu'elle lui adressa en même temps produisit un drôle d'effet.

— Bonne nuit, les gars.

Liz leva les yeux au ciel, un sourire aux lèvres alors même qu'elle essayait de froncer les sourcils.

— Bonsoir.

Elle tira le bras de Tessa et, ensemble, les deux femmes se frayèrent un chemin hors du bar, attirant tous les regards masculins sur leur passage. Owen ne pouvait pas le reprocher aux clients, car il était tout aussi fasciné, mais il se sentait gêné.

Un type s'approcha alors de lui d'une démarche titubante.

— Y a du beau monde par ici. Je prendrais n'importe laquelle n'importe quand, mais cette blonde m'a l'air un peu coincée. Elle a peut-être besoin d'un bon coup de B pour remplacer son balai dans le cul.

Owen regarda l'abruti en plissant les yeux.

— Ta gueule, dit-il sur un ton menaçant. Elle est venue chercher sa copine, c'est tout.

Le type arqua un sourcil.

— Je m'en fous, elle doit apprendre à se lâcher un peu.

L'ami de ce connard fit mine de s'empoigner l'entrejambe en lançant :

— Elle doit juste remplacer son balai dans le cul par autre chose.

Murphy posa la main sur l'épaule d'Owen, et ce fut à ce moment-là qu'il se rendit compte que son frère s'était légèrement avancé vers les deux autres hommes. À bien les regarder, Owen les reconnaissait, à présent. C'était le groupe avec lequel Tessa discutait tout à l'heure, dans un coin de la salle.

Owen avait peut-être fantasmé sur Liz, et il se sentait con, avec du recul, mais dans ses rêveries, elle était une participante volontaire, pas un objet à baiser avant de passer à autre chose comme ces gars l'avaient insinué. Bon sang, il était content que Liz ait sorti Tessa de là, parce qu'en buvant seule avec ces types, elle allait s'attirer des ennuis.

Quels abrutis.

— On s'en va, grommela Owen. J'en ai assez.

Murphy lui serra l'épaule et le ramena en arrière.

— Je te suis.

Les autres gars les ignorèrent, retournant à leur conversation grossière, et Owen leur en fut reconnaissant. Il n'avait pas envie de se battre ce soir. Il ne voulait pas devoir soigner ses mains, même s'il était évident que Murphy et lui gagneraient contre ces idiots avinés. Et une chose était certaine, il n'avait aucune envie d'avoir affaire aux flics.

Liz et Tessa ne leur avaient pas demandé leur aide et n'étaient même plus là, mais Owen n'en avait pas moins envie de donner à ces types une bonne leçon.

Comme il ne pouvait rien faire d'autre que leur apprendre

les bonnes manières, il vida le reste de sa limonade pour se donner un peu d'énergie avant le trajet du retour, puis il ressortit du bar avec Murphy.

Le parking n'était pas très rempli, puisqu'on était en milieu de semaine, mais comme les deux frères étaient arrivés à des heures différentes, ils n'avaient pas pu se garer l'un à côté de l'autre.

— À demain matin, lança Owen.

— Neuf heures, c'est ça ? fit Murphy avec un regard trop innocent.

— Sept heures, et tu le sais.

Murphy débarquerait sans doute vers sept heures et quart, les yeux gonflés, avec un grand besoin de caféine. Leur petit frère n'était *pas* du matin et, généralement, il travaillait plus tard que les autres pour compenser.

— Mon Dieu, pourquoi sept heures du matin quand on peut choisir sept heures du soir ? Franchement, ça ne suffirait pas ?

Murphy porta la main à sa poitrine et fit quelques pas en arrière, mais Owen secoua la tête.

— Ça va aller.

Ce soir, ils se couchaient de bonne heure, car la matinée avait commencé *très* tôt. Owen partirait certainement vers six heures pour aller chercher à manger pour toute l'équipe et du café pour ses frères. Ils ne lui demandaient jamais rien, mais il le faisait toujours. N'importe qui aurait pu s'en charger, mais Owen n'aurait pas la garantie que tout soit fait correctement *et* dans les temps.

D'accord, il était un peu psycho-rigide.

Et alors ?

Il prit congé de Murphy et retourna à sa voiture, conscient que d'autres clients sortaient à présent du bar, leurs voix portant dans le vent. Owen fit rouler sa tête sur ses épaules et fourra les mains dans ses poches avant de traverser le parking jusqu'à l'emplacement où il s'était garé, sous un lampadaire.

En entendant un cri, il se retourna, les cheveux hérissés sur sa tête. Des lumières vives apparurent et il recula d'un pas titubant, les mains levées pour se protéger le visage.

Le bruit d'un moteur retentit à ses oreilles et il n'eut qu'un instant pour comprendre ce qu'il avait sous les yeux avant de ne plus rien y voir. Le véhicule, certainement un pick-up, d'après la hauteur des phares, le bouscula sur le côté et Owen s'envola.

Il se sentit en apesanteur pendant une seconde, et en même temps trop lourd.

Son corps s'engourdit, puis il eut l'impression de prendre feu.

Il heurta le trottoir assez fort pour se fracturer les os, et peut-être quelques côtes. Il tenta de crier, mais il ne parvenait pas à aspirer suffisamment d'air. Son corps dérapa sur le bitume pendant ce qui lui sembla durer une éternité, sa tête raclant le gravier en chemin.

Enfin, il s'arrêta.

Son corps était parcouru de tremblements.

Son esprit tourbillonnait.

Mais il n'arrivait pas à se concentrer.

Il ne voyait plus rien.

Impossible de respirer.

Le crissement des pneus qui s'éloignaient à vive allure le fit tressaillir, mais il ne pouvait même pas lever les bras pour se couvrir le visage. Bientôt, il entendit des bruits de pas rapides et quelqu'un s'approcha tandis que d'autres criaient à l'aide.

Mais Owen ne bougeait pas.

Il en était incapable.

Lorsqu'il ouvrit enfin les yeux et vit Murphy au-dessus de lui, la mine hagarde, ses joues pâles baignées de larmes et le lampadaire formant un halo autour de sa tête, Owen songea que c'était peut-être la fin.

Parce qu'aucun Gallagher n'avait l'air d'un ange, pas même son petit frère.

Owen essaya de tendre la main, de dire quelque chose.

Mais l'obscurité l'engloutit, et puis, plus rien.

Rien du tout.

CHAPITRE DEUX

— Tu te sens mieux ? demanda Liz McKinley à Tessa, alors qu'elle bordait son amie dans son lit.

Elles n'étaient rentrées que depuis quelques minutes et Tessa avait décidé de rester en sous-vêtements avant d'aller dans sa chambre. Elle avait beau adorer son amie, c'était pénible de s'occuper de Tessa ivre morte.

Heureusement, elles se laissaient rarement aller à ce point.

En fait, Liz ne se rappelait pas la dernière fois où elle s'était autorisé ce genre de choses. C'était assez triste, à bien y penser. Cela dit, en voyant la tête piteuse que faisait Tessa, Liz était certaine qu'elle n'aurait plus jamais envie de boire autant. Mais son amie avait passé une sale journée, et parfois, se saouler jusqu'à l'oubli avant d'appeler une copine à la rescousse était le meilleur moyen que l'on trouvait pour s'en sortir.

— Hmm, pfff…

Liz pouffa devant cette réponse évasive et termina de la border. Son amie avait peut-être son compte, ce soir, mais elle se réveillerait le lendemain matin en pleine possession de ses moyens et sans la moindre gueule de bois. C'était comme ça depuis qu'elles avaient dix-huit ans, quand elles partageaient la même chambre en résidence universitaire. Liz détestait parfois son amie pour sa capacité à se relever sans la moindre séquelle. Une fois qu'elles auraient atteint l'âge vénérable de trente ans, les choses changeraient peut-être, mais pour l'instant, il y avait de fortes chances que Tessa aille mieux que Liz au petit matin.

Elles étaient colocataires depuis la fac et avaient acheté leur première maison ensemble. La plupart des gens ne voudraient pas devenir copropriétaires avec leur meilleure amie, mais Liz et Tessa n'étaient pas comme la plupart des gens. Elles avaient vécu l'enfer et quelques périodes de paix ensemble et elles en étaient sorties plus fortes. Il n'y avait rien que Liz ne ferait pas pour Tessa, et elle savait que son amie ressentait la même chose envers elle.

Elle ne savait pas exactement pourquoi Tessa était partie seule au bar ce soir pour apaiser ses inquiétudes. Tout ce qu'elle savait, c'était qu'elle avait eu une mauvaise journée. Enfin, son amie ne tarderait pas à tout lui raconter. Du moins, c'était ce qu'elle espérait. Car aussi ouverte que Tessa prétende l'être, elle gardait beaucoup de choses pour elle.

Cela dit, Liz fonctionnait à peu près de la même façon et elle ne cherchait pas à se faire passer pour une extravertie. Elle avait travaillé toute la journée et elle était impatiente de rentrer à la maison pour commencer à déballer les cartons. Elles avaient emménagé la semaine passée et n'avaient pas eu le temps de s'installer, si ce n'est trouver une casserole pour cuisiner et des draps pour dormir. Dans quelques jours, les déménageurs seraient chez elles avec le reste de leurs affaires, entreposées quelque part en attendant, et Liz se disait qu'elles devaient au moins pratiquer un chemin entre les boîtes pour que les hommes puissent passer.

Mais comme Liz et Tessa travaillaient toutes les deux à l'hôpital, elle avait le sentiment qu'aucune n'aurait le temps de s'occuper de leurs affaires personnelles pendant un certain temps. Son poste aux urgences était précaire, au mieux, car l'hôpital était à nouveau confronté à des réductions budgétaires, et elle avait beau être douée dans son métier, les chiffres ne lui disaient rien qui vaille.

L'hôpital comptait un peu trop d'infirmières, même si, en réalité, on n'était jamais de trop pour s'occuper du nombre croissant de patients. Bien sûr, le département administratif s'en fichait éperdument. Seule Tessa comprenait, mais elle ne pouvait rien faire, si ce n'est se préparer au pire en ce qui concernait le maintien de son propre poste, à cause des nouvelles politiques du conseil d'administration.

Liz sortit de la chambre en gémissant et passa une main dans ses longs cheveux blonds qui avaient désespérément besoin d'une bonne coupe. Elle avait été stressée par les patients toute la journée, et maintenant qu'elle était à la maison, elle continuait à s'inquiéter pour son travail. Décidément, elle devait se trouver une vie !

Bien sûr, l'homme aux cheveux noirs et à la barbe sexy et bien taillée lui revint en mémoire et elle s'en voulut aussitôt. Il n'était *pas question* qu'elle s'engage dans cette voie. Pas avec cet homme ni son frère.

Si celui qui s'était présenté sous le prénom de Murphy était beau, Liz avait craqué pour Owen.

Et ça l'agaçait.

Elle n'avait pas de temps à perdre avec un homme, surtout s'il sortait dans les bars en semaine pour chercher des femmes. Elle avait d'autres chats à fouetter, notamment son travail qui l'éreintait à petit feu. Elle n'avait toujours pas déballé ses vêtements à l'exception de sa blouse – de toute façon, elle ne portait que cela tous les jours de la semaine – et elle ne savait pas à quand remontait la dernière fois qu'elle avait eu un orgasme.

Liz s'arrêta net sur le chemin de la cuisine.

Mais enfin, d'où lui venait cette question ? Cela faisait donc si longtemps qu'elle n'avait pas fait l'amour ? D'ailleurs, cela devait faire une éternité qu'elle ne s'était pas fait du bien sous la douche.

Liz essaya de faire le calcul, ce qui la fâcha encore plus. Si elle avait besoin de plus de deux mains pour compter les jours la séparant de son dernier orgasme, alors elle ferait mieux de les utiliser à meilleur escient.

Déterminée, elle fit rouler ses épaules en arrière et se dirigea vers sa chambre. L'instant d'après, elle poussa un juron. Son téléphone s'était mis à vibrer. Elle connaissait ce bourdonnement, les deux coups rapides, puis le dernier, plus long.

L'hôpital.

Bon sang. Elle avait déjà terminé son service et n'avait aucune envie d'y retourner, mais si on l'appelait, elle savait déjà qu'elle répondrait présente. Contrairement à la plupart des autres hommes et femmes de son unité, elle n'avait pas d'enfants ni de mari qui l'attendaient à la maison. Apparemment, cela signifiait que son temps libre n'était pas aussi précieux que celui des autres.

Bien sûr, une petite voix dans sa tête lui chuchotait que si elle avait plus de temps libre, elle rencontrerait peut-être un homme et se mettrait à avoir des bébés, elle aussi.

Les orgasmes lui manquaient.

De beaux et longs orgasmes qui la combleraient tout en l'excitant encore plus. Il n'y avait vraiment rien de mieux qu'un homme entre ses cuisses, qui la dévorait. S'il savait se servir de sa langue et de ses doigts, elle adorait jouir contre son visage.

Avec un soupir nostalgique à la pensée de ses rêves oubliés

depuis longtemps, elle sortit son téléphone et répondit à la deuxième série de vibrations.

— Ici Liz.

— On a besoin de toi. Tu n'as pas fait d'heures sup aujourd'hui, alors tu peux assurer une demi-garde.

Liz leva les yeux au ciel en entendant la voix de sa supérieure, Nancy. Même si techniquement, ce qu'elle venait de dire était vrai, ce n'était pas forcément réalisable. Liz était épuisée et une garde supplémentaire, partielle ou non, pouvait s'avérer risquée pour tout le monde.

— Je peux venir, mais je ne suis pas sûre de pouvoir tenir toute une demi-garde. Tu pourrais tenir le compte pour t'assurer qu'on ne dépasse pas ?

— Fais ton boulot, je m'occupe des plannings. Allez, viens vite.

Elle raccrocha et Liz poussa un grondement de dépit. Elle aimait son travail, elle l'adorait, même... excepté les fois où elle le détestait. Elle était en bonne voie pour succomber au surmenage et elle priait que personne n'en fasse les frais.

Des vies en dépendaient.

Les urgences étaient pleines à craquer quand elle arriva. Ce n'était pas la pleine lune, et pourtant il s'en dégageait la même énergie survoltée. La nuit s'annonçait difficile, à n'en pas douter.

Elle s'empressa de ranger ses affaires dans son casier et prit une tasse de café, imaginant qu'il s'agissait d'un bon expresso de sa propre machine et non cette boue liquide qu'elle était contrainte d'absorber. Comme ce n'était pas son service, elle se rendit à l'administration pour savoir où l'on avait besoin d'elle et en quoi elle pouvait être utile.

L'infirmière en chef, Nancy, sa supérieure, l'interpella alors qu'elle arrivait devant le bureau et Liz rebroussa chemin en terminant sa tasse.

— Où dois-je aller ? demanda-t-elle en jetant son gobelet dans la poubelle de recyclage, sous la table.

— Il y a un accidenté de la route dans la chambre dix-sept. Apparemment, la voiture l'a juste percuté, selon les témoignages, mais il est tombé violemment sur le trottoir.

Les sourcils de Liz remontèrent sur son front.

— Une voiture a heurté un piéton ?

— Oui. C'était peut-être délibéré, puisque ça s'est passé dans un parking, ajouta Nancy.

L'autre femme aimait les ragots, mais heureusement, elle respectait scrupuleusement la confidentialité des patients.

— J'y vais, lança Liz en se dirigeant vers la chambre.

Elle jeta un bref coup d'œil sur le tableau pendant que les autres infirmiers s'activaient et alla se laver les mains pour se préparer avant de commencer.

— Appelez le bloc opératoire, demanda le médecin de garde. On dirait que la rate est perforée.

Liz réprima une grimace. Si le patient avait une blessure à la rate, il risquait fort de la perdre ce soir. Et même si cela ne mettait pas sa vie en danger tant qu'ils étaient rapides dans leur diagnostic, il pouvait y avoir d'autres lésions internes.

Quand Liz arriva à côté du médecin, elle cligna des yeux, stupéfaite de découvrir l'homme étendu sur le lit.

— Salut, Liz, fit Owen d'une voix vibrante de douleur.

Elle se demandait bien comment il pouvait être encore éveillé. Bon sang, que le monde était petit ! Elle avait l'impression qu'il venait tout juste de lui parler au bar, et maintenant, voilà qu'il était blessé, sous ses yeux.

— Tu le connais ? demanda l'autre infirmière, Lisa, une lueur intriguée dans le regard.

Liz s'était toujours efforcée de ne pas être la cible des

ragots de l'hôpital, mais Lisa semblait vouloir se mettre un potin croustillant sous la dent.

— Monsieur Gallagher, dit Liz, ignorant délibérément Lisa. Pouvez-vous me dire comment vous vous sentez ?

— Comme si j'avais été renversé par une voiture, répondit Owen en toussotant avant d'essayer de cacher une grimace.

Un dur à cuire, pensa-t-elle. Or même le plus dur des durs avait besoin d'analgésiques de temps en temps.

— Ça se voit.

Elle prit à nouveau la mesure de ses signes vitaux. Même s'il devait souffrir, sa tension artérielle était correcte et sa température n'était pas élevée. Son rythme cardiaque était légèrement excessif, mais compte tenu de ce qu'il avait vécu, c'était compréhensible.

— Au moins comme ça, tu es obligée de me parler, dit-il.

Liz aurait voulu lui demander de se taire. Elle n'avait *pas* besoin que le personnel s'imagine qu'elle avait un problème avec son patient.

— Oui, apparemment. Bon, on va arranger tout ça, d'accord ?

Elle se remit au travail tandis que les autres vaquaient à leurs propres tâches. À première vue, Owen avait une clavicule fracturée, quelques côtes cassées et contusionnées, ainsi que la rate perforée qui exigeait une opération. Et d'après le déplacement de ses yeux et le fait qu'on l'ait retrouvé inconscient sur les lieux, il souffrait certainement d'une légère commotion cérébrale.

Dans l'ensemble, il ne s'en tirait pas si mal, étant donné qu'il avait eu affaire à une voiture.

— Tu veux bien parler à mes frères ? demanda Owen d'une voix laborieuse.

On l'avait bourré de médicaments pour atténuer la

douleur et le préparer à l'opération, pas étonnant qu'il perde un peu ses moyens. Il ne serait pas aussi vaseux autrement.

Des frères ? Comment ça, il en avait plusieurs ?

C'était une pensée redoutable.

— Je m'assurerai que le médecin leur fasse savoir ce qu'il se passe, promit-elle.

— Toi. Je tiens à ce que ce soit toi, chuchota Owen. Ils vont flipper...

L'instant d'après, il perdit connaissance et Liz se sentit troublée.

Pourquoi fallait-il que ça tombe sur elle ? Elle n'avait pas été très polie, ces deux dernières minutes, mais apparemment, c'était important pour lui.

Lisa lui lança un regard plus éloquent que Liz n'avait envie de le supporter à ce moment-là, et le docteur Wilder fronça les sourcils.

— La chirurgie l'accepte maintenant, mais je pense que seule la rate est touchée. Et si vous veniez avec moi parler à la famille ? demanda-t-il d'un ton haché.

Le docteur Wilder n'aimait *pas* que son rôle soit usurpé, mais en même temps, il n'aimait pas non plus échanger avec les familles.

Liz secoua la tête.

— Je ne les connais pas, docteur Wilder.

— Ce n'est pas ce que pense le patient, alors venez avec moi.

Il sortit de la chambre et Liz regarda les aides-soignants emmener Owen aux urgences. Elle savait que leur unité de chirurgie était la meilleure de Denver et qu'il était entre de bonnes mains, mais pour une raison quelconque, elle éprouva un petit pincement au cœur... réaction qu'elle n'avait pas l'habitude d'avoir envers les patients. Jamais.

— Tu devrais y aller, Liz, dit Lisa dans son dos.

Elle se tourna vers sa collègue.

— Je vais faire les dernières vérifications, comme ça tu pourras aller rencontrer la famille de Monsieur Gallagher. Enfin, tu les connais déjà...

Elle battit des cils, avec un sourire que Liz n'appréciait pas trop. Comme ils étaient tous conscients que quelqu'un allait perdre son emploi bientôt, Liz ne pouvait pas laisser un malentendu tout gâcher.

Elle secoua la tête en enlevant sa blouse.

— Je ne les connais pas. Je l'ai vu une seule fois en ville. C'est tout.

Elle se devait au moins d'être honnête, puisqu'Owen connaissait son prénom, mais elle refusait que Lisa sache qu'elle avait rencontré les deux frères dans un bar avec une Tessa ivre morte. Après tout, elle ne pouvait pas tout partager.

— Tu sais qu'on ne doit pas travailler sur les membres de la famille ou les amis, Lisa. Je ne ferais pas une chose pareille. Bon, si c'est tout, je dois aller retrouver le docteur Wilder et la famille du patient.

Elle tourna les talons et laissa Lisa derrière elle, avec le sourire d'un chat qui aurait attrapé un canari. Liz grinça des dents, agacée d'être le centre de l'attention. Les infirmières adeptes de commérages n'avaient pas grand-chose à colporter en ce moment, et maintenant qu'elles avaient une piste, elles allaient la traquer jusqu'au bout. Liz n'avait jamais vraiment fait partie du groupe, toujours concentrée sur son travail plutôt que sur les politiques qui l'accompagnaient, mais elle craignait à présent que son manque d'implication dans la vie du personnel soit une erreur.

Elle s'empressa de poursuivre le docteur Wilder, consciente que Lisa faisait probablement déjà la queue au poste des infirmières pour dire à tout le monde qu'un patient semblait la *connaître* et voulait que ce soit Liz et personne d'autre qui s'adresse à sa famille.

Non, ce n'était pas bizarre du tout.

Elle rattrapa le docteur Wilder et s'efforça de suivre son rythme. Ses jambes étaient beaucoup plus longues et elle devait presque trottiner. Cela dit, elle était infirmière, et c'était ce qu'elle faisait au quotidien, alors rien de bien nouveau...

Ce qui était nouveau, c'était ce qui venait de se produire.

— Dites-moi, comment connaissez-vous Monsieur Gallagher ? demanda le docteur Wilder.

Ils étaient presque à la porte de la salle d'attente et, heureusement, Liz n'eut pas à réfléchir longtemps à sa réponse.

— Je ne le connais pas, déclara-t-elle en toute honnêteté.

Le docteur Wilder tourna la tête, les sourcils froncés.

— Puisqu'il vous a spécifiquement demandé de parler à sa famille, permettez-moi de vous contredire sur ce point.

Liz soupira. De tous les médecins des urgences, c'était le docteur Wilder qu'elle préférait, même si c'était aussi le plus froid. Il était honnête, ne trichait pas sur ce qu'il était, et elle l'appréciait. Ce n'était pas pour autant qu'elle souhaitait s'engager dans cette voie avec lui à ce moment-là.

— Je les ai rencontrés, lui et son frère Murphy, en allant chercher Tessa ce soir.

Elle ne précisa pas où. Après tout, ça ne le regardait pas.

— On a échangé quatre ou cinq mots, puis Tessa et moi sommes rentrées à la maison. J'ai eu une longue journée aujourd'hui et j'avais prévu d'aller me coucher avant d'être rappelée au travail.

Elle essaya de ne pas rougir en pensant à ce qu'elle avait prévu de faire, en réalité, juste avant de se coucher. Cela ferait *beaucoup* trop d'informations à divulguer.

— Ça paraît bizarre si ce n'est que ça. On ne peut pas dire que la ville soit minuscule.

— Je sais, répondit-elle sincèrement. Mais parfois, ça arrive. Et ce sont les urgences les plus proches de chez moi, alors il est inévitable que j'y croise quelqu'un que j'ai rencontré à l'épicerie ou autre.

C'est ça, *ou autre*.

Ce n'était pas tout à fait un mensonge, mais pas loin.

Heureusement, ils avaient atteint les portes battantes et elle n'eut pas besoin de dire autre chose. Dès qu'ils furent entrés dans la pièce, Liz devina qui était là pour Owen.

Même si elle n'avait pas rencontré Murphy le soir même, elle aurait reconnu la famille d'Owen entre mille.

Quatre hommes et deux femmes se levèrent ou cessèrent de faire les cent pas dès que Liz et le docteur Wilder arrivèrent. Trois des hommes ressemblaient beaucoup à Owen, et comme l'un d'eux était Murphy, elle supposait qu'il s'agissait des frères Gallagher. Ils avaient tous deux les cheveux foncés, des barbes de différentes longueurs et des tatouages par endroits. Le quatrième homme avait une coupe tendance et paraissait menaçant, à côté du frère Gallagher le plus tatoué et d'une femme aux cheveux noirs, les bras couverts de tatouages.

L'autre femme du groupe était avec le plus imposant des Gallagher, à la barbe la plus longue. Elle aussi était tatouée et elle avait l'air aussi redoutable que les hommes.

Ensemble, ils ressemblaient à une publicité pour un gang de motards ou quelque chose de tout aussi mystérieux. Bien sûr, elle faisait ce dont elle avait horreur, les juger sur leurs apparences.

Ce soir, Murphy et Owen avaient été les deux seuls types au comportement respectable dans un bar rempli d'idiots et de pochtrons. Certes, c'étaient les plus tatoués et Owen arborait un anneau à l'arcade sourcilière, et pourtant, ils s'étaient montrés prévenants et très polis.

Même s'ils n'avaient pas caché leur intérêt.

— Les voilà, dit Liz à mi-voix.

— J'aurais pu le deviner, répondit le docteur Wilder tout aussi doucement.

Liz faillit trébucher. Cet homme ne plaisantait *jamais*, en temps normal, mais elle était presque sûre d'avoir saisi une pointe d'humour dans cette réponse sèche.

Décidément, la soirée était de plus en plus bizarre.

— Vous êtes la famille d'Owen Gallagher ? demanda le docteur Wilder.

— C'est nous, fit le plus grand. Nous sommes sa famille.

— Liz ? s'exclama alors Murphy d'une voix un peu rauque. Tu travailles ici ?

Elle sentait les yeux du médecin sur elle, ainsi que ceux des autres Gallagher, et elle eut envie de ramper sous la table pour éviter leurs regards. Elle n'avait absolument pas besoin de ça en ce moment.

— Bonsoir, Murphy. Le monde est petit, je sais.

Elle essaya de garder une intonation légère, mais elle savait que les questions allaient fuser.

— Je suis le docteur Wilder, poursuivit l'homme à ses côtés. On dirait que vous connaissez déjà Liz. Nous nous sommes occupés de votre frère.

La femme qui se tenait entre les deux hommes demanda :

— Est-ce qu'il va bien ?

— Il est en chirurgie en ce moment, mais nous n'avons aucune raison de croire qu'il ne sera pas rétabli à cent pour cent très bientôt, expliqua-t-il.

— Chirurgie ? fit le frère le plus tatoué.

— Nous pensons qu'il a la rate perforée suite à l'impact du véhicule, et les chirurgiens y travaillent en ce moment. Ils pourront vous en dire plus une fois que l'opération sera terminée. En plus de la rate, Monsieur Gallagher a également une clavicule fracturée, mais il ne s'agit que d'une blessure superficielle, ce n'est pas aussi grave qu'il n'y paraît. Il a aussi une légère commotion cérébrale et deux côtes cassées, ainsi que trois contusions. Son rétablissement prendra un peu de temps, mais il devrait recouvrer son état normal en un rien de temps, peut-être sans sa rate.

Tout le monde paraissait atterré.

Au même moment, le téléphone du docteur Wilder émit un bip et il fronça les sourcils en consultant l'écran.

— Je vais maintenant vous laisser avec l'infirmière McKinley qui répondra à toutes vos questions. Vous êtes entre de bonnes mains avec elle.

Il fit un signe de tête à Liz avant de partir, la laissant seule avec un groupe d'hommes impressionnants et de femmes apparemment plus coriaces encore.

Comment s'était-elle retrouvée dans une telle situation ?

— Liz ? demanda Murphy.

— Comment tu la connais ? réagit le plus grand.

— On a rencontré Liz et son amie Tessa ce soir.

— Au bar ? fit l'une des femmes.

— Oui, Blake, au bar. Mais Liz n'a pas bu. Je n'ai même pas fini ma propre bière et Owen n'en a pas pris une goutte. On passait un moment, c'est tout, expliqua Murphy. Liz, je te présente mon frère Graham et sa femme, Blake.

Il désignait le plus grand Gallagher et la femme qui l'accompagnait, puis il lui montra les trois autres membres de la famille :

— Voici Jake et sa femme Maya, et leur mari, Border.

Murphy lui lança un regard comme pour la mettre au défi de réagir à la présentation du ménage à trois, mais elle se contenta de hausser les sourcils. Elle travaillait dans un service d'urgences. Alors, trois personnes qui s'aimaient et tenaient les uns aux autres, ça ne la troublait pas le moins du monde.

— Je dirais bien que je suis ravie de vous rencontrer, mais ce n'est jamais le cas dans une salle d'attente des urgences, dit-elle.

La famille se détendit un peu plus. Apparemment, elle avait réussi une sorte de test parce que le regard de Graham exprimait un peu plus de respect. Elle avait le sentiment que c'était le frère aîné, et son opinion avait de l'importance. Elle se demanda quelle était la place d'Owen dans la fratrie.

— Et si vous vous asseyiez ? demanda-t-elle. Je vais pouvoir répondre à autant de questions que possible avant qu'on me rappelle.

Ils prirent place à contrecœur et Liz s'assit à côté de Blake. Les deux femmes la dévisagèrent, mais Liz n'avait pas l'impression qu'elles la jugeaient comme le font certaines femmes. Elles étaient plutôt curieuses, protectrices. En fait, elle admirait cela et elle était un peu jalouse qu'Owen ait tant de proches qui se souciaient de lui.

Liz n'avait que Tessa.

Mais après tout, elle n'avait pas besoin de plus.

— Je dois retourner voir le bébé, déclara Border avec un signe de tête vers Graham et Blake. Je vais m'assurer que Rowan va bien, elle aussi, même si je suis certain qu'ils dorment, avec Harry et Marie qui veillent sur eux. Je reviens tout de suite.

La famille posa quelques questions à Liz et elle fit de son mieux pour y répondre soigneusement. Owen étant toujours au bloc opératoire, elle n'avait pas toutes les réponses, mais elle pouvait au moins expliquer le temps de récupération pour les autres blessures. Quand son téléphone sonna, elle se leva et s'excusa, mais elle eut le temps de voir deux agents de police venir parler à la famille.

À présent, elle était très curieuse de savoir ce qui s'était passé après son départ du bar avec Tessa, mais ce n'était pas son affaire. Elle allait s'assurer qu'Owen aille bien après son opération, parce qu'elle prenait toujours des nouvelles de ses patients, puis elle le chasserait de son esprit.

Après tout, ce n'était qu'un homme dans un bar. Et un patient.

Rien de plus. Rien de moins.

Sauf à monter à l'étage de la chirurgie pour le retrouver physiquement, elle ne le reverrait plus jamais.

Ce n'était pas grave.

Parce que rien de bon ne pourrait sortir d'une nouvelle rencontre avec Owen Gallagher.

Rien.

CHAPITRE TROIS

Owen savait qu'il ne ferait qu'aggraver les choses en étranglant ses belles sœurs, mais ce n'était pas l'envie qui lui manquait. À plusieurs reprises. Elles essayaient peut-être de l'aider, mais il y avait des limites à ce qu'un homme pouvait supporter avant de commencer à perdre la tête. Cela faisait plus de deux semaines que cette foutue voiture l'avait renversé, et sa famille ne le laissait rentrer chez lui que *maintenant*. Son lit ne lui avait jamais autant manqué qu'à ce moment-là.

Son incision ne lui faisait plus aussi mal qu'avant, mais il avait toujours l'impression que le reste de ses organes internes allait changer de place s'il bougeait trop vite. C'était dingue, il le savait, mais cela n'empêchait pas son imagination de se déchaîner. Il avait toujours son bras en écharpe pour ne pas se luxer l'épaule, mais comme la fracturation de sa clavicule était minime, il n'avait pas eu besoin de plâtre ni d'autre système contraignant. D'ailleurs, le médecin lui avait dit qu'il irait bien dans quelques semaines à condition de faire sa rééducation et de ne pas soulever de placo — ce qui figurait notamment sur sa liste de choses à faire avant l'accident. Son médecin lui avait donné le même conseil pour ses côtes, pas de mouvement, le temps étant le facteur clé de la guérison. Comme il avait été immobilisé par l'opération, ses côtes étaient presque guéries.

Pour en arriver à un tel niveau de ras-le-bol, il n'avait fallu que deux semaines de surveillance constante par sa famille, de soins et de tâtonnements jusqu'à ce que son cerveau soit sur le point d'exploser.

Et si sa famille trop attentionnée ne le laissait pas tranquille, il pourrait bien commencer à étrangler les gens avec sa main valide. Cela pourrait retarder son rétablissement de quelques semaines, mais ça en vaudrait la peine.

— Je vais chercher cet oreiller dans la voiture, dit Blake en tapant des doigts sur sa hanche, les yeux braqués sur lui. Je crois que tu n'as pas suffisamment d'oreillers. Enfin, tu as des coussins décoratifs sur le lit, mais pas assez pour te maintenir droit sur le canapé.

— Je suis étonnée que ces fichus machins ne soient pas numérotés, marmonna Maya.

Il était un peu surpris d'entendre le mot *fichu* et non *foutu* sortir de la bouche de Maya, mais comme elle tenait son fils Noah dans les bras, il comprenait. L'ensemble de la famille essayait autant que possible d'éviter les gros mots devant Noah et la fille de Blake, Rowan, mais jusqu'à présent, ils n'y étaient pas vraiment parvenus. Rien d'étonnant, car avant que Jake et Graham ne trouvent leurs âmes sœurs, ils n'étaient tous qu'une bande de célibataires qui travaillaient sur des chantiers ou dans des ateliers, comme Jake. Les grossièretés, c'était un mode de vie.

— Quand même, je ne numérote pas mes oreillers, grommela Owen. J'aime que les choses soient organisées et bien classées, mais je n'utilise pas mon étiqueteuse pour les coussins.

— Que tu dis, s'esclaffa Maya. Il doit bien y avoir de petits numéros cousus à la main dans le tissu.

Owen se retint de lui faire un doigt d'honneur. Avec amour, bien sûr.

Rowan, la petite fille de Blake et Graham âgée de dix ans, se précipita vers eux à ce moment-là et leur tendit les bras, un grand sourire aux lèvres.

— Je peux tenir Noah ? Je promets d'être prudente.

Le visage de Maya s'adoucit alors même que Blake se tournait pour procéder à l'échange. Rowan s'assit sur le sol à côté du grand fauteuil d'Owen, et Maya lui remit Noah. Le garçon était juste assez grand pour tenir assis tout seul et il adorait sa cousine. Bien qu'Owen n'ait pas d'enfants, dès que Jake avait annoncé que le ménage à trois allait avoir un bébé, il s'était assuré que sa maison soit suffisamment sûre pour qu'un bambin puisse y courir partout. Rowan était arrivée juste avant, quand Graham avait épousé Blake, et maintenant, chez tous les Gallagher, il y avait des jouets et des jeux pour enfants.

Au fond, ils commençaient à se ranger les uns après les autres et cela convenait très bien à Owen. Il était temps, après tout. Si ses parents étaient encore en vie, ils auraient participé aux réjouissances.

Sa poitrine lui faisait mal et il savait que ce n'était pas dû à l'impact de la voiture, mais à de vieilles blessures qui ne guériraient malheureusement jamais. Certaines choses ne s'étaient pas arrangées, malgré le temps qui s'était écoulé, et il en était reconnaissant. Parce que sans la douleur, il avait peur de perdre le souvenir de ses parents. Autrefois, ils étaient tout pour lui, même s'ils avaient passé la majeure partie de leur temps au chevet de son frère cadet étant donné que Murphy avait été souvent malade.

Maintenant, ils n'étaient plus là pour voir ses autres frères trouver le bonheur, et cela le rongeait au quotidien. Il poussa un soupir et fit aussitôt la grimace lorsqu'une douleur fulgurante irradia dans son flanc. Bon sang, les côtes cassées faisaient plus mal que les fractures osseuses et les points de suture. Il croyait avoir touché le fond, pourtant il était encore plus fatigué.

— Qu'est-ce qui ne va pas ? demanda Murphy en entrant dans la maison avec un déambulateur.

Un putain de *déambulateur*. Mais ce n'était pas comme si on le lui imposait. Puisqu'il avait un bras en écharpe et des côtes cassées de ce côté-là aussi, il était contraint de se déplacer en fauteuil roulant quand il ne marchait pas lentement sur ses deux pieds. Mais un aide-soignant avait mis un déambulateur sur la liste des fournitures dont il pourrait avoir besoin pour se rétablir, alors ses frères le lui avaient acheté. Même si Owen aimait les listes – il les adorait comme si c'étaient ses enfants –, il n'était pas très fan de sa liste de convalescence.

D'ailleurs, cette maudite liste pouvait aller tout droit en enfer avec le chauffeur du pick-up qui l'avait percuté.

— Tout va bien, déclara Owen, encore furieux de ce qui s'était passé sur le parking.

— Tu as fait la grimace, l'accusa Murphy.

— Je pensais juste à ce foutu pick-up qui m'a percuté.

Ce n'était pas tout à fait un mensonge, mais il changeait délibérément de sujet parce qu'il en avait assez de voir sa famille jouer les mères poules avec lui. Heureusement, Border, Jake et Graham étaient au travail, et les autres allaient bientôt y aller, eux aussi. Ils avaient établi une crèche au salon de tatouage où Maya travaillait afin que Noah puisse l'accompagner, et comme Rowan était en congé scolaire car c'était une journée parents-professeurs, elle devait accompagner Blake au salon. Maya était copropriétaire de Montgomery Ink et Blake était la pierceuse du salon, même si elle réalisait quelques tatouages de temps en temps. Owen se demandait toujours comment ses frères avaient eu la chance de se trouver des femmes. Mais pour l'instant, il n'avait qu'une envie, les faire sortir de sa foutue maison.

— Est-ce que ça va ? demanda Rowan, assise par terre avec Noah dans les bras.

Owen avait oublié qu'elle était là quand il avait parlé, et maintenant, il se sentait bête. Ils ne lui avaient pas caché ce qui s'était passé, puisqu'elle était assez grande pour ne pas rester dans l'ignorance, mais ils avaient cherché à ne pas l'épouvanter.

Bien joué, Oncle Owen.

— Je vais bien, dit-il avec un petit sourire qu'il espérait convaincant. Je te le promets. Je serai comme neuf en un rien de temps.

La fillette hocha la tête.

— Tant mieux. Mais si tu as besoin d'un pansement, dis-le-moi. Papa m'en a acheté et ils sont roses avec des paillettes. Il a dit que tu pourrais en avoir besoin.

Murphy pouffa tandis qu'Owen faisait de son mieux pour ne pas grincer des dents. Si sa famille s'inquiétait de son accident, suivi par un délit de fuite sans le moindre indice, ils n'étaient pas les derniers pour se moquer de lui. Bien sûr, à leur place, il ne se serait pas fait prier pour titiller la pauvre victime.

C'était un Gallagher, après tout.

— Bon, je pense que tu as tout ce dont tu as besoin, dit Blake au bout d'un moment. J'aimerais vraiment que tu restes chez nous un peu plus longtemps.

Owen secoua la tête. Il séjournait chez Graham et Blake parce qu'ils avaient une chambre d'amis et que Rowan était assez grande pour ne pas accaparer tout leur temps. Il aurait pu s'installer chez n'importe lequel de ses frères, pourtant ils savaient tous qu'il était mieux chez Graham. Son frère aîné ne l'admettrait jamais, mais il aimait s'assurer que tous ses canetons aillent bien.

— Ça va, dit Owen. J'ai besoin d'être chez moi, Blake. Mais tu sais que je vous serai toujours reconnaissant pour l'aide que vous m'avez apportée, hein ?

Blake plissa les yeux.

— Tu dis ça pour me tranquilliser, mais ça me va. En tout cas, nous passerons tous te voir chaque jour parce que nous sommes des mères poules et tu vas devoir faire avec.

— Et vous qui pensiez que j'étais trop franche et directe, commenta Maya.

— Vous êtes deux maintenant, répondit Murphy en souriant. Pitié, que Dieu nous vienne en aide.

Maya frappa le bras gauche de Murphy, tandis que Blake se chargeait de son bras droit. À voir sa tête, aucune des deux femmes ne s'était retenue. Bien fait.

— Aïe, je marque très facilement, attention à ma peau délicate, se plaignit Murphy avec un sourire arrogant.

— Dehors, grogna Owen. Je t'aime, mais va-t'en. J'ai mon ordi et je peux enfin travailler, mais là, j'ai besoin de respirer.

Murphy secoua la tête et agrippa l'ordinateur d'Owen. Ce dernier le serra contre son torse en prenant soin de ne pas se casser les côtes.

— Tu ne travailleras pas, Owen.

— Touche à mon ordinateur et je te préviens, tu connaîtras ma colère. C'est *mon précieux*. On ne touche pas à *mon précieux*.

Les filles gloussèrent.

— Owen, tu ne peux pas travailler en ce moment, insista Blake.

— Tu dois guérir, ajouta Maya. L'entreprise ne va pas s'effondrer sans toi.

Ce n'était pas vrai. Il était le directeur des opérations, le grand organisateur. Si tout fonctionnait convenablement, c'était parce qu'il consignait chaque détail sous forme de listes et de feuilles de calcul avec codes couleurs. Il avait anticipé quelques jours de travail, mais bientôt, ses frères allaient rattraper son avance et ils se retrouveraient seuls à bord.

Sans lui.

À coup sûr, le chaos s'ensuivrait.

— Ça, tu n'en sais rien. Et puis, je ne peux pas rester assis sur le canapé sans *rien* faire. J'ai besoin de travailler.

Murphy fronça les sourcils.

— Tu peux prendre des congés. Graham et moi, on se charge de tout. Et Jake peut même nous donner un coup de main.

Owen secoua la tête et regarda les enfants avant de chuchoter.

— Ça fait plus d'une semaine que je ne fais *rien*. J'ai déjà pris des congés. Je ne suis pas un invalide. En plus, nous avons une échéance à tenir sur ce projet pour lequel Graham et toi étiez trop occupés. Je ne vais pas laisser tomber à cause d'un petit accident.

Les yeux de Murphy lancèrent des éclairs et Owen soupira.

— Petit ? Tu appelles ça un *petit* accident ?

Blake expira et se pencha pour prendre Noah dans les bras de Rowan.

— Allons voir si le lit d'Owen est fait, ma chérie.

Rowan lança à sa mère un regard qui sous-entendait qu'elle n'était pas dupe, mais elle suivit néanmoins Blake et Noah jusqu'à l'arrière de la maison où ses petites oreilles seraient épargnées.

— Tu peux bien te couper un peu du travail, insista Maya. Je ne comprends pas pourquoi tu ne peux pas laisser les rênes aux autres.

— Sérieusement ? Tu me connais depuis longtemps et tu as encore du mal à comprendre que j'ai besoin de faire les choses moi-même ? J'ai des listes à élaborer. Des coups de fil à passer. Et je dois m'assurer que certains e-mails n'ont pas été supprimés du serveur de la société, parce que Graham et Murphy détestent communiquer avec les gens.

— Eh !

Owen regarda son frère en levant les sourcils.

— Je te connais. N'essaie pas de nier ce que je viens de dire.

Il prit une profonde inspiration.

— Bon, maintenant, laisse-moi travailler en paix. Tiens, je vais te raccompagner parce que j'ai le droit de me lever et de bouger toutes les heures, figure-toi, et c'est mon heure.

Il leva la main, content de constater que ses côtes ne lui faisaient pas aussi mal.

— Laisse-moi faire. Tu dois arrêter de me traiter comme un bébé.

— Alors, arrête d'agir comme tel, déclara Maya en se penchant pour ramasser le sac de couches. Bien. On va te laisser, et on va même te raccompagner, mais on reviendra voir comment tu vas. C'est comme ça, tu ne peux pas nous en empêcher.

— Je peux toujours essayer, marmonna-t-il avant de se taire devant le regard dissuasif de Maya.

Il s'extirpa du canapé, conscient que les autres guettaient ses moindres inspirations, ses moindres grimaces. Il s'inquiéterait de sa douleur plus tard, car d'abord, il devait faire sortir les autres de la maison pour pouvoir fonctionner.

Certes, il avait été percuté par une voiture, mais cela aurait pu être bien pire.

Tout allait rentrer dans l'ordre.

Ça va.

Enfin sur ses deux pieds, il fit signe aux autres d'ouvrir la voie, de son bras valide. Maya tenait Noah dans ses bras, tandis que Blake vérifiait que Rowan avait bien toutes ses affaires. Quant à Murphy, il gardait un œil sur Owen. Son petit frère refusait de le laisser marcher seul. Bien sûr, Owen aurait certainement fait la même chose si Murphy avait été à sa place, mais quand même.

Lorsqu'ils arrivèrent sous le porche, Owen eut la surprise de découvrir un camion de déménagement dans l'allée voisine.

— On dirait que ton nouveau voisin emménage enfin, déclara Blake. Il en a mis, du temps !

Owen faillit hausser les épaules, mais il se ravisa au dernier moment.

— J'étais occupé avant l'accident, et j'imagine qu'il l'était aussi, parce que je ne l'ai encore jamais croisé. Il est peut-être resté plus souvent chez lui la semaine dernière, quand je n'étais pas là. Il a dû mettre du temps pour trouver des déménageurs ou je ne sais quoi.

Il le comprenait très bien, puisque son travail avait tendance à prendre le dessus sur sa vie. C'était moins le cas, récemment, étant donné que tout le monde l'empêchait de travailler. Mais cela changerait dès que sa famille serait remontée en voiture pour ficher le camp.

Il jeta un nouveau coup d'œil vers l'autre maison et se figea lorsqu'une tête blonde familière apparut derrière le camion. Son cœur s'emballa et sa gorge se dessécha. Bon Dieu !

— Oh, putain, souffla Murphy à côté de lui. C'est l'infirmière sexy du bar ? Liz, c'est ça ?

Maya se pencha pour mieux voir, ainsi que Noah, et elle sourit.

— Tiens, tiens, regardez ça.

— Tu ne savais pas qu'elle emménageait à côté ? demanda Blake.

— Non, fit Owen à mi-voix.

Son cerveau avait du mal à rattraper la réalité. Il avait oublié à quel point elle était belle, puisqu'il ne l'avait pas revue depuis qu'on l'avait emmené en chirurgie – et il était assommé par les sédatifs à ce moment-là. Il ne l'était plus, à présent, et son sexe était sur le point de se mettre au garde-à-vous, rien qu'à sa vue.

— Peut-être qu'elle aide juste son amie ?

La brune du bar sortit de la maison au même instant et Murphy lâcha un petit rire.

— Peut-être que Tessa est ta nouvelle voisine. Viens, mon vieux, allons les voir, dit Murphy en se tournant vers lui. Tu peux marcher ou tu veux que je prenne le fauteuil roulant ?

Owen referma enfin la bouche.

— Non, ça va.

Il marcherait, même s'il finissait par mouiller sa chemise à cause de l'effort. Il n'avait pas si mal, c'était seulement un peu désagréable. Heureusement, les points de suture ne le faisaient plus souffrir. De toute façon, depuis qu'il avait vu Liz, il ne pensait plus à la douleur. Non, les endorphines qui circulaient dans son système maintenant qu'il l'avait vue compensaient la gêne qu'il pouvait ressentir.

— Bonjour, mesdames, s'écria Murphy.

Blake soupira à côté d'Owen.

— Sérieusement, il va conter fleurette à tes voisines le jour de leur déménagement, fit Blake en riant. Il est intenable, n'est-ce pas ?

— C'est pour ça qu'on l'aime, répondit Owen en souriant.

Bien sûr, il n'avait d'yeux que pour Liz en cet instant précis. Elle s'était tournée vers Murphy en l'entendant. Ses yeux s'étaient écarquillés et son visage blêmissait légèrement. Il espérait que c'était un effet de la surprise, car il ne s'était pas attendu à ce qu'elle devienne livide en le voyant. Ce n'était certainement pas la meilleure façon de commencer les choses.

Commencer les choses ?

Mais à quoi pensait-il ? C'était sa nouvelle voisine, pas quelqu'un avec qui il allait *commencer* quoi que ce soit. Il devait absolument mettre les choses au clair.

— Murphy ? fit Tessa en s'approchant de Liz. Tu habites ici ? Le monde est petit.

Il secoua la tête.

— Non, c'est Owen. On est passés le déposer chez lui.

Tessa prit une mine contrite.

— Je suis contente de te voir sur pied, Owen. J'ai entendu parler de ce qui s'est passé. J'espère que tu vas mieux.

Owen fit un signe de tête, les yeux fixés sur Liz. Elle n'avait toujours rien dit. En y repensant, lui non plus n'avait rien dit.

— Merci. Je vais beaucoup mieux. En fait, je vais rester à la maison aujourd'hui et laisser les autres retourner à leurs vies. J'étais chez Graham et Blake pour qu'ils puissent me surveiller.

Blake répondit en riant.

— Tu as bien besoin qu'on te surveille de temps en temps. Voici Rowan, ma fille, et le petit gars dans les bras de Maya est son fils, Noah. Alors, laquelle de vous deux s'installe ici ? On peut vous aider ?

Liz cligna des paupières, sortant enfin de la transe dans laquelle elle semblait être plongée depuis leur arrivée.

— Salut. En fait, c'est toutes les deux. On a acheté la maison ensemble.

Tessa sourit et passa son bras autour des épaules de Liz.

— Nous sommes amies et colocataires depuis la fac, et comme c'est difficile de trouver une maison digne de ce nom, nous avons décidé de nous installer ensemble. Ce n'est pas une maison à rénover, mais elle n'est pas parfaite non plus. Un bon compromis.

Liz soupira.

— Merci, mais nous avons des déménageurs pour nous aider. Les gars sont en pause déjeuner, alors on venait s'assurer que le reste était correctement étiqueté pour tout mettre dans les bonnes pièces.

Owen sourit. Rien ne le rendait plus heureux que de savoir qu'il n'était pas le seul à étiqueter tout et n'importe quoi. Franchement, qui déménagerait sans s'assurer que ses cartons étaient parfaitement en ordre ?

— Avez-vous aussi un code couleur ? demanda Murphy. Quand on a aidé Owen à déménager, il y a quelques années, il avait étiqueté chaque boîte avec une couleur différente pour qu'on sache où mettre chaque chose. Bien sûr, c'est *nous* qu'il a engagés pour ça, car il ne faisait confiance à personne d'autre qu'aux Gallagher.

Owen leva les yeux au ciel devant la remarque de Murphy et le regard interrogateur de Liz.

— Nous dirigeons une entreprise de rénovation et de construction. Alors, on avait la main-d'œuvre et le camion. Bien sûr, j'ai fait appel à ma famille. Sincèrement, si vous avez besoin de quoi que ce soit, dites-le-nous. Je suis juste à côté.

Liz arqua un sourcil en regardant son bras en écharpe.

— Tu ne devrais pas te reposer au lieu de proposer ton aide pour soulever des boîtes ?

Owen se contenta de sourire. Il était en érection et, par

contre-coup, ses côtes lui faisaient mal. Liz lui faisait cet effet, c'était plus fort que lui. Bien sûr, il avait maintenant des images mentales de l'infirmière dans son esprit en train de jouer au docteur et au patient avec lui, tout en sachant que c'était mal venu.

— Je ne soulèverai pas de cartons, je vous aiderai simplement à vous organiser.

Liz secoua la tête.

— Je suis organisée pour deux, mais merci, c'est gentil.

Jetant un œil à son téléphone, elle fronça les sourcils.

— Les déménageurs devraient revenir dans un instant, alors je vous laisse. C'est dingue que tu sois notre voisin, Owen. Comme le monde est petit ! Enfin, je suis contente de te voir debout et capable de marcher.

Sur ce, les filles prirent congé de sa famille. Owen adressa un signe de tête à Liz et leva le menton vers Tessa avant de faire demi-tour. Murphy lui décocha un regard étrange, mais il secoua la tête. Liz ne semblait pas beaucoup l'aimer. Il se demandait bien pourquoi, mais il n'était pas d'humeur à affronter la situation à ce moment-là. Il devait guérir, s'assurer que leur nouveau projet se déroule bien, et il avait besoin de reprendre ses esprits. Après tout, on l'avait renversé avec délit de fuite.

Tout indiquait que c'était délibéré et il ne savait toujours pas pourquoi. Il n'avait aucune réponse. Il aurait aimé croire qu'il s'agissait d'un accident, mais la police n'était pas aussi optimiste. Les analyses médico-légales et le fait qu'il était seul dans le parking, debout sous un lampadaire, avaient conduit les autorités à penser qu'on l'avait percuté intentionnellement.

Et Owen n'avait aucune idée du pourquoi.

— On y va, lança Blake en attirant Rowan à elle. Tu nous

appelles si tu as besoin de quoi que ce soit, d'accord ? On reviendra vérifier que tout va bien.

Elle se pencha pour lui déposer un baiser sur la joue et Owen soupira. Il se sentait bête. Certes, il avait besoin de son espace, mais il ne supportait plus d'être enfermé.

— Je vous remercie de m'avoir aidé, d'avoir été là pour moi, leur dit-il au bout d'un moment. Franchement, je n'aurais rien pu faire tout seul, ces derniers jours. Alors, merci mille fois ! Mais j'ai besoin de me retrouver pendant un moment.

Blake l'embrassa une fois de plus avant de reculer, laissant Rowan le serrer doucement dans ses petits bras.

— Prends soin de toi, Owen. Tu es l'un de mes Gallagher préférés.

— Eh ! s'exclama Murphy. Je pensais que c'était moi, ton préféré.

Blake secoua la tête avant d'entraîner Rowan vers sa voiture.

— Tu es le préféré de quelqu'un, j'en suis sûre.

Murphy pressa une main sur son cœur en reculant d'un pas.

— Aïe.

Il salua Owen d'un signe de tête avant de dire :

— Tiens-toi à carreau. Je passerai bientôt pour voir si tout va bien.

— Ne travaille pas trop dur ! lança Maya en s'éloignant avec Murphy, un petit Noah agité dans les bras.

Owen leva son bras valide pour leur faire un dernier coucou avant d'entrer chez lui, s'efforçant de ne pas regarder en direction de la nouvelle maison de Liz et Tessa. Il n'en revenait toujours pas qu'elles emménagent à côté. Il était certain de ne plus jamais les revoir après avoir quitté le bar, et découvrir que Liz était son infirmière cette nuit-là lui avait fait un drôle d'effet. Maintenant, voilà qu'elles étaient ses nouvelles voisines ?

L'univers essayait peut-être de lui dire quelque chose.

À moins qu'il ait juste besoin d'une sieste.

Les côtes douloureuses, il se fraya un chemin à travers la maison jusqu'à son canapé. Il n'en avait pas encore trop fait, mais il savait que s'il se relâchait, il finirait par se blesser davantage et devrait rester plus longtemps à l'écart des chantiers. C'était la dernière chose qu'il voulait, alors il prendrait son mal en patience et resterait tranquille pendant toute la journée, à travailler depuis son ordinateur portable. Il pouvait au moins utiliser son cerveau.

En tout cas, il l'espérait.

Dès qu'il fut installé avec son ordinateur, sa tablette et son téléphone, prêt à se lancer, on frappa à la porte. Fermant les yeux, il poussa un juron. C'était certainement un membre de sa famille bien intentionné. Ils étaient décidément incapables de lui laisser dix minutes de répit. S'il ne les aimait pas autant, il pourrait bien commencer à les détester.

— C'est ouvert ! répondit-il.

Il n'avait aucune envie de se lever.

Il y eut une légère hésitation, puis la porte s'ouvrit lentement et une tête blonde s'avança.

— Tu laisses entrer n'importe qui chez toi ? demanda Liz, une ride soucieuse entre les sourcils.

Owen déglutit péniblement et tenta d'écarter ses affaires pour se mettre debout.

— Euh, désolé. Je pensais que tu étais un Gallagher venu prendre de mes nouvelles.

Liz secoua la tête et tendit une main en entrant dans son salon.

— Ils viennent tout juste de partir. Non, non, ne te lève

pas. Je t'en prie, reste assis. Je te promets que je ne serai pas longue.

Elle s'avança avec un paquet de biscuits à la main.

Il observa sa démarche et son regard attentif, comme si elle voulait en savoir plus à son sujet, et il se surprit à apprécier cela. Soit il était décidément en manque, soit cette femme l'attirait vraiment. Il pariait sur cette dernière éventualité.

Owen chassa aussitôt ses pensées et posa son ordinateur portable sur la table basse en faisant de son mieux pour éviter de trop se tordre. Il n'était pas sûr de pouvoir retenir une grimace s'il bougeait plus que nécessaire.

— Salut, dit-il au bout d'un moment, en proie à un sentiment de malaise.

— Salut, répondit-elle avec un soupir en posant le paquet de biscuits. Il nous restait une boîte, de l'époque où Tessa et moi, on forçait un peu trop sur la malbouffe, et je me suis dit que tu aurais besoin de sucre puisque tu es un peu à plat en ce moment. Je sais que les biscuits ne sont pas le meilleur carburant pour guérir, mais parfois, un peu de sucre, ça fait beaucoup de bien. Ils ne sont pas faits maison ni rien, mais Tessa et moi, on travaille beaucoup. D'ailleurs, c'est même une chance qu'il nous en reste en stock.

Ses yeux se posèrent sur la boîte puis remontèrent vers elle.

— Je croyais que c'était à moi d'apporter des biscuits aux nouveaux voisins.

Elle haussa les épaules.

— Eh bien, disons que c'est pour te souhaiter une bonne convalescence. Et aussi pour m'excuser de m'être comportée comme une garce.

Elle leva le menton à ce moment-là et il ricana avant de

grimacer. Apparemment, même le rire était proscrit dans son état.

— Tu n'es pas une garce.

— Je n'ai pas dit que je l'étais. J'ai dit que j'étais désolée de m'être comportée comme si j'en étais une.

Elle souriait et il secoua la tête, agacé de l'apprécier autant.

— Tu n'as pas à t'excuser, lui dit-il. Chaque fois que je t'ai vue — plutôt souvent, étant donné qu'on ne se connaît pas —, tu étais occupée. Et à l'instant, tu as eu affaire à la majeure partie de ma famille en même temps. Je ne peux pas te reprocher de ne pas vouloir de moi dans les parages. Je suis assez envahissant.

Et il n'avait qu'une envie, l'envahir davantage.

Elle alterna d'un pied sur l'autre et il eut l'impression qu'elle avait préparé un petit discours et ne savait pas quoi dire après cela. Il ne comprenait toujours pas ce qu'elle faisait ici, mais sa présence lui plaisait beaucoup.

Les trois rencontres avaient été très différentes jusqu'à présent, et pour une raison quelconque, il avait le sentiment que cela signifiait quelque chose. D'après son regard gêné, cependant, il avait surtout l'impression qu'elle voulait faire demi-tour sans un coup d'œil en arrière.

— J'espère que ça va aller. J'ai laissé Tessa seule avec les déménageurs, alors je dois retourner les aider. Au revoir, Owen. Bon rétablissement.

— Merci pour les biscuits, Liz.

Elle lui adressa un rapide signe de tête avant de tourner les talons et de sortir de sa maison en faisant cliqueter le verrou. Il avait le sentiment qu'elle n'avait pas envie de regarder en arrière, de le revoir une dernière fois. Après tout, ce n'était qu'un type rencontré dans un bar, puis un patient renversé par une voiture, et maintenant, l'homme qui vivait à côté.

Il n'était rien pour elle.

Et pourtant, pour une raison quelconque, elle l'intriguait à tel point qu'il souhaitait être bien plus que ça.

La douleur dans ses côtes s'intensifia et il pesta dans sa barbe. Avant de tenter quoi que ce soit, il devait guérir. Il devait redevenir le Owen habituel, assez fort pour ne pas défaillir rien qu'en allant aux toilettes.

Il y arriverait, bon sang ! Autrement, il risquait de devenir fou.

CHAPITRE QUATRE

Liz avait mal au dos et ses pieds étaient engourdis, mais c'était son lot quotidien au travail. Heureusement, elle n'était de garde que huit heures aujourd'hui, car elle accumulait déjà de nombreuses heures supplémentaires et son patron n'aimait pas cela. Ils faisaient appel à une autre infirmière de garde pour ne pas être à court de personnel, mais si les urgences étaient trop engorgées, Liz avait le pressentiment qu'on aurait besoin de ses services, droit du travail ou pas.

Elle se demandait bien comment cet établissement fonctionnerait avec une infirmière en moins à cause des réductions budgétaires. Ils avaient déjà du mal à garder la tête hors de l'eau.

Des bruits de talons sur le carrelage tirèrent Liz de ses pensées de plus en plus déprimantes et elle se retourna pour voir Tessa approcher du bureau. Elle tenait une pile de dossiers contre sa poitrine et deux tasses de café à emporter dans les mains.

— Tu n'es pas ici à cette heure-ci d'habitude, remarqua Liz alors que Tessa déposait une tasse devant elle.

Elle prit le gobelet avec plaisir et sirota la boisson sucrée. Les bureaux de l'administration avaient toujours un meilleur café que le poste des infirmières. Ils étaient mieux lotis dans *tous* les domaines.

Même la tenue de Tessa était incomparable avec la blouse de Liz. Son amie portait une jupe crayon couleur anthracite et une veste assortie, avec un haut marron. Même ses chaussures étaient jolies, pointues, avec des talons qui risqueraient de lui casser une cheville si elle s'aventurait à en porter. Les chaussures orthopédiques de Liz n'étaient pas très sophistiquées, mais pendant une heure au moins, ses pieds ne souffraient pas trop. Comme elle en était à sa septième heure d'affilée, ses voûtes plantaires étaient sur le point de hurler. La journée avait été longue et elle avait encore un tas de paperasse à remplir avant de terminer pour la nuit.

— Il faut qu'on discute, alors je me suis dit que j'allais t'apporter du café en arrivant, expliqua Tessa.

Son amie travaillait au service des assurances, dans les bureaux administratifs. L'écart entre la noctambule fêtarde et la femme d'affaires aux dents longues, toujours prête à se battre pour les droits de ses patients, ne manquait jamais de faire sourire Liz.

— Tu as vu le docteur Wilder ? demanda Tessa en souriant. Il est tellement viril aujourd'hui, et il a l'air à bout, mais dans le bon sens du terme.

Liz faillit recracher par le nez. Elle secoua la tête en jetant un regard circulaire pour s'assurer que personne ne les écoutait. Heureusement qu'elles n'étaient que toutes les deux. Tout le monde était occupé ailleurs. Liz profitait de quelques instants pour respirer avant de continuer, mais elle prenait toujours soin de noter tous ses rapports sur l'ordinateur.

— Ça veut dire quoi, *à bout dans le bon sens du terme ?*

Elle n'aurait pas dû ajouter de l'eau au moulin de Tessa, car rien de bon n'en ressortait jamais, à part de bonnes tranches de rigolade. En fin de compte, Liz finissait rouge comme une tomate, morte de honte, à essayer de se cacher. D'après Tessa, elle avait besoin de se décoincer un peu. Mais après tout, c'était pour ça qu'elles étaient amies.

Tessa leva les yeux au ciel et fit un geste avec son café.

— Tu sais, la barbe de fin de journée et ces étirements, quand il a mal au bas du dos ? Ça donne envie de tendre la main pour l'aider un peu.

Elle remua les sourcils de manière suggestive et Liz poussa un gémissement.

— Tu es terrible, tu sais ?

— C'est vrai, mais je ne suis pas la seule à le penser. Lisa en parlait dans la salle de pause, et avec un vocabulaire beaucoup plus fleuri.

Liz se retint de grommeler en prenant une autre gorgée.

— Je ne veux même pas savoir.

— Comme tu voudras. Au fait, sache qu'elle répète à qui veut l'entendre que tu as une liaison secrète avec un patient.

Le regard de Tessa s'embrasa et Liz eut envie de se cogner la tête contre l'écran de l'ordinateur.

— Tu es sérieuse ? souffla-t-elle. Ça fait combien de temps qu'Owen est parti ? Et ce n'est même plus mon patient.

— Non, c'est juste ton voisin. Dis donc, je n'ai pas dit qu'elle faisait référence à Owen. C'est toi qui l'as déduit. Y a-t-il quelque chose que je devrais savoir ? ajouta-t-elle avec un petit sourire. Tu es allée chez lui hier... avec des biscuits.

Une fois de plus, Liz soupira en regardant autour d'elle pour s'assurer qu'il n'y avait aucun amateur de ragots en vue. Heureusement, elles avaient encore un peu de temps.

— Arrête. J'y suis restée pendant quatre minutes en tout et pour tout. Il ne s'est absolument *rien* passé. Et il ne se passera rien. Je ne sors pas avec des gars comme lui.

— Primo, tu ne sors avec personne. Et deuxio, c'est quoi *des gars comme lui* ? Des gars qui ont un travail, qui sont sexy comme c'est pas permis et clairement disponibles, à voir la façon dont il te regardait ?

Liz se pinça l'arête du nez.

— Ça ne fait pas *si* longtemps que je ne suis pas sortie avec un mec.

Quel mensonge.

— Et ce n'est pas parce qu'il m'a regardée comme ça qu'il est célibataire.

Elle marqua une pause avant de continuer :

— En plus, il ne m'a pas regardée spécialement. Je ne l'intéresse pas, tu sais.

Tessa éclata de rire.

— Tu peux te mentir si tu veux, ma belle. Il te suffit de…

Au même moment, son téléphone bipa et elle leva les yeux au plafond.

— Voilà, la pause est terminée. Je dois aller voir un patient. Souhaite-moi bonne chance.

— Bonne chance, lui dit Liz dans un souffle.

Tessa s'éloigna. Elle n'enviait vraiment pas son travail. Mais si quelqu'un pouvait lui expliquer la gestion des factures médicales, c'était bien Tessa. Elle faisait toujours son possible pour s'assurer que personne ne soit exploité. On ne pouvait pas en dire autant de certains de ses collègues.

— C'était Tessa ? demanda Lisa en arrivant, les yeux brillants.

Liz hocha la tête et avala son reste de café avant de jeter le gobelet au recyclage.

— Oui.

— J'aurais aimé qu'elle en apporte à tout le monde, se plaignit Lisa. Ce n'est pas juste que tu obtiennes le meilleur alors qu'on se tape du jus de chaussette.

Comme Lisa avait l'habitude de boire gratuitement au bar d'à côté, grâce à son sourire ravageur, Liz avait du mal à la prendre en pitié. Bon sang, ce n'était que du café !

— Elle n'a que deux mains, et puisque Tessa est ma coloc, ça me donne quelques avantages.

Liz haussa les épaules. Elle n'était pas d'humeur à subir les jérémiades de sa collègue. En temps normal, elle avait une patience à toute épreuve, mais Lisa ne la lâchait pas depuis le passage d'Owen aux urgences, et honnêtement, elle en avait par-dessus la tête. Tant qu'elle faisait son travail et s'assurait que ses patients aient tout ce dont ils avaient besoin, elle était satisfaite.

Après tout, c'était le mieux qu'elle puisse faire.

— Oui, forcément, marmonna Lisa. Alors, tu as revu ton mystérieux patient récemment ? Owen Gallagher, c'est ça ?

Liz se massa le crâne.

— Je ne vois pas pourquoi, Lisa. C'était juste un patient et tu sais que leurs dossiers sont confidentiels.

— Si tu le dis.

Sur ce, sa collègue se dirigea vers la salle de repos et Liz essaya de se ressaisir, une fois de plus.

Il était hors de question qu'elle mentionne qu'Owen était son voisin... ronchon et taciturne parce qu'il n'avait pas encore recouvré ses pleines capacités. Cela dit, il se portait bien mieux qu'elle ne l'avait prévu, étant donné qu'il avait perdu sa rate, qu'il avait une clavicule fracturée et des côtes fêlées, sans compter les nombreux hématomes laissés par l'accident.

Elle ne savait pas s'ils avaient déjà attrapé le type qui l'avait renversé ni même si c'était vraiment un accident. Ça ne la regardait pas et elle ne chercherait pas à en savoir plus. Non seulement ce serait contraire à l'éthique, mais cela attirerait également l'attention sur elle. Elle n'avait pas besoin de ça. Elle devait absolument garder ce satané travail, car c'était la seule chose qu'elle avait en dehors de Tessa.

Seigneur, quelle tristesse !

Liz fit rouler ses épaules et consulta le planning avant d'emporter ses affaires. Un nouveau patient avait été placé dans l'une de ses chambres pendant qu'elle discutait avec Lisa, et comme sa collègue lui avait enfin lâché la grappe, elle allait voir ce dont il avait besoin.

Elle ne s'attendait certainement pas à reconnaître l'homme étendu sur le lit, une expression douloureuse au visage.

— Murphy ? fit-elle en clignant des yeux.

Avec une grimace, il leva sa main bandée.

— Salut, Liz. C'est sympa de te rencontrer ici.

Elle secoua la tête en s'approchant de lui.

— Mais qu'est-ce que tu as fait ?

— Je me suis approché un peu trop près d'un mur qui a décidé de s'effondrer à ce moment-là. Un morceau de métal m'a heurté et Graham m'a envoyé ici avec un des gars. Je crois que j'ai réussi à faire cesser le saignement, mais ça n'a pas été immédiat, alors je me suis dit qu'il me faudrait peut-être des points de suture.

Elle inspecta sa blessure à la main.

— Je suis contente que le saignement ait cessé pour l'instant, mais je pense que le médecin voudra te recoudre à coup sûr.

Elle enveloppa à nouveau sa main et inspecta ses signes vitaux.

— Décidément, vous, les Gallagher, vous aimez venir à mes urgences.

Murphy sourit, paraissant soudain bien plus jeune que ses

frères. Il lui semblait qu'il était le cadet, mais elle ne connaissait pas son âge exact.

— C'est parce qu'on t'aime bien. Ça avance, la nouvelle maison ?

Elle haussa les épaules tout en travaillant, notant son pouls et sa tension artérielle.

— Lentement. Voilà, bon, je vais faire venir le médecin dès que possible. J'aimerais savoir ce qu'il a à dire. Y a-t-il quelqu'un dans la salle d'attente pour toi ?

Owen était-il venu, avec son bras en écharpe et tout le reste ? Elle se garda bien de lui poser la question.

Murphy secoua la tête.

— Un collègue m'a déposé, mais il n'est pas resté. On est en retard au boulot. Jake est en route, mais comme il était chez lui à travailler sur un projet...

— Il ne travaille pas avec vous ?

Pourquoi était-elle si bavarde, tout d'un coup ? Peut-être était-elle trop fatiguée par son travail, parce qu'elle perdait la tête.

— Si, parfois, mais il est artiste de métier. Il a fait tout un atelier dans sa maison, mais je crois qu'ils ont besoin de place maintenant que Noah et trois adultes y vivent. Quoi qu'il en soit, Graham les a appelés, Owen et lui, pour faire savoir à toute la famille que j'ai été un abruti en laissant un mur me tomber dessus, et comme Owen ne peut toujours pas conduire, Jake est en route.

— C'est une bonne chose que tu aies des gens qui se soucient de toi.

Liz avait au moins Tessa, mais elle n'avait personne d'autre.

Et si elle continuait à se le dire, elle allait finir par y croire pour de bon.

— Ils sont tous un peu surprotecteurs, mais je ne peux pas

vraiment leur en vouloir, étant donné ce qui s'est passé quand j'étais petit.

Il haussa les épaules, mais l'expression de son visage à ce moment-là la dissuada d'insister.

Elle en savait beaucoup trop sur les Gallagher et elle devait être prudente. Non seulement pour se protéger, mais aussi pour protéger son travail. Elle ne pouvait pas être trop proche de ses patients, pas alors que Lisa et Nancy la surveillaient comme des faucons trop bavards.

— Bon, je vais faire venir le médecin tout de suite. Tu souffres beaucoup en ce moment ?

— J'ai connu pire.

Elle avait le sentiment qu'il n'essayait pas de jouer les durs à cuire en cet instant.

— Et si tu me donnais un chiffre entre un et dix pour indiquer ta douleur ? Juste au cas où.

— Je dirais quatre, je crois. Ça faisait mal sur le moment, mais maintenant, ce n'est qu'une pulsation sourde.

Elle répondit avec un signe de tête et prit des notes.

— Je reviens tout de suite, d'accord ? Si ce n'est pas moi, Jennifer va bientôt prendre son service et c'est elle qui s'occupe de mes patients. Tu seras entre de bonnes mains.

Murphy lui sourit.

— Je ne suis pas sûr qu'Owen voudrait que je sois entre tes mains. Je dis ça comme ça.

Quelqu'un se racla la gorge près du rideau et Liz s'en voulut aussitôt d'être restée là trop longtemps.

— Oui, Lisa ? fit-elle en se tournant vers l'autre femme.

Sa collègue afficha un grand sourire.

— Oh, rien, je voulais juste te dire que Jennifer est arrivée. Tu peux retourner à tes affaires.

Elle agita la main avant de déguerpir vers le poste des

infirmières. Seigneur, on se serait cru au lycée, mais Liz n'avait pas d'échappatoire.

— Est-ce que je t'ai causé des ennuis ? demanda Murphy, avec un réel souci dans la voix.

— Non, j'ai fait ça toute seule, répondit-elle sans réfléchir.

Elle laissa échapper un soupir et passa son dossier en revue une fois de plus.

— Peu importe. Allez, je vais chercher le médecin et Jennifer va arriver. Ça va aller, Murphy.

— Je sais, convint-il. Tu es douée dans ce que tu fais. Demande à Owen.

Elle réagit aussitôt :

— Je ne lui demanderai rien du tout, mais merci.

Sur ce, elle sortit de sa chambre et reprit son travail, sans prêter attention au regard de Lisa.

Elle ne pouvait pas laisser sa collègue jouer sur son moral alors qu'elle avait du pain sur la planche, puisqu'elles étaient toutes les deux en compétition pour la même chose, conserver leur poste alors que le budget était réduit comme peau de chagrin.

Elle priait pour ne plus commettre d'erreurs.

Elle ne pouvait pas se le permettre.

Quel que soit le nombre de Gallagher que la vie semblait vouloir lui jeter à la figure.

———

Owen était un homme neuf. Ou, du moins, en partie. Une semaine supplémentaire s'était écoulée et maintenant il pouvait marcher sans avoir les larmes aux yeux. La cicatrice de son opération ne lui faisait plus du tout mal, et si son bras était encore en écharpe, sa clavicule et son épaule semblaient guéries. Ses frères ne le laissaient peut-être pas encore conduire à cause de l'attelle, mais il était bel et bien en voie de guérison.

Dieu soit loué.

Autour de lui résonnaient les jurons d'hommes et de femmes, ainsi que des coups de marteau, et il eut envie de fermer les yeux et de danser tant ces bruits lui paraissaient mélodieux. L'odeur du béton coulé et du bois verni lui emplissait les narines et il eut envie de se mettre à genoux et de pleurer.

Cela faisait bien trop longtemps qu'il n'avait pas été autorisé à travailler sur l'un de leurs chantiers, et tout ce qu'il voulait, c'était y rester pour toujours en se rappelant pourquoi il aimait travailler chez Gallagher & Frères Rénovation.

— On dirait que tu pourrais pleurer ou te frotter contre un mur, fit Graham en s'approchant d'Owen. L'un comme l'autre, ce n'est pas très adapté au lieu de travail.

Owen brandit le majeur de son bras valide en souriant.

— Je ne verserai aucune larme et je ne suis pas très fan des cloisons sèches, merci. Pour être honnête, c'est plutôt ton genre.

Graham s'apprêta à frapper son frère à l'épaule, mais il se ravisa.

— Dès que tu seras guéri, tu y auras droit.

— Merci, répondit-il sèchement. Je n'aimerais pas que tu te retiennes pendant des années.

Graham ricana.

— Comme si on pouvait se retenir aussi longtemps. Tu as de la chance d'avoir le bras en écharpe aujourd'hui pour nous le rappeler, puisque le reste de tes égratignures est dissimulé sous cette chemise. Franchement, ta tenue ne pouvait pas être plus hors sujet !

— La ferme ! C'était plus facile d'enfiler ça que de me passer quelque chose par-dessus la tête, expliqua Owen. En plus, vous ne voulez pas que je vous aide sur le chantier alors je vais passer la majeure partie de la journée dans la caravane, à essayer de rattraper le bordel administratif que vous m'avez laissé.

— D'abord, c'est une question d'assurance, crétin. Je ne vais pas te laisser te blesser encore plus sur le chantier parce que tu as envie de faire le con. Et ensuite, on ne t'a pas laissé les choses trop mal en point.

Owen haussa les sourcils.

— J'ai vu ce que Murphy a fait à mon tableur. Il a de la chance d'être loin en ce moment, sinon je lui botterais le cul. Honnêtement, j'ai un peu peur de regarder dans quel état tu as laissé mon bureau.

Graham jeta un coup d'œil coupable à Owen avant de baisser les yeux comme si ses bottes le fascinaient.

— Tu devrais t'assurer d'avoir repris des forces avant.

Owen gémit.

— Qu'est-ce que tu as fait ?

— Rien, répondit aussitôt Graham, un peu trop vite pour être honnête. Tu sais combien Murphy a horreur des Post-it.

Owen ferma les yeux et compta jusqu'à cinq.

— Tu n'en es pas très fan, toi non plus. Je trouve toujours des petits bouts de papier éparpillés que je dois organiser.

Graham fit la grimace.

— Eh bien... au moins, tu en as l'habitude. Ça t'aidera peut-être à te calmer après un certain temps. Tu sais, être bien organisé pour trouver la paix de l'esprit ou des conneries comme ça. Au moins, tu resteras dans le bureau et tu n'auras pas envie de t'approcher d'un marteau.

Cette fois, Owen compta bel et bien jusqu'à dix pour se retenir.

— Tu devrais retourner à ce que tu faisais avant que Jake me dépose, parce que je ne pense pas que tu aies envie d'être près de moi une fois que je serai entré dans le bureau. Je me trompe ?

Graham recula lentement, les mains levées – plutôt drôle, étant donné qu'il mesurait quelques centimètres et pesait une dizaine de kilos de muscles de plus que lui.

— Ça marche. Jake passera te chercher plus tard pour le déjeuner. Ça te convient ?

Graham n'attendit même pas qu'Owen lui réponde pour se mettre à l'abri de son poing. Cela dit, Owen n'était pas vraiment en mesure de le frapper à ce moment-là, puisqu'il n'était pas encore à cent pour cent de ses capacités. Mais de même que son frère retardait le moment de le frapper, Owen pouvait attendre pour lui rendre la pareille. Il veillerait à tenir une liste de toutes ses insolences afin de se rattraper auprès de son grand frère.

Il se rendit à la caravane de chantier et gravit les vieilles marches en bois, s'efforçant de ne pas penser à ce qu'il allait découvrir. Ça ne pouvait pas être si terrible, n'est-ce pas ? Il n'était parti que depuis quelques semaines.

En ouvrant la porte, il se figea.

Si, cela pouvait vraiment être si terrible.

Et même pire encore.

Tous les carnets d'Owen étaient éparpillés sur deux bureaux, son clavier en équilibre instable sur quelques livrets empilés. D'innombrables feuilles de papier avec des notes écrites à l'encre, au crayon gris et même de couleur jonchaient les tables et les bureaux.

La pile de Post-it, quant à elle, semblait intacte.

Une fois encore, Owen compta jusqu'à dix avant de fermer la porte derrière lui et de se préparer. Au moins, il ne s'ennuierait pas en ce premier jour de retour au travail.

En revanche, il allait beaucoup ronchonner.

Et tout réorganiser.

. . .

Au moment du déjeuner, il avait tout repris en main. Il terminait de saisir quelques éléments dans l'ordinateur quand Jake entra, les cheveux en bataille et des cernes sous les yeux. Il avait à peu près la même apparence quand il était passé chercher Owen le matin même.

— Encore du café ? demanda-t-il à son frère aîné, de l'inquiétude plein la voix.

— C'est déjà ce qui me fait tenir, dit Jake en bâillant. Désolé. J'ai un énorme projet qui m'est tombé dessus et Noah a un petit rhume. Comme Maya avait besoin de sommeil parce qu'Austin est en vacances cette semaine, c'est Border et moi qui nous sommes levés pour nous occuper de lui. Mais bien sûr, Maya ne pouvait pas se contenter de dormir, elle n'arrêtait pas d'entrer et de sortir de la chambre du petit toute la nuit, en panique. En fin de compte, il a fallu qu'on s'occupe d'elle aussi. Et tout cela s'est traduit par une très longue nuit et un manque de sommeil général.

Owen désigna la chaise à côté de lui, de son bras valide.

— Assieds-toi, vieux. Qu'est-ce que tu fais ici si tu es si fatigué ? Tu as le droit de dormir, tu sais.

Jake se laissa tomber sur la chaise et rejeta la tête en arrière comme pour se reposer.

— Avec Murphy hors-jeu à cause de ses points de suture, et toi aussi, Graham avait besoin de quelqu'un. Habituellement, je me contente des finitions, mais papa nous a tous formés, alors je peux donner un coup de main à la construction proprement dite. Je ne veux pas vous laisser en plan.

— Comme toujours, Jake. Tu ne nous laisseras jamais en plan.

Considérant qu'Owen assurait le travail le moins manuel dans l'entreprise, même avant l'accident, il avait l'impression que c'était lui qui laissait tomber les gens. Mais dès que le projet suivant serait réalisé, il s'assurerait de faire un effort dans ce sens. Il n'était peut-être pas aussi habile de ses mains que ses frères, mais il pouvait au moins essayer.

En rencontrant leur prochain client, plus tard dans la journée, il se remettrait sur les rails. Ni le pick-up aux phares aveuglants ni la douleur interminable qui l'avait suivi n'y changerait rien.

Jake prit une grande inspiration avant de se lever de sa chaise.

— Bon, Graham m'a envoyé pour te forcer à sortir. Tu dois manger avec les autres. Viens vite, parce qu'il est de mauvais poil quand il a faim.

Owen se leva en ricanant. Il glissa son téléphone dans sa poche, s'assurant d'avoir sa tablette dans sa sacoche.

— Graham est toujours de mauvais poil, estomac plein ou non.

Jake lui adressa un sourire par-dessus son épaule.

— C'est vrai, mais Blake et Rowan y contribuent.

Il suivit son frère en se demandant pourquoi ces mots le rendaient un peu jaloux. Graham avait sa nouvelle famille qui le maintenait sain d'esprit, et Jake avait tout ce qu'il avait toujours voulu, même si Owen était quasiment certain que son frère n'aurait jamais imaginé connaître l'amour sous la forme d'un trio.

Maintenant, Owen et Murphy étaient les derniers célibataires de la famille. Il ne s'en formalisait pas, puisqu'il ne se sentait pas prêt à s'installer, mais il était un peu trop solitaire à son goût. Peut-être était-ce simplement parce qu'il était resté trop longtemps sur le canapé et qu'il se sentait déphasé. Quand il aurait complètement retrouvé le pays des vivants, ses listes et ses codes de couleur, il retrouverait le cours de sa vie.

Jake le conduisit dans la rue, à moins d'un pâté de

maisons, vers le restaurant de tacos dont l'équipe était tombée sous le charme dès le début du chantier. C'était même un amour profond et durable. Auparavant, tout le monde apportait son déjeuner sur place, mais cet établissement pratiquait des prix raisonnables pour une cuisine franchement exceptionnelle. Un quart du chiffre d'affaires du restaurant, ces deux derniers mois, devait provenir des Gallagher et de leur équipe, et Owen estimait que c'était amplement mérité.

Une fois qu'il eut entreposé sur son plateau quatre tacos au steak et un soda, il rejoignit une table. En temps normal, il n'aurait même pas besoin d'un plateau, mais si ses frères le surprenaient à essayer de se déplacer sans son attelle, il risquait de se faire botter les fesses. Graham et Jake étaient déjà assis, à déguster leurs tacos en silence. Les discussions n'étaient pas de mise devant une cuisine aussi délicieuse.

Owen avait posé une *carne asada* sur la table et tenait l'autre dans sa main quand Murphy s'installa à côté de lui, la mine renfrognée et sa main bandée pressée contre sa poitrine.

— Tu vas bien ? demanda Jake tout en mâchant son taco au porc avec supplément d'oignons.

— Ma main me fait un mal de chien, grommela Murphy avant d'utiliser la gauche pour commencer à manger.

Comme ils étaient tous droitiers, ce ne devait pas être facile pour le pauvre Murphy.

— Ça ne fait pas si longtemps qu'on t'a fait des points de suture, dit lentement Graham. Tu n'es pas encore guéri.

— Je le sais, répondit Murphy. Ça commence tout juste à me démanger, et ça me tue de ne rien pouvoir y faire. Liz a dit que je devrais aller mieux et le médecin l'a confirmé, mais j'aimerais enlever ce fichu bandage pour pouvoir continuer à faire ce que j'ai à faire.

Owen s'étouffa avec son soda et toussa en essayant de reprendre son souffle.

— Liz ?

Les yeux de Murphy s'éclairèrent lorsqu'il posa son verre.

— Oh, c'est vrai, je ne t'ai pas reparlé depuis que c'est arrivé. Oui, Liz était mon infirmière.

Il souriait.

— Dommage qu'elle ait fini son service avant que je puisse lui demander si elle voulait jouer à l'infirmière avec moi.

Owen laissa échapper un grognement avant de se rattraper.

— Ne parle pas d'elle comme ça.

Jake et Graham échangèrent un regard, mais ils se gardèrent d'intervenir.

— Pourquoi, frangin, tu craques pour elle ?

— Murphy, avertit Owen. Fais attention.

— Oh, ça va, répondit-il en souriant. Je ne lui ai rien fait et je n'ai rien dit qui puisse la mettre mal à l'aise. Elle travaillait, pour l'amour de Dieu ! Tout ce que je dis, c'est que tu devrais peut-être faire quelque chose si tu es jaloux comme ça avec ta nouvelle voisine sexy, au lieu de m'engueuler parce que je l'ai laissée m'examiner quand j'étais aux urgences.

Une fois de plus, Jake et Graham se regardèrent, et Owen voulut leur lancer quelque chose. Il ne savait pas pourquoi il était si fasciné par Liz, mais prochainement, il allait bien devoir l'oublier ou alors y remédier sérieusement.

— Si tu as fini de me titiller, je vais terminer mon repas et retourner au travail. Et n'allez pas croire que j'ai oublié le bordel que vous m'avez laissé.

— Tu adores organiser les choses, rétorqua Graham. Considère ça comme un cadeau de retour.

Owen leur fit un doigt d'honneur et continua à manger sans prêter attention aux taquineries de ses frères. Au moins, les choses revenaient à la normale. Les autres se comportaient comme des abrutis, et lui, il dressait des listes de choses à faire pour eux et pour le travail.

Son accident l'avait seulement ralenti, voilà tout. Bientôt, il se remettrait en selle, et alors... alors il verrait bien si sa voisine se laissait approcher.

CHAPITRE CINQ

L'eau ruisselait sur sa peau et elle gémit, regrettant que sa main ne soit pas autre chose, quelque chose d'infiniment meilleur. Liz avait envie de jouir, mais sans savoir pourquoi, elle n'y arrivait pas ce matin-là.

C'était sans doute en rapport avec le fait que, chaque fois qu'un certain voisin barbu et tatoué se glissait dans son esprit, elle le repoussait, tuant dans l'œuf toute possibilité d'orgasme. Elle s'était déjà lavé les cheveux et le reste du corps, s'était rasé les jambes – elle avait horreur de ça lorsqu'elle n'était qu'à moitié réveillée – et avait décidé de se donner un peu de plaisir avant d'entamer sa journée. Elle avait une rare journée de libre, dont elle comptait profiter pour déballer quelques cartons et peut-être même faire ce que l'on appelait *se détendre*.

Mais avant de pouvoir se détendre, elle voulait s'offrir ce petit plaisir.

Si seulement elle pouvait chasser Owen de son esprit.

À cette pensée, des images de son voisin sexy à genoux

dans la douche devant elle s'imposèrent dans son esprit sans qu'elle puisse les refréner. Ses grandes mains calleuses étaient sur ses cuisses, se pressant dans sa chair avant d'écarter ses replis. Il lui léchait l'intérieur de la cuisse, là où sa jambe rejoignait sa hanche, avant de se passionner pour son mont de Vénus. Sa barbe éraflait sa peau avec une telle sensualité qu'elle en avait des frissons le long de la colonne vertébrale. Il la léchait avec délicatesse tout en gardant les yeux levés, braqués sur son visage alors qu'il la goûtait.

Enfouissant la main dans ses cheveux, elle le serrait plus fort, folle de la dextérité avec laquelle il suçait son clitoris avant de le mordiller. Elle posa sa tête contre le carrelage, agrippée au porte-savon d'une main pour ne pas tomber lorsque l'orgasme la traverserait.

Et alors qu'elle frottait avidement son clitoris, elle jouit en pensant à la bouche d'Owen entre ses cuisses, ses mains sur sa peau. Ses jambes tremblèrent et elle se laissa glisser, s'asseyant par terre pour éviter de tomber et de se casser quelque chose.

Elle n'avait *aucune* envie de devoir expliquer une telle mésaventure à ses collègues des urgences.

Dans un geste maladroit, elle saisit le pommeau de douche tout en coupant l'eau froide, sa poitrine se soulevant et s'abaissant alors qu'elle essayait de reprendre son souffle.

Bon sang.

Elle était devenue folle en pensant à Owen Gallagher, un homme auquel elle ne devrait *pas* penser du tout. Ce n'était que son voisin et un ancien patient. Rien de plus. Elle ne connaissait même pas cet homme, mais pour une raison quelconque, chaque fois qu'elle était près de lui, il la mettait dans tous ses états. Si son instinct persistait à le chasser de ses pensées, elle devait s'y soumettre et ignorer l'attirance qui s'était enflammée entre eux.

Cela signifiait qu'elle ne devait plus penser aux délices de sa bouche.

Son clitoris palpitait encore et elle regardait fixement son entrejambe.

— Pour l'amour du ciel. Tu viens de jouir. Arrête d'en demander plus.

Voilà, elle était officiellement cinglée. Elle venait de réprimander son clitoris pour avoir osé réclamer un Gallagher. Et pas n'importe quel Gallagher. Owen, son voisin ! Avec cette triste pensée, elle se releva et quitta la douche. Debout sur le tapis, elle prit le temps de se sécher pour ne pas se retrouver avec une flaque d'eau sur le sol et risquer de glisser. Elle avait vu tant d'accidents domestiques aux urgences qu'elle faisait de son mieux pour ne pas venir grossir les statistiques. Avec un soupir, elle chassa ces pensées malsaines et entreprit de dresser une liste mentale pour la journée. Les filles avaient encore d'innombrables choses à faire dans la maison avant d'être entièrement installées, avant de pouvoir se sentir chez elles. Et rester nue dans sa salle de bains n'en faisait pas partie.

Le temps qu'elle s'habille et se rende à la cuisine pour faire du café, sa liste n'était plus seulement mentale, car elle écrivait déjà ses corvées dans l'ordre sur son téléphone. Elle ne savait pas ce qu'elle ferait sans l'application de notes et la possibilité d'y déplacer les différents éléments. En sirotant son café, elle jeta un œil dans sa nouvelle cuisine et se laissa aller à sourire. Elles n'étaient peut-être pas entièrement installées, et il se pouvait que dans un an, Tessa et elle doivent déplacer certains meubles pour peindre, mais elle était *chez elle*.

Elle n'avait plus de loyer à payer, elle n'avait plus à faire face à des proprios qui lui reluquaient les seins plutôt que de la regarder dans les yeux, et elle pouvait changer ce qui lui chantait parce qu'elle était propriétaire. Si c'était aussi la première maison de Tessa, Liz n'avait *jamais* rien possédé dans la vie. Cette maison et ses menus défauts lui appartenaient, et elle avait hâte d'y apposer son empreinte.

Tessa était partie tôt ce matin-là pour aller travailler et elle comptait consacrer sa journée à une mise au point. Elles avaient une liste de base à partir de laquelle s'appuyer pour éviter de refaire les mêmes choses ou passer à côté d'un détail important. Heureusement, Tessa aimait les listes autant qu'elle. Elle était peut-être un peu plus débridée que Liz, mais elle aimait l'ordre et la discipline dans certains domaines, elle aussi.

Liz emporta son café vers l'avant de la maison avec l'envie de faire quelque chose qu'elle n'avait jamais fait de sa vie : s'asseoir sur son porche et savourer son café du matin. Cela lui avait toujours semblé si… improductif, et même si c'était le cas, elle mourait d'envie d'essayer, ne serait-ce que pour une matinée.

Tessa avait apporté les chaises d'extérieur les plus laides que Liz ait jamais vues pour les disposer sur leur porche. Elles étaient dépareillées et très mal assorties à la maison ou à leur ensemble de jardin. Liz avait envie de les repeindre, à défaut de s'en débarrasser complètement, mais Tessa ne voulait rien entendre. Apparemment, c'était le projet de son amie et Liz n'avait pas son mot à dire.

Voilà ce qui arrivait quand on achetait une maison avec son amie et non pas son conjoint.

Liz haussa les épaules en s'enfonçant dans le siège étonnamment confortable. Elle prendrait une autre initiative, ailleurs dans la maison, puisqu'elles fonctionnaient ainsi, toutes les deux. Elle soupira et prit une autre gorgée de café. Même si elles étaient laides, les chaises n'étaient pas désagréables. En fait, celle sur laquelle elle se reposait semblait parfaitement moulée à son fessier, et maintenant elle n'avait plus envie de se lever.

Peut-être que Tessa avait raison, tout compte fait.

Il était encore tôt le matin, et de là où elle était assise, elle pouvait admirer la beauté des montagnes Rocheuses ainsi que les contreforts qui semblaient bien plus proches de leur nouvelle maison que du petit appartement qu'elles partageaient auparavant. Elle était tombée sous le charme de cette maison uniquement pour la vue et Tessa s'était rangée à son avis. Il n'y avait rien d'aussi majestueux que les Rocheuses par un matin clair.

Dès que cette pensée lui vint, un certain voisin barbu lui apparut. Or cette fois, ce n'était pas le fruit de son imagination. Il avait retiré son attelle et portait un t-shirt moulant ainsi qu'un jean élimé qui épousait ses cuisses épaisses et musclées. Ses fesses fermes lui mirent l'eau à la bouche. Elle n'était pas certaine qu'il la voyait de là où il se tenait, sans doute pas, ce qui lui donnait l'impression d'être une voyeuse un peu perverse.

Bien sûr, ça ne l'empêcha pas de se rincer l'œil.

Elle prit une autre gorgée de café, son regard non plus tourné vers les montagnes, mais vers l'homme auquel elle venait de fantasmer. L'homme auquel elle ne devrait *pas* penser du tout. Il était trop proche de sa vie, trop naturel, trop... trop tout. Quand elle serait enfin prête à s'installer, elle trouverait un chéri attentionné et calme, qui ne la rendrait pas folle sans raison. Elle ne voulait pas être avec un homme capable d'utiliser ses grandes mains pour de sombres desseins.

Liz ferma les yeux et expira, chassant ces pensées de son esprit. Elle n'avait plus pensé à cette époque depuis un certain temps et elle n'allait pas commencer maintenant. De toute façon, elle savait mieux que quiconque qu'il n'était pas nécessaire d'avoir de grandes mains pour infliger le genre de douleur qu'elle essayait d'oublier.

Des mains moyennes déterminées pouvaient causer autant de dégâts.

Surtout sur une personne beaucoup plus petite.

À présent, le café lui semblait amer sur sa langue. Elle posa sa tasse sur la petite table entre les deux chaises. Elle n'était pas très stable, mais tant qu'elle laissait la tasse au centre et qu'elle ne faisait pas vaciller la table, tout devrait bien se passer.

Liz se frotta les tempes, essayant de secouer son esprit pour le ramener à l'instant présent, mais ce n'était pas facile. Elle ignorait pourquoi elle continuait d'y penser, d'autant plus que cela faisait longtemps qu'elle n'avait pas affronté les souvenirs, mais apparemment, son cerveau ne voulait pas abandonner ce sujet.

Bien décidée à se changer les idées, elle leva les yeux au même moment qu'Owen, mais au lieu d'établir un contact visuel, il s'effondra comme un sac de briques. Son juron étouffé parvint à ses oreilles alors qu'elle bondissait de sa chaise et se ruait vers lui.

— Owen ? lança-t-elle, ses pieds nus dans l'herbe humide de rosée.

— Ça va, gémit-il en se retournant sur le dos. J'ai juste trébuché sur ce foutu journal que j'ai annulé il y a un an et qu'ils continuent de m'envoyer par-dessus la clôture.

Il avait les yeux fermés et son bras valide sur son front. L'autre, en revanche, était tendu sur le côté, bien raide. Il avait replié une jambe vers le haut et l'autre était restée droite. Il prenait de grandes inspirations pour se ressaisir.

Elle s'agenouilla à ses côtés et secoua la tête.

— Tu ne devrais pas être dehors. Et tu ne devrais pas encore te passer d'attelle.

Owen ouvrit un œil et la regarda fixement.

— Théoriquement, j'ai le droit de faire les deux, pas long-temps, c'est tout. Je me suis dit que ce serait bien d'aller cher-cher le courrier que je n'ai pas eu l'occasion de vérifier hier parce que je suis rentré trop tard. Mais comme j'étais pieds nus et stupide, j'ai trébuché.

Il gémit en levant son mauvais bras, mais elle ne perçut aucun signe de douleur sur son visage.

— Ne bouge pas, lui conseilla-t-elle. Laisse-moi t'examiner.

Owen sourit.

— Sens-toi libre de m'examiner quand tu veux, infirmière Liz.

Elle leva les yeux au ciel, réprimant un sourire. Ce type savait comment lui faire de l'effet, et ce n'était pas toujours négatif, loin de là.

— Dis-moi si ça fait mal.

Elle le tâta par endroits, mais il ne tressaillit même pas. Au contraire, il apprécia son contact et elle prit soin de ne pas garder ses mains sur lui très longtemps. Bon sang, elle devait rester professionnelle. Même s'ils n'étaient pas à l'hôpital. Elle avait une responsabilité dans son travail et palper Owen Gallagher n'en faisait pas partie.

— Tout va bien, Liz, dit-il à mi-voix.

Il lui tendit la main et lui prit le poignet.

— Je suis juste un peu gêné de m'être ridiculisé comme ça. Je t'ai vue sortir sous ton porche tout à l'heure, alors j'ima-gine que tu m'as vu tomber. C'est pour ça que je suis resté allongé. Pas parce que je souffre, mais parce que je suis un abruti.

Elle fronça les sourcils en le dévisageant.

— Tu n'es pas un abruti. Ça arrive à tout le monde de trébucher.

Owen leva les yeux au ciel en se forçant à s'asseoir. Elle essaya de l'aider, mais il lui fit signe de s'écarter.

— Je trébuche plus souvent, ces derniers temps. En tout cas, c'est l'impression que j'ai. Mais merci de m'avoir examiné.

Il haussa les sourcils et ajouta :

— Pas seulement maintenant.

Elle aurait juré se sentir rougir et elle détesta sa peau claire en cet instant.

— Rentrons.

— Tes désirs sont des ordres, infirmière Liz.

— Et arrête de m'appeler comme ça.

— Mais tu es bien l'infirmière Liz, dit-il en souriant alors qu'ils se levaient tous les deux. Enfin, chaque fois que je t'appelle comme ça, je dois te rappeler que tu as été *mon* infirmière, et que ce ne serait pas professionnel de me mater le cul. Je ferais mieux d'arrêter.

Il se retourna et agita son popotin dans sa direction, regardant par-dessus son épaule pour voir sa réaction.

— Qu'est-ce que tu en penses ? Tu aimes mon jean ? Il n'est pas tout récent, mais tu devrais avoir un bel aperçu de mes atouts.

Elle ne put s'empêcher d'éclater de rire en admirant ses fesses.

— Oui, un bel aperçu. Mais c'est tout ce que j'aurai. Juste un aperçu.

— Comme tu voudras, répondit Owen en lui prenant la main.

Elle fut si étonnée qu'elle n'eut aucun mouvement de recul.

— Je peux t'offrir une tasse de café ? Pour te remercier d'avoir volé à mon secours ?

Elle songea à la tasse amère qu'elle avait laissée sur son

porche, et quand elle répondit, elle sut qu'elle commettait une erreur.

— D'accord.

La stupeur emplit ses yeux pendant un instant, assortie à la sienne.

— D'accord.

Il sourit et l'attira vers sa porte d'entrée, puis à l'intérieur. Elle ne l'avait pas bien vue la dernière fois, mais à présent, elle prit le temps de contempler sa décoration. Tout était parfait, depuis les couleurs jusqu'aux meubles, et on aurait dit que le ménage était réalisé tous les jours.

En fait, elle était presque sûre que son intérieur était plus propre que le sien ne l'avait jamais été, et elle en était peut-être même un peu jalouse.

— Lait et sucre ? proposa Owen en remplissant deux tasses.

— Les deux, merci. Je peux le boire noir, et c'est ce que je prends habituellement au travail, mais j'ai le bec sucré.

Les yeux d'Owen s'embrasèrent.

— Bon à savoir.

Liz s'humecta les lèvres et ses yeux suivirent avidement son geste. Ce n'était vraiment pas une bonne idée. Elle ne devrait pas être ici et elle ne devrait certainement pas se laisser aller à l'attirance qui pourrait bien être mutuelle. Il n'était pas bon pour elle et elle savait pertinemment qu'elle n'était pas bonne pour lui.

Pourtant, lorsqu'il posa sa tasse de café à côté de sa main, sur l'îlot de la cuisine, elle ne fit aucun mouvement pour la prendre. Au lieu de quoi, elle s'arrêta et il se rapprocha, si près qu'elle sentit son souffle sur ses lèvres, la chaleur de son corps douloureusement proche du sien.

— Demande-moi d'arrêter, chuchota Owen.

Il s'avança à nouveau et posa une main sur sa hanche. Son

cœur s'emballa et elle tenta de lui dire non, de se rappeler qu'elle ne devait pas faire ça.

Pourtant, elle garda le silence.

Quand il se pencha en avant et prit possession de sa bouche, elle le laissa faire. Qu'il la prenne, qu'il l'embrasse, qu'il fasse ce qu'il n'aurait jamais dû faire.

Elle lui rendit son baiser.

Ce n'était pas un baiser tendre, ce n'était pas un baiser de conte de fées avec des jeunes filles et de beaux princes. C'était plutôt un duel tout en bouches, halètements, dents et langues qui se battaient pour le contrôle. Il lui saisit la hanche et enfonça les doigts de son autre main dans ses cheveux, l'attirant vigoureusement à lui.

Elle avait déjà imaginé sa bouche sur ses lèvres, sur sa peau, et pourtant ses fantasmes étaient bien loin de la réalité. Elle l'entoura de ses bras, impatiente de le sentir sur elle, *en* elle, avec elle. Lorsqu'elle se frotta contre le renflement rigide entre ses jambes, sans se laisser décontenancer, elle redoubla d'ardeur.

La bouche d'Owen était différente de ce qu'elle avait connu auparavant et elle savait que, si elle n'arrêtait pas au plus vite, elle baiserait avec lui dans sa cuisine sans même s'en rendre compte.

Ce fut donc sans surprise qu'Owen prit l'initiative de se détacher d'elle, s'écartant pour reprendre son souffle avant de poser son front sur le sien.

— Putain de merde, souffla-t-il.

Elle ne pouvait rien dire, à peine capable de respirer.

— Ne dis pas que tu le regrettes. Ne me dis pas que nous n'aurions pas dû le faire, supplia aussitôt Owen. Si tu ne sais pas quoi dire, ne dis rien du tout. Mais tu sais quoi ? Ce baiser, putain... Ce baiser, il voulait tout dire, pour moi. Alors, si tu ne sais pas quoi faire, tu peux t'en aller sans un mot. Je comprendrais tout à fait, parce que c'était inattendu. Mais, Liz ? Si tu t'en vas sans rien dire, ça me laissera l'espoir que je peux revenir vers toi. Bientôt. La balle est dans ton camp. Sache seulement que j'ai envie de toi. *Tellement* envie de toi. Mais je ne te prendrai pas et je ne te laisserai pas me prendre à moins de vraiment le vouloir. Tu as compris ?

Elle déglutit péniblement, son souffle enfin apaisé.

Et comme elle était incapable de le chasser de sa tête, incapable de ne pas penser à ce qu'ils venaient de faire, elle tourna les talons et s'en alla.

Mais elle ne dit rien.

Cela ne signifiait qu'une seule chose.

Elle *voulait* qu'il la suive. Elle *voulait* que cela se reproduise.

Elle espérait seulement qu'elle n'était pas en train de faire la plus grosse erreur de sa vie.

Une fois de plus.

———

— Tu es un abruti.

Owen décocha un regard furieux à Murphy, mais ne dit rien. Au lieu de quoi, il but une gorgée de bière et s'efforça d'ignorer son jeune frère. Ils étaient censés passer une soirée entre mecs, sans avoir à aborder de questions importantes, se contentant de regarder un match à la télé en buvant et en mangeant des cochonneries trop grasses pour des hommes de leur âge, en un mot, passer du bon temps.

Apparemment, Murphy avait d'autres idées en tête.

— Tu es un peu idiot, renchérit Jake de son côté.

Owen se retint de le frapper. Après tout, sa clavicule lui faisait encore mal et il ne voulait pas être traité de pire encore.

— Il s'est pris les pieds au milieu de sa pelouse sous les yeux de sa voisine sexy, ça ne fait pas de lui un idiot, dit Graham en prenant sa défense.

À bien réfléchir, Owen n'était pas certain que cette déclaration joue vraiment en sa faveur.

— Je ne sais pas pourquoi je t'ai raconté cette histoire, grogna Owen.

— Parce que j'ai vu le nouveau bleu sur tes côtes quand tu as tendu la main pour prendre les biscuits apéro, répondit Murphy. Enfin, sérieusement, si c'est pour te blesser dès la minute où on te laisse seul, tu devrais revenir vivre chez l'un d'entre nous.

Brandissant son majeur, Owen but une nouvelle gorgée.

— La ferme. Je vous ai invités à regarder le match, pas à me taper sur les nerfs.

— Te taper sur les nerfs n'est qu'un petit avantage secondaire qu'on apprécie tous, ajouta Jake sans conviction.

— D'ailleurs, tu ne nous as toujours pas dit ce qu'il s'est passé quand Liz t'a soigné après ta chute.

Owen fusilla Graham du regard. Il faisait de gros efforts pour garder un visage neutre.

— Tu en as eu pour ton compte, dit Murphy avec un sourire. Peut-être pas complètement, mais un peu.

Owen ferma les yeux et compta jusqu'à dix. Peut-être qu'en ouvrant les yeux, il aurait deux nouveaux frères qui ne chercheraient pas à se foutre de lui. Très peu probable.

— Je dirais qu'il l'a au moins embrassée, avança Jake. Mais pas grand-chose d'autre, sinon il serait beaucoup plus détendu que ça.

Graham éclata de rire.

— Oui, il est trop grincheux pour être comblé sexuellement.

— Allez vous faire foutre.

— C'est ça, un petit avant-goût, je dirais, reprit Murphy comme s'il était aussi perspicace qu'une femme dans ce domaine. Ce n'est rien, frangin. Tu as encore le temps de tenter quelque chose avant qu'elle se rende compte que tu es vraiment assommant et qu'elle t'envoie balader en se fichant de toi.

— Je me répète, mais allez vous faire foutre.

Owen vida le reste de sa bière et se leva du canapé, ignorant ses douleurs au côté.

— J'ai besoin d'une autre bière. Allez vous en chercher vous-mêmes si vous en voulez, parce qu'en ce qui me concerne, j'en ai fini avec vous. Quand je reviens, on regarde ce foutu match et on ne parle *plus* de ma putain de vie sexuelle. C'est compris ?

— Tu dis ça comme si tu *avais* une vie sexuelle, rétorqua Jake en souriant. Enfin, je sais que tout le monde n'a pas une vie sexuelle aussi épanouissante que la mienne, mais tu pourrais au moins avoir la moitié de ce que j'ai.

Graham frappa Jake à l'épaule et Owen sourit.

— Arrête de te vanter, grogna l'aîné. Pour tout dire, Blake me suffit amplement. Pas de ménage à trois pour moi.

— De toute façon, elle réglerait son compte à la moindre personne qui oserait s'approcher de toi avec des idées de plan à trois, lança Murphy.

— Très juste, répondit-il avec un sourire.

Owen se contenta de secouer la tête et alla chercher quatre autres bières dans le frigo. Il leur avait peut-être demandé de se démerder s'ils voulaient continuer à boire, mais il n'était pas sans cœur. Pour l'instant, en tout cas. S'ils lui parlaient encore de son absence de vie sexuelle, il leur imposerait un verre d'eau et il les flanquerait à la porte.

Il y avait des limites aux plaisanteries qu'un homme pouvait supporter.

— Alors, quand allons-nous rencontrer ton nouveau client ? demanda Graham tandis qu'Owen se laissait tomber sur le canapé, distribuant les bières à la ronde.

Il passa une main sur sa mâchoire, qu'il devrait probablement raser dans la perspective de ses prochaines réunions. Même s'il aimait bien sa barbe, ses tatouages et ses piercings, ce n'était pas toujours approprié dans le milieu professionnel. Ses tatouages étaient faciles à dissimuler sous les vêtements et il retirait toujours son piercing à l'arcade lorsqu'il rencontrait de nouveaux clients. Ses autres piercings étaient situés un peu plus bas, si bien que personne ne les remarquait. Quant à la barbe, il essayait de la raser de temps en temps pour certains clients qui semblaient vouloir travailler avec un représentant propre sur lui, plus chic. Owen était prêt à se plier aux exigences quand il le fallait. S'il devait se raser, il le faisait sans rechigner.

Il s'assurerait de la laisser repousser avant de faire des gâteries à Liz. Il avait le pressentiment qu'elle aimerait sentir les poils drus de son visage entre ses cuisses quand elle se laisserait aller sous sa bouche.

Owen avala bruyamment en se retenant de changer de position sur le canapé. Il ne devait plus y penser ce soir.

— Euh, dans la semaine qui vient, sans doute. Comme il s'agit de la rue entière plutôt qu'une seule maison, il faut un peu de temps pour tout mettre en œuvre. Selon moi, il faudra l'équipe au complet, au début, puis quelques personnes pour travailler au projet. Ce qui fonctionnera si nous commençons bientôt, tant que nous restons dans les délais.

Ils avaient pris un peu de retard avec l'accident d'Owen et les points de suture de Murphy, mais ils avaient tous travaillé d'arrache-pied pour s'assurer que leurs clients actuels soient satisfaits.

— Je suis content que tu y travailles, nous avons tous été

trop occupés, déclara Murphy en mordant dans une chips enduite de sauce piquante. Mais ce type a l'air d'avoir un balai dans le cul.

Owen n'avait rien à redire. Clive Roland était un connard de première catégorie, qui ne travaillait qu'avec les meilleurs des meilleurs. Il incombait à Owen de le convaincre que les frères Gallagher étaient l'équipe dont il avait besoin.

— Les documents définitifs devraient être signés dans les deux semaines qui viennent. Roland prend son temps avec nous, c'est tout.

Graham secoua la tête.

— Avec la rénovation du domaine familial de Blake, nous avons déjà de quoi prouver la qualité de notre travail. Il suffit de voir le résultat pour savoir de quoi nous sommes capables. Nous avons eu plusieurs clients haut de gamme après ça, et nous avons fait très bonne impression. Je ne sais pas pourquoi ce Roland prend son temps. S'il pense que nous ne sommes pas assez bons maintenant, c'est parce qu'il se fait une idée de la perfection qui n'existe pas. Nous sommes les meilleurs et il devrait le savoir. S'il ne le sait pas, alors nous n'avons pas besoin de lui. Ce ne sont pas les nouvelles missions qui manquent.

Owen se mordit la langue pour éviter de dire quelque chose qu'il ne pensait pas. Ce projet n'était pas seulement important parce que l'entreprise de Roland pouvait propulser les Gallagher. C'était aussi une initiative qu'il avait prise lui-même parce que les autres avaient le nez dans le guidon. Il avait besoin de ce travail pour leur montrer qu'il pouvait faire plus que de l'administratif.

Il ne savait pas pourquoi cette mission était plus importante que les autres à certains égards, mais il ferait de son mieux pour réussir. D'ailleurs, ils avaient déjà dû refuser quelques clients à la dernière minute pour préparer le contrat avec Roland. S'ils n'obtenaient pas ce contrat juteux, ils risquaient d'avoir des ennuis pendant quelques mois, à devoir chercher de nouveaux projets pour l'entreprise sans garantie d'en trouver. Cependant, Owen ne voulait pas y penser maintenant. Il devait rester positif. Le travail était presque terminé sur le papier et il devait aller de l'avant.

— Nous allons y arriver, dit-il posément. Comme toujours.

— Bien sûr, fit Murphy, ignorant la tension dans la pièce.

À moins que son frère, trop observateur, ait déjà compris et cherche à réorienter lui-même la conversation. Quoi qu'il en soit, Owen lui en fut reconnaissant.

— Dis-moi, Jake, pourquoi Border n'est pas avec nous ?

Jake sourit avant de boire une gorgée.

— C'est la soirée en tête à tête de Maya et Border. En temps normal, je serais à la maison avec Noah, mais vous m'avez proposé cette soirée à la place.

— C'est pour ça que Blake jongle avec Noah et Rowan en ce moment, ajouta Graham avec un petit sourire. Rowan essaie de nous montrer qu'elle peut être une grande sœur. Je suis presque sûr qu'elle se fiche d'avoir un petit frère ou une petite sœur, du moment que c'est pour bientôt.

Owen dévisagea son frère aîné.

— Alors, c'est pour bientôt ?

Graham haussa les épaules, mais ses yeux pétillaient.

— Peut-être.

Murphy se pencha en avant avec Jake.

— Nous allons redevenir oncles ?

Owen perçut le sérieux sous sa désinvolture affichée. L'aîné des Gallagher avait déjà été marié une fois et il avait eu une belle petite fille. À sa mort, le mariage de Graham s'était effondré et lui aussi. Le fait qu'il soit désormais un père aimant pour Rowan et qu'il l'ait même adoptée légalement lorsqu'il avait épousé Blake était une étape primordiale. Mais qu'il parle d'un nouveau bébé, c'était *énorme*, et Owen n'aurait pas pu être plus heureux pour son grand frère. Si quelqu'un méritait ce bonheur, c'était bien Graham.

— Pas encore, répondit-il. On s'exerce.

Owen leva les yeux au ciel et les autres éclatèrent de rire.

— Vous devez être épuisés à force de vous exercer, depuis le temps.

— On ne s'exerce jamais trop, fit Graham en riant.

Owen secoua la tête et s'adossa à nouveau dans le canapé alors que ses frères continuaient de plaisanter sur les bébés et autres sujets dont il n'aurait jamais pensé qu'ils parleraient en groupe. Tous les quatre avaient vraiment commencé à grandir et à atteindre un niveau supérieur, ces dernières années, mais il ne pouvait pas s'empêcher de se sentir un peu en retard. Il avait planifié une grande partie de sa vie, de celle de ses frères, et pourtant il n'avait toujours pas de famille à lui.

Le visage de Liz lui vint à l'esprit et il retint un froncement de sourcils. Un baiser, même torride et langoureux, ne faisait pas naître une relation ni une famille. Elle était encore trop nerveuse en sa présence et il savait qu'il lui faudrait beaucoup de travail pour la convaincre de sortir avec lui. Mais c'était comme ça, avec Owen. Il planifiait tout et il veillait au bon déroulement des choses. Peut-être qu'avec le bon plan, la bonne liste, il trouverait un moyen d'entrer dans la vie de Liz et de voir ce qui se passerait ensuite.

Si le timing jouait en sa faveur. Il avait toujours ses anciens clients, le futur projet en cours de route, et cet étrange délit de fuite. Ce serait un peu trop pour certains, mais pas pour Owen. Il ferait en sorte que ça marche. Et à ce moment-là, peut-être, seulement peut-être, il pourrait embrasser Liz à nouveau.

Il sourit dans sa bière alors que Jake et Murphy se mettaient à crier l'un sur l'autre et sur la télévision. Lorsque

Jake assena un faux coup de poing à leur petit frère, Murphy le plaqua au sol. Owen en profita pour s'assurer que les bières étaient bien sur leurs dessous de verre, puis il regarda Jake et Murphy chahuter comme ils le faisaient depuis des décennies.

Certaines choses changeaient dans leur vie, mais pas tout. C'étaient des Gallagher jusqu'au bout, après tout.

CHAPITRE SIX

Liz ne voulait rien d'autre que prendre un long bain avant de dormir pendant les quatorze heures suivantes, mais elle avait le sentiment que ce n'était pas au programme du jour. Elle avait travaillé de nuit depuis que le bureau de l'administration avait tout changé au cours du mois dernier, et son corps n'y était pas encore habitué. Elle avait le sentiment qu'une fois qu'elle s'y serait accoutumée, ils la remettraient au planning de jour. Comme cela s'était déjà produit à deux reprises, elle savait qu'elle devrait se contenter d'absorber du café par intra-veineuse jusqu'à ce que les patrons trouvent enfin les budgets et cessent d'arnaquer les gens. Des vies dépendaient d'elle et il était hors de question de bâiller pendant un examen.

Vers midi, elle se faufila dans la cuisine et se rendit directement à la cafetière. Elle devait encore prendre une douche et faire quelque chose pour le nid qui lui tenait lieu de coiffure, mais il lui fallait d'abord du café.

Tessa était debout devant l'îlot de la cuisine avec son jean taille basse, et elle dansait, ses écouteurs dans les oreilles. Elle avait une cuillère à la main et ses yeux étaient fermés alors qu'elle se trémoussait et s'agitait, dans une activité à mi-chemin entre la cuisine et la danse.

Liz retint un sourire en allant prendre son café, effleurant Tessa en chemin. Une fois que son amie eut cessé de brailler, Liz remplit sa tasse en souriant.

— Bonjour.

— Oh putain, ma belle ! se récria Tessa en sortant ses écouteurs de ses oreilles. Préviens au lieu de me faire peur comme ça.

Liz lui répondit par un doigt d'honneur, puis elle prit une gorgée de l'élixir qui lui permettrait de venir à bout de sa journée.

—Je ne me cache pas.

— Tu n'as pas fait de bruit quand tu es entrée.

Elle leva les yeux au ciel.

— Tu avais mis ta musique si fort que tu ne m'aurais pas entendue crier. Cela dit, pourquoi danses-tu les yeux fermés ? Pour être vraiment certaine de ne pas me voir ?

Cette fois, ce fut Tessa qui ne put retenir un sourire.

— Je te déteste et je danse bien mieux que toi, fit-elle en se déhanchant. Ces hanches ne mentent pas. J'ai les mouvements dans la peau. Toi, tu te dandines et tu essaies de remuer, même si tu as de plus belles courbes que moi.

— Je ne me dandine pas. Et je n'essaie *pas* non plus de remuer.

Liz prit une autre gorgée.

—Je remue très bien. Ou du moins, c'était le cas quand je dansais.

Tessa fit les gros yeux.

— Tu dois commencer à prendre du temps pour toi sinon tu vas t'épuiser au travail.

— Ce n'est pas si difficile, soutint Liz. En plus, on doit finir d'aménager la maison et je n'ai même pas *regardé* le jardin. On arrive à la période où on pourrait commencer à planifier les choses pour le printemps, maintenant que les fortes chutes de neige ont cessé.

— D'abord, on est à Denver, chérie. La neige ne s'arrêtera pas avant le mois de juin, même si elle nous fait croire le contraire avec un mois de chaleur. C'est comme ça que ça marche ici. Comme tu as vécu toute ta vie dans cette région, tu devrais le savoir. Et puis, tu as une vie en dehors de cette maison et de ton travail. Secoue tes fesses en public et bourre-toi un peu la gueule.

— Tu veux dire que je devrais sortir danser ? Parce que je ne connais aucun endroit dans les environs, à part quelques bars. Et nous n'avons plus vingt et un ans. Nous avons des responsabilités.

Tessa leva les yeux au ciel.

— Oui, c'est vrai. Alors justement, on a besoin de se défouler. C'est pour ça qu'aujourd'hui, on va chez Owen. Murphy nous a invitées.

— Pourquoi Murphy nous invite chez Owen et pas Owen lui-même ?

— Parce qu'Owen organise une fête et qu'il veut qu'on y aille. Il se trouve que c'est Murphy qui m'a appelée.

Liz se figea. Elle n'avait pas revu son voisin depuis le baiser dans sa cuisine, sujet tabou, et elle n'était pas prête à l'affronter. Elle pouvait encore sentir sa main sur sa hanche, sa langue autoritaire, ses dents qui lui mordillaient la lèvre, lui donnant envie de grimper sur son corps sans jamais le lâcher.

Tessa lui lança un regard intrigué et Liz fit de son mieux pour ne pas serrer ses cuisses l'une contre l'autre, car elle savait qu'elle était déjà mouillée rien qu'en pensant à la bouche d'Owen.

Foutu Gallagher.

— À quoi penses-tu pour que tes joues soient toutes

rouges comme ça, hmm ? demanda Tessa. Chérie, si c'est quelque chose qui te gêne ou qui t'excite, j'ai besoin de plus de détails. Et puis, tu dois aller finir ce que tu as commencé parce que je sais que tu n'as pas baisé récemment.

— Tessa !

Liz ferma les yeux et se pinça le nez.

— Arrête avec ça.

Chaque fois que Liz couchait avec un homme, son amie le devinait toujours, et elle avait horreur de ça. Ça ne la dérangeait pas que Tessa le sache – en l'occurrence, elle ne le savait pas –, mais Liz était agacée de ne pas lire aussi clairement en elle. Son amie était plus douée que tout le monde pour afficher un masque impénétrable.

— Quoi ? Je disais ça comme ça. Laisse-moi deviner, c'était Monsieur Grand et Bien Organisé, n'est-ce pas ? Est-ce qu'Owen a posé ses grandes mains sur toi ?

Les yeux de Tessa pétillaient quand elle eut fini de mélanger la moutarde dans la salade de pommes de terre.

— C'était comment ? Non, ne me le dis pas. Je le devine, parce que tu as envie de me tuer en ce moment. Il était torride, exigeant et prêt à te faire sortir de ta coquille. Seulement, il ne l'a pas fait, parce que s'il l'avait fait, tu serais beaucoup plus détendue en ce moment. Alors, soit quelque chose vous a interrompus, soit l'un d'entre vous s'est enfui. Je vais dire *toi* parce que tu n'en parles pas et que tu as l'air de vouloir me tuer, là maintenant.

Liz posa sa tasse de café vide et prit une grande inspiration.

— Je déteste la facilité avec laquelle tu y arrives. Tu te trompes carrément de métier. Tu pourrais travailler pour la police avec ta perspicacité.

Elle s'autorisa à expirer.

— Bref, oui, Owen et moi, on s'est embrassés. C'est tout. C'était une erreur et ça ne se reproduira plus.

— Pourquoi ? demanda Tessa en plaçant la salade de pommes de terre au réfrigérateur. Il est célibataire. Tu es célibataire. Ça saute aux yeux que vous avez envie de baiser et il est sexy.

Liz rinça sa tasse en soupirant.

— Rien ne saute aux yeux. Et ce n'est pas comme si tu nous avais vus ensemble, de toute façon.

— Je n'étais pas si ivre que ça au bar, Liz. Je me souviens très bien de la façon dont vous vous regardiez ce soir-là. Évidemment que vous vous reluquiez, et lui, il te regardait comme un poisson dans l'eau, sa bouche bougeait, mais aucun mot ne sortait. Bref, j'ai senti les flammes. Il craque pour toi. Et toi aussi. Lancez-vous.

— Tu es ridicule.

— Non, j'aime le sexe, c'est tout. Toi aussi, jusqu'à ce que tu commences à travailler autant.

Liz la regarda fixement.

— Tu bosses autant que moi en ce moment.

Tessa arqua un sourcil.

— Oui, mais moi, je me défoule.

À tel point que parfois, cela préoccupait Liz, mais elle n'en dit rien. Tessa était assez grande et elle pouvait faire ce qu'elle voulait, même si certaines de ses pratiques la mettaient mal à l'aise.

C'était un patient. Son frère aussi était un patient. Je ne vais pas coucher avec lui. Ni avec Murphy.

Tessa ricana.

— Je sais que tu ne vas pas coucher avec Murphy. Il n'y avait pas d'alchimie entre vous. Mais toi et Owen ?

Elle fit mine de s'éventer le visage.

— *Mama mia.* Liz, ma chérie, ils ont été tes patients

pendant cinq minutes et ne le seront plus jamais. Je te connais. Si pour une raison quelconque ils reviennent aux urgences, tu les confieras à une autre infirmière. Il ne faudrait pas que ce soit gênant.

— Si je fais ça, alors Lisa aura une raison de plus de me mettre sur la sellette, puisqu'elle se bat pour le même poste que moi. Ça réglera le dilemme de Nancy.

Liz laissa retomber sa tête, les tempes battantes.

— J'ai l'impression d'être de retour au lycée.

— Les gens se comportent toujours comme s'ils étaient des connards immatures incapables de s'y prendre avec les autres. C'est comme ça. Mais tu n'es pas obligée de les laisser gagner. Tu es de loin la meilleure infirmière là-bas et Lisa le sait. Tu ne vas pas perdre ton travail parce qu'il se trouve que tu couches avec ton voisin. Tu n'es plus son infirmière et tu ne le soigneras plus jamais dans cet hôpital. Si tu as peur que ça devienne difficile parce qu'il habite à côté, ne le fais pas. On ne le voit presque jamais, de toute façon, et les Gallagher ont l'air plutôt sympas. Ils ne vont pas nous causer de problèmes.

Liz plissa les yeux.

— Tu dis ça, mais je ne te vois pas coucher avec Murphy.

Elle avait bien remarqué qu'ils se tournaient autour, tous les deux, quand ils pensaient que personne ne regardait... et même quand ils *savaient* que les autres regardaient, d'ailleurs.

Tessa se moqua :

— On se drague parce que c'est amusant. Mais je ne suis pas aussi en manque que toi et je ne sais pas si je veux coucher avec Murphy. Je l'aime comme un ami. Tu sais que j'ai tendance à tout foutre en l'air quand je couche avec un mec.

— Alors, pourquoi penses-tu que c'est bien pour moi de coucher avec Owen ?

— Parce que c'est différent. *Tu es différente.* Et bon sang, tu l'as déjà embrassé. Laisse-toi aller et arrête de trop y penser. Tu me stresses.

— Tu ne peux pas me pousser à coucher avec un mec pour que j'arrête de te stresser.

— Non, fit-elle en ouvrant de gros yeux. Ce n'est pas ce que je fais. Je chasse tes scrupules pour que tu puisses faire ce que tu veux sans avoir peur. Si tu as envie de coucher avec lui, de sortir avec lui, de lui verser de la cire chaude après l'avoir attaché au lit, vas-y. Ne te retiens pas à cause de la peur. Tu dois vivre un peu, Liz. C'est normal.

— De la cire chaude ? demanda-t-elle, ignorant le reste de sa tirade.

— Je ne connais pas tes lubies. Enfin, j'en connais certaines, parce que les murs étaient assez fins dans nos appartements, mais le truc de la cire chaude, c'est peut-être un fétiche secret.

Elle sourit et Liz lui jeta le torchon de vaisselle.

— Je te déteste.

— Non, pas du tout. Tu m'adores. Bon, va prendre une douche et enfile ce jean moulant que je t'ai acheté. Tu vas être super canon et ça conduira peut-être à une baise d'enfer.

— Primo, tu es vulgaire quand tu es insistante comme ça. Deuxio, hors de question que je fasse entrer mon gros cul dans ce jean. Je ne sais pas pourquoi tu me l'as acheté.

Tessa passa le torchon sur la table salie par le mélange de salade de pommes de terre.

— Tu m'adores. Et tout ce que tu as à faire, c'est de t'allonger sur le lit et de te trémousser pour l'enfiler. Je t'aiderai si tu en as besoin, mais tes fesses sont incroyables là-dedans. Owen ne pourra pas s'empêcher de te mater.

Elle fronça les sourcils avant d'ajouter :

— Mais tu devrais peut-être en mettre un autre, parce qu'il sera probablement difficile de l'enlever rapidement. Cela dit, il pourrait aimer ça, tu sais. La difficulté de la manœuvre alors que vous êtes tous les deux pantelants et que vous essayez d'atteindre vos parties intimes.

Liz leva une main.

— S'il te plaît, ferme-la. Je t'en supplie.

Tessa sourit.

— Tu m'adores, répéta-t-elle. Bon, va prendre une douche, habille-toi et coiffe-toi. Ensuite, on va chez Owen. Les Gallagher seront tous là et ils seront ravis de nous voir.

— Murphy sera ravi de nous voir, rectifia Liz. Pour les autres, on ne sait pas.

— Dépêche !

Avec un soupir, elle retourna dans sa chambre et sortit le jean dans lequel elle ne pensait pas pouvoir rentrer. Elle ne coucherait *pas* avec Owen ce soir, ni jamais, d'ailleurs. Peut-être qu'un jean difficile à enlever l'aiderait à s'y tenir.

On pouvait toujours rêver.

— Vous êtes venues ! s'exclama Murphy en ouvrant la porte d'entrée.

Elle savait qu'il n'habitait pas vraiment ici, mais il se comportait comme le maître des lieux.

— J'avais peur que Tessa n'arrive pas à te convaincre.

Cette dernière lui donna un coup de hanche alors qu'elle remettait la salade de pommes de terre au grand gaillard à la porte.

— Bien sûr que je l'ai convaincue. Je suis douée pour convaincre les gens de faire toutes sortes de choses.

Murphy adressa un clin d'œil à Tessa. Liz avait envie de se frapper la tête sur le chambranle de la porte. Dire que les gens pensaient que c'étaient Owen et elle qui se tournaient autour. Bon sang.

— C'est bon à savoir, Tessa. Oh oui, bon à savoir.

Liz se racla la gorge et Murphy se tourna vers elle, un sourire aux lèvres. Il ne se laissait pas décontenancer et ça lui plaisait.

— Entrez, dit Murphy en s'écartant du chemin. Tout le monde est dans le jardin. Owen nous a fait installer des chauffages de terrasse. Il ne fait pas trop froid, mais comme il est encore en voie de guérison et que Rowan aime jouer dehors, on tenait à faire attention. Je vais mettre la salade au frigo. On en est encore aux apéritifs au fromage, aux crudités et ce genre de réjouissances. Les boissons sont dehors, alors demandez à l'équipe et ils vous montreront où ça se trouve.

Il déguerpit et Liz vit Tessa le suivre des yeux.

— Tu es sûre que tu ne veux pas te le taper ? chuchota-t-elle.

— Tiens, tiens, qui devient vulgaire maintenant ? demanda Tessa en riant. Même si j'adore regarder cet homme bouger, ça m'amuse plus de flirter.

Elle leva la main pour couper court à la conversation, puis elles se dirigèrent vers l'arrière de la maison où les portes-fenêtres ouvraient sur la terrasse.

— Ce n'est pas la même chose qu'Owen et toi. On en a déjà parlé. Maintenant, souris et prépare-toi à t'amuser. Tu en as besoin.

— Je ne sais pas comment tu as réussi à me convaincre de venir ici alors que j'ai un tas de choses à faire à la maison. En plus, je ne peux pas boire puisque je suis de garde ce soir. *Et* je ne sais pas comment j'ai réussi à enfiler ce jean. Je peux à peine respirer maintenant.

— Et moi, je peux à peine respirer en te regardant marcher avec.

Liz resta pétrifiée en entendant la voix d'Owen et Tessa sourit.

— Salut, Owen. Merci de nous avoir invitées.

Elle se retourna, son corps en feu par la seule présence d'Owen.

— Merci à vous d'être venues, répondit-il, les yeux rivés sur Liz et non sur Tessa.

— Viens, Tessa, dit Murphy en passant devant elles. Je crois que je vois un verre avec ton nom dessus.

— Oh oui, s'exclama-t-elle en abandonnant Liz. Amusez-vous bien, tous les deux !

Les portes-fenêtres se refermèrent en claquant et Liz se retrouva seule dans un couloir avec l'homme dont elle s'était juré de rester à l'écart. De là où ils se tenaient, personne ne pouvait les voir, et les portes d'Owen semblaient assez épaisses pour couper tous les sons extérieurs. Elle avait l'impression qu'ils étaient seuls au monde et elle ne savait pas comment réagir. Elle n'avait même pas dit bonjour aux autres invités, et pourtant, la seule chose qu'elle voulait faire, c'était de se rapprocher de ce Gallagher en particulier.

— Alors... Murphy nous a invitées. J'espère que ça ne dérange pas.

Owen fit un pas en avant. Sa chaleur était si proche qu'elle risquait de prendre feu si elle le touchait.

— Murphy se fait des idées sur nous deux et je n'allais pas l'empêcher de vous inviter, Tessa et toi.

Il tendit la main pour lui glisser une mèche de cheveux derrière l'oreille et elle passa la langue sur ses lèvres soudain desséchées. Comment cet homme pouvait-il lui faire un tel effet ? Elle ne le connaissait même pas, et pourtant elle avait envie de lui, elle voulait savoir quelles sensations il lui procurerait, quel goût il avait, comment il bougeait.

— Où est ton attelle ? demanda-t-elle d'une voix grinçante. Tu ne devrais pas te reposer ?

Son doigt effleura son menton et elle en eut le souffle coupé.

— J'ai le droit de bouger un peu sans entrave. Je suis presque entièrement guéri, à part les croûtes sur le corps et quelques douleurs. Pour ce qui est d'y aller doucement, je crois que tu peux en juger par toi-même, n'est-ce pas ?

Elle cligna des paupières, constatant qu'il s'était rapproché. Leurs hanches se touchaient à présent, et la forme épaisse et longue de son sexe se pressait contre son ventre.

Bon sang. Elle était dépassée, et pourtant, elle s'en fichait.

— Qu'est-ce qu'on fait ?

Il prit son visage entre ses mains et pencha la tête.

— Je ne sais pas, Liz. Je ne sais pas, putain.

Lorsque ses lèvres touchèrent les siennes, elle ferma les yeux et ouvrit la bouche. Il avait un goût de soda, le goût d'Owen, à la fois sucré et salé. Elle avait envie de le dévorer, mais à voir la façon dont *il* l'embrassait, elle savait que ce serait l'inverse.

Avant qu'elle puisse réfléchir, il l'avait entraînée vers la porte ouverte derrière eux et lui avait plaqué le dos de l'autre côté, les mains sur son corps. Le déclic sonore de la serrure lui indiqua qu'il les avait enfermés dans la pièce, mais elle était incapable d'y réfléchir. Au lieu de quoi, elle glissa à son tour les mains dans son dos, sous les mailles fines de son pull, et gémit contre lui. Sa peau était chaude, infiniment douce, et pourtant, elle en voulait *plus*.

Owen s'écarta, le souffle court, et passa les mains sous son haut, prenant ses seins par-dessus son soutien-gorge.

— Tu es tellement sexy, Liz. Tu as pensé à l'effet que tu me ferais avec ce jean ? J'ai envie de le baisser un tout petit peu, pour pouvoir empoigner tes fesses magnifiques pendant que je te baiserai. Tu vas me laisser faire ? Tu vas me laisser enfoncer mon sexe dans le tien, là, contre cette porte ?

Elle tremblait sous ses mains et lâcha un souffle frémissant lorsqu'il lui pinça le mamelon.

— On ne devrait pas.

Ses yeux s'assombrirent.

— Dis-moi pourquoi.

— Parce que... parce que...

À vrai dire, elle ne trouvait aucune bonne raison en cet instant précis.

— Nous sommes voisins ! Ça rendrait les choses plus compliquées.

Il lui lécha la lèvre avant de la mordre.

— On peut faire en sorte de ne pas compliquer les choses. Je t'aime bien, Liz. Je veux apprendre à te connaître. Je veux te *sentir*.

— Tu dis ça, mais les gens compliquent toujours tout. C'est comme ça.

Il lui mordilla le lobe de l'oreille et elle sentit ses jambes faiblir.

— Alors, nous ferons attention. Embrasse-moi, Liz. Embrasse-moi, toi aussi.

Et comme elle était faible, elle lui rendit son baiser. Ses mains se glissèrent à nouveau dans son dos, son corps tout tremblant tandis qu'il lui pétrissait la poitrine. Lorsqu'elle inclina la tête en arrière, il s'attarda dans son cou, l'embrassant et la léchant jusqu'à ce qu'elle soit sur le point de jouir. Et il ne l'avait même pas encore touchée entre les cuisses.

Au moment où cette pensée lui vint, il posa la main sur le bouton de son jean, essayant de l'enlever.

— Putain, il est serré, bébé. Pas étonnant que tu sois aussi sexy.

Elle gémit et tendit la main pour la poser sur son sexe à travers son pantalon. Il lâcha un sifflement et elle sourit.

— Je l'ai mis exprès, tu sais.

— Pour m'allumer ? gémit-il, allant et venant dans sa main.

— Peut-être... mais plutôt pour être sûre de ne pas le quitter.

Ses yeux s'obscurcirent.

— Ça ne suffira pas, bébé. Je l'arracherai s'il le faut. Si tu croyais qu'un pantalon serré m'empêcherait de vouloir te baiser, chérie, tu n'as pas idée.

Elle se pencha en avant et lui mordit la lèvre.

— Ça t'aide de savoir que j'en ai envie ? Que *ton* jean te moule si bien les fesses que je vais garder des visions de tes cuisses épaisses et de ta queue pendant des semaines ?

Liz n'avait rien contre les propos salaces, mais ses anciens amants n'étaient pas adeptes de ce genre de langage pendant l'acte. Owen, cependant, poussa un gémissement en tirant sur un passant de sa ceinture.

— Continue de parler comme ça et je vais finir par te prendre brutalement contre cette putain de porte.

Elle partit d'un petit rire, amusée qu'il ne soit même pas gêné. Elle avait peut-être quelques réticences, consciente que c'était probablement une erreur, mais elle ne s'en souciait pas en cet instant. Comme tout ce qui l'inquiétait, elle s'en occuperait plus tard.

Il glissa la main entre ses jambes et appuya sur son clitoris à travers la couture de son pantalon.

— Aide-moi à enlever ce jean, Lizzie. Je ne veux pas te faire mal.

— Seulement si tu fais la même chose, répondit-elle dans un souffle.

Il sourit alors, plus séduisant que jamais, et hocha la tête.

— Marché conclu. J'aime ta façon de penser.

Il s'éloigna pour défaire la fermeture éclair de son jean pendant qu'elle s'affairait sur le sien. Ensemble, ils se tortillèrent et grognèrent, parvenant enfin à baisser leurs pantalons sous les hanches. Ce n'était probablement pas la situation la plus érotique au monde, mais bon sang, elle n'avait jamais été aussi excitée.

Elle se figea en découvrant son sexe.

— Oh, waouh. Un piercing ?

Owen jouait avec le bout de sa verge, frottant les doigts sur les deux barres de métal.

— Oui, c'est un piercing génital. Ça te pose un problème ? Je peux l'enlever tout de suite si tu veux.

Elle secoua la tête, les yeux rivés sur son membre.

— Je veux savoir ce que ça fait en moi.

Elle releva les yeux tandis qu'Owen souriait. La lumière qui filtrait sous les stores de la fenêtre derrière eux ne scintillait pas seulement sur son front, mais aussi sur son gland. Elle n'aurait jamais cru avoir envie d'un homme avec autant de piercings, mais maintenant, elle tenait à savoir ce qu'elle avait raté.

— Comme je suppose que tu n'as jamais eu de partenaire percé à cet endroit-là, je ferai attention. J'ai des préservatifs qui fonctionnent bien, conçus pour ça. Mais si tu me tailles une pipe, je les enlèverai la première fois pour protéger tes dents.

Elle en salivait d'avance, imaginant sa queue dans sa gorge pendant qu'elle l'attiserait.

— D'accord.

De toute façon, elle n'avait pas assez de cellules cérébrales à ce moment-là pour penser à autre chose.

Owen revint contre elle et elle se mit à gémir.

— Putain, tu es tellement mouillée. Je peux voir la tache sur ta culotte.

Il appuya une phalange sur le coton humide et elle eut un hoquet.

— Tu vas me faire jouir rien qu'en te regardant, ajouta-t-il.

Il lui retira sa culotte et enfonça deux doigts en elle avant qu'elle ne puisse répondre. Son autre main sur son cou la maintenait en place. Il l'embrassa brutalement, provoquant des tremblements à travers son corps. Elle tendit la main pour empoigner son sexe, l'enduisant du lubrifiant naturel produit par son excitation.

Leurs corps se rapprochèrent. Cette fois, leurs bouches ne se quittaient plus. Elle le masturba ainsi, bien que sa main ne soit pas assez grande pour l'envelopper complètement, pendant que ses doigts allaient et venaient en elle. À chaque mouvement, son dos claquait contre la porte, dans un bruit régulier qui résonnait dans la petite pièce. S'il y avait quelqu'un de l'autre côté, il saurait ce qu'ils faisaient, mais elle s'en fichait. Elle avait envie de lui, un point c'est tout.

Quand son pouce appuya fermement sur son clitoris, l'orgasme la traversa. Les yeux révulsés, elle ondula des hanches sur sa main, sans retenue. Elle ne lâcha pas son sexe, lui demandant de l'accompagner, mais il s'écarta au dernier moment, le corps tremblant.

— Je veux jouir en toi, pas sur ton ventre.

Il l'embrassa, cette fois-ci plus tendrement, comme s'il ne pouvait pas se passer d'elle.

— Je vais chercher un préservatif dans la commode. Ne bouge pas.

Elle tremblait encore de son orgasme, mais elle était incapable de penser. Elle avait juste besoin de *lui*. Elle resta ainsi, le jean encore sur ses cuisses et son haut retroussé dénudant le dessous de ses seins. Elle pourrait s'arranger un peu, faire croire qu'elle n'était pas si dévergondée, mais c'était le dernier de ses soucis. Au lieu de ça, elle glissa la main entre ses jambes pour jouer avec son corps, impatiente de remonter vers le plaisir. Si Owen n'aimait pas cela, eh bien, il pouvait se terminer tout seul.

Lorsqu'il revint, son sexe dressé contre son ventre maintenant qu'il avait enlevé le reste de ses vêtements, il se figea.

— Tu dois être la femme la plus sexy que j'aie jamais vue de ma vie, s'exclama-t-il. Tu te fais souvent jouir ? Est-ce que tu penses à moi en le faisant ?

Il empoigna la base de son sexe et enfila le préservatif sans la quitter des yeux.

— C'est ça, Lizzie. Enfonce les doigts dans tes plis humides.

— Owen, souffla-t-elle, sa main langoureuse entre ses cuisses. J'ai besoin de toi.

— Tu as besoin de moi, Lizzie ? Besoin de ma queue ?

Il se mordit la lèvre, la main sous ses bourses.

— Prends-moi avant que je me fasse jouir, ordonna-t-elle, lui arrachant un sourire.

— Puisque tu le demandes si gentiment.

Il se plaqua contre elle, une main sur sa joue et l'autre sur la sienne pour l'aider à se donner du plaisir. Il l'embrassa avec avidité, leurs langues s'entremêlant alors qu'il frottait son sexe contre le sien.

— Putain, j'adore ton goût. La prochaine fois, je veux te goûter entre les cuisses. Je le ferais bien maintenant, mais j'ai trop hâte. Je suis désolé d'être égoïste.

La prochaine fois ?

Elle recula, pantelante.

— Tu m'as déjà fait jouir et je n'ai pas pu te rendre la pareille. Ce n'est pas égoïste.

Il sourit et elle expira. Il était d'une telle beauté que ce n'était pas juste.

— Retourne-toi pour moi.

Elle leva un sourcil.

— Pardon ?

— Je t'ai dit que je voulais te baiser avec ce jean. Tu vas me laisser faire ?

Liz sourit, le cœur battant.

— Oh, oui. J'avais oublié.

— C'est l'effet des orgasmes, parfois.

Il donna une petite tape sur ses fesses lorsqu'elle se retourna et elle poussa un gémissement.

— Oh, oui, ton cul est tellement sexy dans ce jean, quand tu le portes, mais remonté sous tes fesses comme ça ? Je crois que je pourrais jouir rien qu'en le regardant.

Elle jeta un œil par-dessus son épaule, les mains sur le bois de la porte.

— Tu ne me prends pas vraiment par-derrière, Owen. Pas au premier rendez-vous.

Elle assortit sa remarque d'un clin d'œil et il écarquilla les yeux. Elle le regarda saisir la base de son sexe, serrant si fort qu'elle comprit qu'il était sur le point de jouir.

— Tu es ma nouvelle personne préférée. De tous les temps.

Enfin, il se rapprocha et passa son sexe entre ses fesses avant de descendre un peu plus bas.

— Je ne te toucherai pas à cet endroit-là cette fois.

Il marqua une pause.

— Bon, d'accord, peut-être avec les doigts si je ne peux pas m'en empêcher et si tu es partante. Mais pas de sexe dans les fesses la première fois. Ça, je peux te le promettre.

Elle éclata de rire. C'était la première fois qu'elle riait malgré un tel état d'excitation. Owen lui faisait un tas de choses qu'elle ne pouvait pas expliquer, et pourtant elle en voulait plus. Il la faisait rire, réfléchir, il la mettait en colère, et, aussi, il lui donnait envie de jouir plus que jamais auparavant. C'était un homme complexe, et elle savait que c'était dangereux, mais à ce moment là, elle s'en fichait éperdument.

Elle avait juste *besoin* de lui.

Il ondula contre elle, de l'avant vers l'arrière, et il prit sa bouche par-dessus son épaule. Elle se cambra contre lui et son sexe s'aventura encore plus loin, son gland jouant dangereusement avec ses replis. Elle pouvait sentir le piercing sous le préservatif, et rien que d'y penser, elle s'envola vers les sommets.

— Baise-moi, Owen. Je t'en supplie.

Il lui mordit la lèvre. Plutôt fort.

— Tes désirs sont des ordres.

Il s'enfonça l'instant d'après, et ensemble, ils poussèrent un cri lorsqu'il s'ancra de toute sa longueur.

— Oh, putain !

Elle ne savait même pas lequel d'entre eux avait dit cela, mais elle avait le sentiment que c'étaient tous les deux en même temps.

— Tu es trop serrée, Liz. Je ne vais pas durer longtemps.

Plaqué derrière elle, il lui empoigna les fesses, ses ongles s'enfonçant dans sa chair.

— Pas grave. Je veux juste que tu me fasses jouir.

Il ricana avant de se mettre à bouger. Elle venait à sa rencontre à chaque poussée, heurtant sa chair, ses fesses contre son bassin. Il était si grand qu'il l'étirait sur son passage, la remplissant jusqu'à ce qu'elle puisse à peine respirer, mais c'était si bon.

Quand il glissa une main devant elle pour lui frotter le clitoris, elle jouit. Ses parois internes se contractèrent autour de son sexe. Prenant possession de ses lèvres, il avala son cri lorsqu'il jouit à son tour, son corps allant et venant dans une chaleur de fournaise.

Lorsqu'il ralentit le mouvement, leurs deux corps tremblaient. Il lui embrassa le cou, puis s'approcha de sa bouche, tout doucement, avec précaution, comme s'ils ne venaient pas de baiser comme des animaux contre la porte.

— Je... commença-t-il.

Elle expira. Elle non plus ne savait pas quoi dire.

— Eh, vous deux ! Si vous avez fini, vous devriez aller vous nettoyer. Graham va commencer à faire cuire la viande.

Murphy riait de l'autre côté de la porte et Liz se figea.

— Enfin, bon, on dirait que vous avez toute la viande dont vous avez besoin.

— Idiot ! s'écria Tessa.

Liz ferma les yeux, mortifiée.

— Ne t'inquiète pas, reprit-elle. Tous les adultes savent ce que vous faisiez, mais seuls Murphy et moi avons entendu la fin. Bon travail, Owen ! Elle en avait bien besoin.

— Je vais te tuer ! s'écria Liz.

Toujours enfoncé jusqu'aux bourses, Owen éclata de rire contre sa peau. Si elle n'était pas aussi excitée, comblée et gênée à la fois, elle aurait peut-être ri avec lui.

— Tu m'aimes, lança Tessa. Mais je pense que tu aimes encore plus la queue d'Owen.

— Murphy, gronda-t-il à voix basse.

— Je m'en occupe, répondit le cadet des Gallagher. Allez, Tessa. Laissons-leur une minute pour se nettoyer. Ne soyez pas trop longs, vous deux. Blake et Maya seront les prochaines à venir vous chercher, et en comparaison, nous sommes des enfants de chœur.

Liz se cogna la tête contre la porte pendant qu'Owen l'embrassait derrière l'oreille. Elle s'en voulait de frissonner de joie, mais elle se pencha contre lui lorsqu'il l'embrassa à nouveau.

— Je n'en reviens pas ! Je viens de coucher avec toi, alors que toute ta famille était juste dehors.

Owen se retira et elle fit la grimace. Lorsqu'il la retourna et prit son visage entre ses mains, l'embrassant tout doucement, elle se laissa aller contre lui.

— Je n'arrive pas à y croire, moi non plus, *mais* Tessa et Murphy sont les seuls à nous avoir entendus, et s'ils avaient entendu plus que la fin, ils auraient fait un autre commentaire. Tous les adultes ici ont déjà eu des relations sexuelles, Liz. C'est normal. C'est *tout à fait* normal. On ne pouvait pas attendre. Je n'ai pas fini d'en entendre parler, crois-moi, mais de toute manière, ils trouvent toujours une raison ou une autre de me taquiner.

Liz garda les yeux fermés.

— Enfin, il y a des *enfants* là-bas.

— Qui n'ont rien entendu, rien vu, et qui étaient sans doute trop accaparés par les sucreries. Maintenant, je vais nous nettoyer et m'occuper du préservatif. Ensuite, nous irons prendre un verre et un hamburger, et nous profiterons du reste de la soirée. D'accord ?

Il l'embrassa à nouveau. Cette fois, quand il se retira, elle ouvrit les yeux.

— Ne regrette pas, Liz. Ne t'en va pas parce que tu es gênée. Je leur botterai le cul s'ils te font sentir que ce qu'on a fait était mal.

Elle pinça les lèvres et fit de son mieux pour ne pas dire quelque chose qu'elle regretterait, mais elle savait qu'il était trop tard. Il l'avait vu dans ses yeux. Il laissa ses mains retomber et fit un pas en arrière.

— Je vois.

Elle secoua la tête.

— Non, tu ne vois pas. Parce que même moi, je ne vois pas. J'ai juste... c'était rapide pour moi, Owen. J'ai besoin de temps pour réfléchir.

Elle remonta son jean et fit la grimace en songeant qu'elle aurait mal plus tard.

— Je rentre à la maison. Ce n'est pas toi que je fuis, mais eux. Je ne veux pas que ce soit gênant.

— Ce sera plus gênant maintenant, insista Owen, mais je ne vais pas te forcer à faire ce que tu ne veux pas faire.

Il se pencha en avant comme pour l'embrasser, mais il se ravisa.

— Viens me voir quand tu seras prête à en parler.

Sur ce, il disparut dans la salle de bain attenante et Liz ajusta ses vêtements.

Elle savait qu'elle était ridicule et qu'elle commettait une erreur, mais elle ne pouvait pas réfléchir correctement. Elle avait besoin d'espace pour digérer ce qui venait de se passer, et rejoindre toute sa famille ne l'aiderait pas.

Elle espérait seulement qu'une fois qu'elle aurait tiré les choses au clair, Owen ne la détesterait pas.

CHAPITRE SEPT

Voilà, c'était officiel, Owen était un abruti. Il était certain de s'être déjà fait cette réflexion à propos d'une certaine blonde d'à côté, mais ça ne changeait rien au fait qu'il était foutu, pour de bon.

Il n'aurait pas dû aller aussi vite en besogne, et ils le savaient tous les deux. Cela ne faisait que deux jours qu'il avait étreint le corps de Liz, la faisant jouir avec ses doigts avant de presser ses jolis seins contre la porte pour pouvoir la baiser par-derrière. Il n'avait jamais rien fait ni rien vu d'aussi érotique que cette femme splendide dans les affres de la passion, et pourtant, il savait qu'ils n'auraient pas dû aller aussi loin, aussi vite.

S'ils s'étaient simplement embrassés, il n'y aurait pas cette gêne entre eux, ou du moins, pas à un tel niveau. Au lieu de quoi, elle s'était enfuie de chez lui avant même qu'il ait pu remettre sa queue dans son pantalon. Tous les adultes dans son jardin étaient au courant de ce qui s'était passé et lui avaient lancé des regards amusés ou accusateurs. Ce n'était pas comme s'il était le seul coupable. Elle avait tout de même mis ses mains sur lui, elle aussi, mais elle n'avait pas réussi à assumer par la suite.

Cela dit, il en était quasiment au même point.

Owen n'arrivait pas à se remettre de la sensation de son corps à son contact, de son insistance à lui faire les mêmes choses qu'il lui faisait.

Elle avait dit qu'elle ne fuyait pas à cause de lui, mais à cause de leur public, et même s'il voulait le croire, c'était difficile. Elle lui avait dit qu'ils étaient allés trop vite et il l'avait accepté, puisque c'était la vérité, mais il ne regrettait pas les moments passés ensemble. Il était hors de question qu'il entache par des regrets cette fougue, cette passion.

Quoi qu'il advienne, elle devrait faire le prochain pas. Il ne s'y risquerait pas à nouveau, car contrairement à ce que semblaient croire les autres, il avait des sentiments. Il n'était pas un robot derrière un bureau, un être mécanique qui attendait que passe sa journée de travail.

C'était un homme, bon sang, et il n'était pas prêt à pousser Liz dans ses retranchements par manque de tact.

Quand elle serait prête, si elle l'était un jour, elle viendrait le voir, puis ils verraient quelle serait la prochaine étape. Honnêtement, Owen ne savait pas si elle allait faire ce choix, et il n'avait aucune idée de la suite. Malgré tous ses talents de planificateur et d'organisateur, il n'avait jamais pensé à prévoir ce genre de choses et il ne savait pas par où commencer.

Pourtant, au fond, il ne voulait pas la laisser partir. Il savait qu'il ne devait pas insister. Et voilà qu'il se retrouvait les bras ballants, à broyer du noir le week-end, alors qu'en temps normal, il serait sur son lieu de travail pour préparer le lundi. Il devait trouver un moyen de passer le temps au lieu de ruminer ce qui s'était passé avec Liz.

Les sourcils froncés, il sortit son téléphone et fit défiler sa liste de tâches ménagères. Il y avait quelques travaux de nettoyage en profondeur qu'il pouvait entreprendre avant l'arrivée du printemps, mais il n'était pas d'humeur. De plus, bien qu'il soit presque à cent pour cent de ses capacités d'avant l'accident, il n'était pas certain que les efforts requis par un gros nettoyage soient idéaux dans son état.

Quelques achats figuraient sur sa liste, mais ça ne l'attirait pas non plus pour le moment. Quand il arriva à la ligne suivante, il hocha la tête. Le travail en plein air serait parfait. Il pourrait respirer l'air pur de la montagne, profiter du soleil sur son visage. Ils arrivaient à la période de l'année où il pouvait faire chaud, très chaud, froid et frais en une seule journée, et il était temps de préparer sa pelouse et son jardin pour le printemps et l'été.

S'il n'avait pas la main la plus verte du monde, il n'était pas trop mauvais non plus. Il suffisait de quelques recherches et d'un peu de pratique pour obtenir un semblant de jardin qui pourrait presque se suffire à lui-même. Du moins, il essayait de s'en convaincre. Il avait tué quelques plantes la première année, mais il avait commis l'erreur de suivre un mauvais conseil au lieu de se renseigner par lui-même. Certaines personnes se vantaient d'avoir de l'expérience et des connaissances, mais il ne fallait rien prendre pour argent comptant. Pour lui, seules les recherches et une organisation minutieuse permettaient d'obtenir des résultats.

Avec un soupir, il rangea son téléphone, puis il retourna dans sa chambre pour se changer et enfiler des vêtements d'extérieur qu'il n'hésiterait pas à salir. Même s'il portait parfois des costumes au travail, ou du moins des vêtements plus élégants que ceux de ses frères, puisqu'il rencontrait les clients plus souvent qu'eux, il ne manquait pas de jeans et de t-shirts troués et tachés par ses efforts sur le chantier. Avant son accident, il passait au moins la moitié de ses journées à travailler aux côtés de l'équipe, sans se soucier de la sueur et de la saleté lorsqu'ils posaient des carreaux ou des cloisons sèches. Il espérait pouvoir bientôt y retourner, car il était presque entièrement guéri. Il ne lui restait plus qu'à en persuader ses frères, ce qui s'annonçait laborieux. Même s'il ne pouvait pas le leur reprocher, car il aurait fait la même chose si l'un d'eux était dans sa position − et il l'*avait fait* à l'occasion −, il n'en était pas moins frustré. Il avait envie de retourner au travail comme si de rien n'était, comme s'il n'avait pas été renversé par un foutu pick-up sur un parking.

Il chassa ces pensées comme il le faisait toujours et s'empressa de s'habiller, reprenant son téléphone avant de sortir par la porte de derrière. Il s'évertuait à ne pas penser à Liz pressée contre lui dans sa chambre. Ces pensées ne l'aideraient certainement pas aujourd'hui, mais ce n'était pas facile.

Décidant de travailler d'abord sur la façade de la maison, il prit ses outils dans son cabanon à l'arrière et revint dans son allée. S'il y avait plus de travail à faire au jardin de derrière, celui de devant était au soleil ce matin et c'était la première chose que les gens voyaient en arrivant. Autant y prêter un soin tout particulier, à y être.

Il dut déployer tous ses efforts pour ne pas regarder en direction de chez ses voisines et vérifier si la voiture de Liz était dans l'allée. Ni elle ni Tessa ne semblaient utiliser le garage deux places, mais il avait l'impression que c'était là qu'elles entreposaient certains des cartons qu'elles n'avaient pas encore déballés. Personnellement, il ne supporterait pas de laisser les choses en plan, et il savait que cela ennuyait Liz dans une certaine mesure. Les deux femmes étaient du genre à prendre les choses en main − un trait de caractère qu'il admirait −, mais leurs horaires étaient moins souples que les siens. Entre le travail, les menues réparations et la fatigue, Owen se demandait comment elles pouvaient encore avoir de l'énergie en fin de la journée.

Pas étonnant que Liz ne veuille pas avoir affaire à lui.

Il ferma les yeux et laissa échapper un petit grognement. Il était ici, à quatre pattes, à retourner la terre pour le printemps en s'efforçant de ne pas penser à elle, et pourtant, jusqu'à présent, il ne faisait que ça. Ce n'était pas pour rien qu'Owen finissait par coucher avec des femmes qui n'avaient rien à voir avec le reste de sa vie et qui rentraient parfaitement dans les cases qu'il leur assignait. Il passait toujours de bons moments avec elles, mais ensuite, elles s'en allaient sans s'offusquer quand Owen voulait rester tranquille. Cela dit, présenté comme ça, il avait l'air d'être un enfoiré sans cœur. Décidément, il devait se changer les idées.

Résigné, il retourna le vieux paillis et enleva les feuilles mortes qu'il n'avait pas ramassées l'automne passé, ainsi que toutes les mauvaises herbes qui osaient se montrer. Il avait quelques sacs de terreau frais dans le cabanon à l'arrière et il les sortit à l'aide de sa brouette, au lieu de les porter sur son épaule comme d'habitude. Il était peut-être en voie de guérison, mais il n'était pas stupide. Il ne voulait pas retarder sa convalescence rien que pour se prouver qu'il en était capable.

— Je rêve.

Sa tête pivota si vite qu'il en eut presque le vertige. Liz se tenait là, les mains sur les hanches, les yeux sur un buisson jaune devant sa maison. Comme il savait que le buisson devait rester vert toute l'année, il avait l'impression que le pauvre végétal arrivait au bout du rouleau.

Après avoir essuyé ses mains sur son jean, il se leva et se dirigea vers Liz, sachant qu'il prenait un gros risque. Il avait beau décider de garder ses distances d'un point de vue sexuel, elle n'en restait pas moins sa voisine et il se devait de lui venir en aide au besoin.

Bien sûr, Owen, continue à t'en persuader.

— Je rêve, répéta-t-elle.

Aussitôt, sa queue se mit au garde-à-vous.

Tout doux, mon garçon.

— Non, tu ne rêves pas, c'est bien moi, dit-il d'une voix espiègle.

Du calme, Owen. N'attaque pas d'entrée de jeu.

Elle se retourna et le regarda longuement, ses joues virant au rose. Embarras ou excitation, difficile à dire, mais il espérait que c'était la deuxième éventualité.

— Je ne savais pas qu'il y avait quelqu'un ici.

Il inclina la tête en direction de sa pelouse.

— J'étais à genoux là-bas, à travailler sur le parterre de devant. Normal que tu ne m'aies pas vu en regardant dehors.

À la mention de ses genoux, une image de Liz dans la même position devant lui en train de le sucer lui vint à l'esprit et il fit de son mieux pour la repousser. Bon sang, il ne se ferait pas prier pour la concrétiser, mais seulement si elle faisait le premier pas.

Seulement dans ce cas.

Il ne voulait pas insister, pas encore, mais ce n'était pas faute d'en avoir envie, et pas uniquement pour son corps à se damner.

Danger, Owen Gallagher, danger !

Parfois, son cerveau était un peu déréglé.

— Excuse-moi de t'avoir déconcentré, dit Liz au bout d'un moment, ses yeux de plus en plus sombres à mesure qu'ils se dévisageaient.

Il s'était efforcé de garder une distance raisonnable entre eux, mais il suffisait d'un pas, d'un contact de sa peau contre la sienne pour tout envoyer balader.

— Non, pas du tout, répondit-il en haussant les épaules. Je m'avance un peu, sinon je m'ennuie à mourir dans ma maison.

Il fit un signe de tête vers le buisson.

— Un souci ?

Elle plissa les yeux.

— Non, c'est bon.

— Elle est morte, commenta-t-il en regardant la plante jaune d'un air triste.

Elle souffla tout bas.

— Ce n'est pas possible. On vient d'emménager. Je ne peux pas avoir tué une plante en quelques jours. Non, mais je rêve...

Il enfonça ses mains dans ses poches pour ne pas commettre l'erreur de la toucher.

— Elle était peut-être mal en point avant votre arrivée. Les plantes meurent pour toutes sortes de raisons et les anciens locataires ne s'en occupaient pas vraiment.

Elle ferma les yeux et gémit.

— Je sais. C'est pour ça que Tessa et moi avons acheté la maison à un prix intéressant. Les précédents locataires, et certainement les autres avant eux, n'étaient pas soigneux. On avait prévu de la nettoyer et de l'améliorer au fil du temps, mais ça s'annonce plus difficile qu'on le pensait, car apparemment, les plantes se suicident avant même que j'apprenne à m'en occuper.

Tessa et Liz semblaient avoir du pain sur la planche. Et même s'il allait bientôt travailler de nuit pour les besoins du nouveau projet, il savait qu'il ne pouvait pas rester sans rien faire.

— Tu sais que mes frères et moi, nous gérons une entreprise qui s'occupe de tout ça, n'est-ce pas ? On peut vous aider.

Ses yeux s'enflammèrent et il sut qu'il avait dit ce qu'il ne fallait pas.

— On peut se débrouiller seules. On l'a toujours fait.

— Bien sûr, mais ce n'est pas une fatalité.

— Je ne vais pas payer pour quelque chose que nous pouvons faire, Owen.

—Je n'ai pas parlé de rémunération.

À présent, elle semblait encore plus en colère.

— Et je ne vous ferai pas travailler gratuitement ! Non, mais tu me prends pour qui ?

— Tu as dit que tu ne confierais ce boulot à personne. Mais tu sais, il existe d'autres compensations.

Il aurait dû s'attendre à recevoir un coup de poing dans le ventre, pourtant ce fut plus douloureux que prévu.

— Merde ! J'ai oublié. Oh, mon Dieu. Je n'ai jamais frappé personne de ma vie, et je viens de frapper un blessé.

Owen agita la main comme si ce n'était rien, mais elle tira sur sa chemise. Sa respiration était un peu plus fluide maintenant.

—Je ne saigne pas, tout va bien. Et tu as frappé l'autre côté de mon corps, là où je n'avais pas de contusions ni de points de suture. Je vais bien, et de toute façon, je l'ai totalement mérité.

—Je t'ai *frappé*.

Ses yeux étaient hagards, son visage blême, et il lui prit les deux mains, l'empêchant de soulever sa chemise.

— Si tu pensais que je parlais de paiements en nature, alors je l'ai mérité. En fait, je pensais plutôt à un échange de bons procédés, ou à une réduction, puisque tu es ma voisine. Ou même simplement te *montrer* comment entretenir ton jardin pour que tu puisses le faire toi-même. Je sais que tu es indépendante, Liz, et je ne te priverai jamais de ça.

Elle était encore trop pâle et il n'était pas sûr qu'elle comprenne ce qu'il essayait de lui dire. Il regrettait son sous-entendu, et même si son coup de poing avait été trop faible pour le blesser, il aurait mérité qu'elle le frappe plus fort.

— Viens à l'intérieur avec moi et laisse-moi t'examiner.

Il leva un sourcil, mais il ne protesta pas quand elle le fit entrer dans sa maison. Il allait vraiment bien, mais si elle était inquiète, il ne voulait pas la contrarier, surtout si cela lui permettait de sentir ses mains sur lui.

Il pouvait être une vraie ordure quand il s'y mettait.

— Enlève ta chemise, demanda-t-elle une fois qu'ils furent dans sa cuisine.

La pièce avait besoin d'une nouvelle couche de peinture, de quelques retouches, et probablement d'un renouvellement complet des équipements, mais Liz et Tessa avaient déjà laissé leur touche personnelle dans ce qu'elles avaient déballé jusqu'à présent. Si Liz lui donnait le feu vert, il savait que ses frères et lui pourraient l'aider à faire de cet endroit un véritable foyer dont elle pourrait être fière. Seulement, elle était si indépendante qu'il n'était pas certain qu'elle accepte un jour, à voir la véhémence avec laquelle elle avait rejeté sa proposition.

Bien sûr, maintenant qu'il était torse nu dans sa cuisine et que ses mains s'aventuraient sur ses côtes, il ne se sentait plus du tout rejeté. Et à en juger par le durcissement de son sexe contre la fermeture éclair de son jean, il se sentait même proche d'elle. *Très proche.*

— Tes bleus et tes croûtes s'estompent bien, commenta-t-elle à voix basse.

Elle était très différente de l'infirmière en service. Leur proximité devait l'émouvoir, elle aussi.

— Je t'ai dit que tu ne m'avais pas frappé très fort, dit-il doucement en mettant sa main sur la sienne. Je vais bien, Liz. J'ai mérité le coup de poing. Je n'avais qu'à être plus clair dans mes propos.

Elle finit par le regarder dans les yeux avec une petite moue.

— Quand même, je n'aurais pas dû te frapper. Je suis une soignante. Pas quelqu'un qui donne des coups.

Redoutant de faire quelque chose de stupide, il prit son visage entre ses mains et passa la langue sur ses lèvres.

— Il faut relâcher la pression, bébé. Parfois, nous en avons tous besoin.

Sa bouche s'ouvrit et elle laissa échapper un souffle frémissant. S'il n'était pas déjà dur comme le roc, ce spectacle aurait suffi à le faire basculer.

— Qu'est-ce que tu fais ? Je ne devrais pas. Je devrais rester à l'écart, travailler sur moi. Ne pas me laisser toucher.

Son pouce frôlait sa pommette.

— Pourquoi ne pas te laisser toucher ?

— Parce qu'il ne faut pas.

— Tu obéis toujours à ce qu'il faudrait faire ?

Elle passa la main sur son torse nu et sa peau douce envoya de délicieux frissons directement entre ses jambes.

— D'habitude, oui, mais il n'y a vraiment rien d'habituel chez toi, n'est-ce pas, Owen Gallagher ?

Sa bouche s'étira en un sourire.

— Peut-être. Rapproche-toi pour le savoir.

Sans plus attendre, elle se pencha en avant, la main sur le bord de son jean. Elle frotta ses lèvres contre les siennes. C'était elle qui en avait pris l'initiative et il lui en était reconnaissant. Maintenant, si seulement elle se déplaçait un peu plus au sud, il serait certain qu'ils étaient sur la même longueur d'onde.

Elle sentait le café et le sucre. Il savait qu'il pouvait se noyer en elle s'il ne faisait pas attention. Le baiser avait peut-être commencé avec hésitation, mais il était loin d'être terminé lorsqu'elle s'écarta pour se mettre à genoux devant lui.

— Tu n'es pas obligée. Pas comme ça. Tu vas te faire mal aux genoux sur le carrelage.

Il passa la main dans ses longs cheveux blonds alors qu'elle défaisait le bouton de son jean avant de l'ouvrir lentement.

— J'en ai envie. Et ne t'inquiète pas pour mes genoux, Owen. Inquiète-toi seulement de ce que je vais faire avec ton sexe.

Ses yeux s'agrandirent à ces mots, mais aussitôt, il ferma les paupières. Elle passa la main sur son boxer, un petit sourire aux lèvres. Bon sang, il aurait aimé savoir ce qu'elle pensait en cet instant, mais il perdit sa capacité à réfléchir lorsqu'elle l'embrassa à travers le coton.

— J'aime sentir le piercing sous ton boxer, lui dit-elle avant de lever les yeux.

Cette fille était un ange. Un ange coquin à genoux, et il savait qu'il devait faire attention s'il ne voulait pas éjaculer trop vite.

— Bien sûr, j'aime encore plus sentir ton piercing en moi quand tu me baises. Apparemment, j'ai un faible pour ça.

Sa main se referma dans ses cheveux.

— Ah, oui ?

Elle s'humecta les lèvres.

— Oui. Et le tatouage sur tes côtes ? J'adore. Je suis contente que les points de suture n'y aient pas laissé de traces et que les hématomes s'estompent pour me permettre de mieux le voir. Oh, et quand tu lèves les sourcils avec ton piercing à l'arcade ? C'est tellement sexy que je pourrais prendre mon pied rien qu'en te regardant. Je dis ça comme ça...

Owen déglutit en essayant de se contrôler. Il aimait bien les paroles crues au lit – ou dans la cuisine, en l'occurrence –, mais il n'avait jamais couché avec une femme qui partageait ce goût-là. Il avait raté quelque chose, manifestement, parce que... *putain de merde !*

— J'adore ta bouche, dit-il soudain. Pas seulement parce qu'elle est très proche de ma queue, mais parce que j'aime ce que tu dis. Tu pourrais me faire jouir rien qu'avec tes mots.

— Même chose pour moi, Owen. Tout pareil.

Sur ce, elle tendit la main et le sortit pour lécher son gland.

— Waouh !

Il prit une grande inspiration et empoigna la base de son sexe avant de s'éloigner.

— Je dois enlever les piercings si tu veux me sucer, bébé. Je ne voudrais pas te faire mal aux dents.

Elle secoua la tête.

— Tant que tu restes tranquille et que tu ne me baises pas trop fort, je ferai attention. C'est promis.

Ses genoux tremblaient comme ceux d'une écolière, mais il s'appuya contre l'îlot de cuisine pour ne pas être tenté d'aller et venir fougueusement dans sa bouche. Il refusait de lui faire du mal, et si elle voulait le lécher comme une sucette, il ne comptait pas s'y opposer.

Elle passa sa langue sur le côté, une main sur la sienne tandis que l'autre se glissait sous ses bourses. Son dos fut saisi de frissons alors qu'elle serrait et suçait, attentive au niveau du gland pour ne pas cogner les piercings contre ses dents. Il haletait. Elle le prit un peu plus dans sa bouche, sa langue opérant des merveilles sur toute sa longueur. Quand elle se retira, il enfouit son autre main dans ses cheveux en faisant attention à ne pas trop la pousser dans sa bouche. Putain, il était trop près du bord.

Elle continua de jouer avec lui, léchant et suçant. Il avait le corps en sueur tant il devait faire des efforts pour ne pas bouger, mais bientôt, il fut incapable d'en supporter davantage. Lorsqu'elle s'éloigna pour reprendre sa respiration, il recula et la saisit sous les bras pour la hisser devant lui.

— Je n'avais pas fini, protesta-t-elle.

Il l'embrassa avec passion avant de répondre :

— J'avais besoin de te goûter.

Puis il enleva ses chaussures et son pantalon avant de la soulever dans ses bras, sa bouche toujours sur la sienne. Elle enroula les jambes autour de lui, son jean contre son sexe, et il expira, à bout de souffle. Il devait la prendre au plus vite sous peine de jouir tout seul.

— Ta chambre ?

Elle tendit le doigt derrière elle.

— Dernière porte à gauche.

— Ma gauche ou la tienne ? demanda-t-il en souriant, tout en lui embrassant le menton.

— La tienne. Fais vite. Je veux ta bouche sur moi.

Après un autre baiser fougueux, il fit ce qu'elle lui demandait. Il la déposa sur le lit en jetant un œil dans la chambre encore quasiment vide. Il s'intéresserait à ses meubles et à son papier peint une prochaine fois. Pour l'instant, il voulait coller sa tête entre ses cuisses.

— C'est tellement sexy, ce que tu dis, souffla-t-il avant de s'agenouiller entre ses jambes.

Il se débarrassa de son jean et de ses chaussures en deux temps trois mouvements avant de tirer sur sa culotte. Cette fois, ils étaient nus tous les deux, sans obstacles entre leurs corps. Il sortit même de sa poche le préservatif qu'il prenait soin de transporter avec lui après avoir couché avec elle la première fois.

— J'adore ta culotte en coton, fit-il, ses mains le long de ses cuisses. Ça te donne un côté encore plus doux.

Elle rougit, pressant ses genoux l'un contre l'autre.

— Je ne m'y attendais pas, sinon j'aurais mis quelque chose de plus sexy.

— Il n'y a rien de plus sexy que ce que tu me montres.

Maintenant, ramène tes genoux près de ta tête, Lizzie. Je vais te déguster jusqu'à ce que tu jouisses contre mon visage. Qu'est-ce que tu en dis ?

Cette fois, elle ne rougit pas. Au contraire, elle saisit ses genoux à deux mains, les écartant pour lui.

— Vas-y, Gallagher. Montre-moi ce que tu sais faire.

Eh bien, il relèverait ce défi.

— Tu dois savoir une chose à mon sujet, Liz.

— Hmm ? fit-elle en levant un sourcil.

— *J'adore* bouffer le sexe d'une femme. J'adore ça, putain.

Elle souriait comme un chat devant un bol de crème.

— Tant mieux, parce que si tu aimes tant que ça, tu dois être doué. Maintenant, sois gentil, Gallagher, et fais-moi jouir.

Il éclata de rire, amusé par la franchise de ses propos, avant de saisir l'arrière de ses cuisses et d'avancer son visage. Il n'avait pas menti sur son goût pour les jeux de langue. Il avait envie, et même *besoin*, de sentir son goût sur sa langue. Il n'y avait rien de tel que de se jeter sur une femme en sachant qu'elle allait jouir grâce au plaisir que *vous* lui procurez. Bien sûr, il adorait aussi le sexe, surtout quand elle se comprimait autour de sa verge, mais les cunnis, c'était encore meilleur. C'était lui qui avait le contrôle, qui pouvait goûter, lécher, caresser et chercher au fond d'elle l'endroit avec lequel jouer jusqu'à ce que l'extase l'emporte. Il serait alors plus dur que l'acier et il pourrait aller et venir dans sa chair gonflée par le plaisir, les propulsant ensemble vers un orgasme commun.

Décidément, il n'y avait pas mieux que le sexe oral.

Il passa la langue sur sa vulve, ravi de constater qu'elle était déjà détrempée pour lui. Ses mains massaient l'arrière de ses cuisses pendant qu'il léchait et suçait. Son clitoris était gonflé lorsqu'il posa ses lèvres autour du renflement charnu. Elle souffla son prénom en essayant de remuer, mais avec sa poigne, elle était incapable de se dégager. Il passa sa langue sur son clitoris sans relâche jusqu'à ce qu'elle halète, avant d'aspirer ses lèvres inférieures dans sa bouche, une par une, les explorant avec sa langue. Elle était si délicieuse ! Il savait qu'une seule fois ne lui suffirait pas.

— Ne bouge pas, Lizzie, gronda-t-il en posant des baisers à l'intérieur de ses cuisses. Je vais avoir besoin de mes mains pour ça.

— Hmm, ahh…

Apparemment, elle ne savait pas quoi dire, et il ne put réprimer un sentiment de fierté.

Il l'ouvrit d'une main avant de plonger sa langue au plus profond. Lorsqu'elle se trémoussa, il lui mordit la cuisse.

— Reste tranquille, bébé.

C'était un ordre.

— Je ne peux pas, souffla-t-elle.

— Je sais, répondit-il dans un grognement.

Il enfonça trois doigts en elle, les recourbant pour trouver son point G. Aussitôt, il la frotta de plus belle, sa bouche sur son clitoris en même temps, la suçant et la léchant jusqu'à ce qu'elle tremble sous son corps, jusqu'à ce qu'elle crie son nom.

Elle jouit puissamment, détrempant sa main, mais il s'en fichait. Il continua à s'en délecter jusqu'à ce qu'elle se remette à trembler sous l'effet d'un deuxième orgasme aussi dévastateur. Il aimait sa réactivité et il avait hâte de la faire jouir à nouveau, autour de sa queue cette fois. Après un dernier baiser sur son sexe, il s'éloigna en se léchant les doigts, puis il croisa son regard.

— Owen.

Elle essaya de cligner des yeux, mais elle était trop éperdue pour prononcer des paroles cohérentes.

Il s'empressa de déchirer l'emballage du préservatif et le fit glisser sur sa longueur. Il avait envie de jouir plus qu'il ne l'aurait jamais cru possible. Lorsqu'il grimpa sur son corps, couvrant sa poitrine de baisers en cours de route, elle lui tira sur les bras afin de le rapprocher de lui.

— C'était...

Elle laissa sa phrase en suspens, les yeux écarquillés.

— Mon Dieu, Owen. Je vais avoir besoin de toi pour pouvoir continuer.

Il sourit avant de lui voler un baiser.

— Tout ce que tu veux, bébé. Tout ce que tu veux.

Puis il la pénétra d'un coup sec et elle poussa un cri. Elle était tellement enflée qu'il ne tiendrait pas longtemps, mais qu'importe ? Il avait déjà eu le plus grand des plaisirs en la voyant jouir.

Il se retira lentement avant de revenir à la charge. Une jambe autour de sa taille, elle replia l'autre contre son épaule.

Devant son regard stupéfait, elle éclata de rire.

— C'est grâce au Pilates.

— Je n'ai jamais eu envie de pleurer de joie pendant l'amour, mais là... Ça va être génial.

Il ricana avant de l'embrasser à nouveau.

Puis il commença à bouger.

Elle venait à sa rencontre à chaque coup de reins, à chaque roulement de hanches.

Lorsqu'ils jouirent tous les deux, son cœur s'emballa. Il était en nage. Il gémit son prénom en prenant ses lèvres, conscient que cette fois, il n'était pas uniquement question de sexe... c'était bien meilleur que tout ce qu'il avait connu dans sa vie.

Il y avait une signification à ce qu'ils venaient de vivre.

Et d'après la panique dans son regard, elle le savait, elle aussi.

Épuisé, il se retourna sur le côté, son sexe toujours enfoui en elle, et la serra contre lui tout en faisant courir ses mains dans son dos. Elle ne disait rien, mais lui non plus. Il n'avait pas prévu cela, il n'avait pas prévu de la revoir ainsi.

Et pour un homme comme lui, cela ne pouvait pas bien se terminer.

Il espérait seulement qu'avec tous ses plans et ses projets, il pourrait trouver un moyen d'y arriver. Il fallait que ça fonctionne.

D'une manière ou d'une autre.

CHAPITRE HUIT

Liz rejeta la tête en arrière en essayant de reprendre son souffle. Ce n'était pas facile de le faire avec un sexe dans la bouche et le visage d'Owen enfoui entre ses jambes. Son corps était trop moite pour qu'elle parvienne à rester au-dessus de lui et ils avaient basculé sur le côté, mais elle avait encore le dessus. Elle avait déjà pratiqué le soixante-neuf, mais Owen semblait toujours lui engourdir le cerveau, si bien qu'elle n'arrivait plus à réfléchir dès qu'ils enlevaient leurs vêtements. Ces deux dernières semaines, alors qu'ils exploraient tous les moyens possibles de se donner du plaisir, elle l'avait vite compris.

— Je ne peux pas continuer longtemps si tu fais rouler ta langue comme ça sur mon clitoris.

Elle déglutit, son goût sur sa langue. Cela ne devrait pas l'exciter autant, pourtant elle était folle de désir à l'idée qu'il puisse la goûter, lui aussi.

Il gémit et elle ferma les yeux pour se retenir.

— Ma queue s'ennuie, Liz. Elle a besoin de ta bouche.

Elle leva les yeux au ciel, incapable de réprimer un sourire.

C'était un vrai plaisantin au lit, mais un plaisantin sexy capable de la faire jouir avec sa bouche en deux secondes. Sans compter qu'il n'en fallait que trois avec son sexe. Elle démarrait au quart de tour avec lui, et elle n'allait pas s'en plaindre. Cela ne faisait qu'exacerber sa froideur en dehors de la chambre à coucher. Elle ne cessait de le repousser pour mieux revenir de plus belle. Elle savait qu'elle le faisait par crainte, par besoin de se protéger, mais il la séduisait, et chaque fois, elle se laissait prendre.

Il exécuta une manœuvre particulièrement ingénieuse avec sa bouche en cet instant et l'orgasme la traversa, projetant ses soucis par la fenêtre. Il les fit basculer et s'avança sur elle avant qu'elle ne puisse l'emmener jusqu'au bout. Il l'embrassa, leurs goûts se mêlant sur leurs langues.

— Je n'arrive jamais à te faire une pipe au complet, se plaignait-elle, ses jambes s'enroulant autour de lui de leur propre initiative. À part l'autre fois, mais c'était seulement parce que tu m'as laissé t'attacher aux montants du lit.

Il l'avait attachée la veille, lui aussi, l'attisant avec des foulards de soie.

Elle faillit jouir rien qu'en y repensant.

Il haussa les épaules, les yeux brillants.

— Je deviens trop gourmand et j'ai absolument besoin de te prendre.

Il glissa la main entre leurs corps et caressa son sexe, lui procurant un nouvel élan de plaisir. Cet homme était un génie avec ses doigts, ce n'était pas juste.

— Au moins, j'ai retiré les piercings cette fois pour que tu puisses faire ce que tu veux de moi.

Sa main se promenait paresseusement dans son dos. C'était peut-être le moins imposant de ses frères, mais ses muscles étaient fins, secs et puissants.

— Ils vont me manquer, dit-elle en toute franchise.

Elle avait toujours été plutôt audacieuse au lit, mais Owen faisait ressortir cet aspect de sa sexualité.

Il l'embrassa avec tendresse.

— La prochaine fois. Tu pourras noter toutes les différences si tu en as envie.

Malgré leurs positions, elle éclata de rire.

— C'est toi qui aimes faire ce genre de choses, Mister Toujours Organisé.

Il lui mordilla le menton avant de donner un coup de langue apaisant sur la peau qu'il avait enflammée.

— Tu es infirmière, Lizzie. La science, c'est ton truc. Et si on essayait une nouvelle position pour voir laquelle tu préfères ? Ensuite, il faudra recommencer, parce que la répétition, c'est la clé.

— Crétin.

— Oui, mais *ton* crétin. Et ton crétin s'apprête à te baiser, alors choisis une position.

Ton crétin.

Cela faisait seulement deux semaines qu'ils couchaient ensemble, et il disait déjà des choses comme ça. Comment pouvait-elle l'accepter ? Comment avait-elle pu se mettre dans une telle situation ? D'une main tremblante, elle lui repoussa l'épaule, reprenant le dessus. Il se laissa faire volontiers, les mains sur ses hanches comme si elles étaient destinées à être là.

Si elle restait sur lui, elle pourrait avoir un peu de contrôle, peut-être, puisqu'elle ne semblait en avoir aucun dans les autres domaines de sa vie.

D'après le regard d'Owen, il ne comprenait que trop bien ce qu'elle pensait.

Raison de plus d'avoir peur.

— Tu vas bouger ou je dois t'aider à coup de hanches ?

Elle secoua la tête, mais l'idée qu'il la baise alors qu'elle était sur lui ne lui déplaisait pas. Pourtant, cette fois, elle avait besoin de prendre les rênes. Elle devait se convaincre qu'elle pouvait lui tourner le dos si elle le voulait. Ce n'était qu'une illusion de santé mentale, mais elle y tenait.

— Je vais bouger.

Owen lui serra les hanches un peu plus fort.

— Une seconde.

Il se pencha sur le côté et tâtonna pour trouver le préservatif qu'ils avaient déjà prévu. Ils avaient passé un test la semaine précédente – les relations orales n'étaient pas anodines et les maladies pouvaient toujours se transmettre –, mais ils utilisaient des préservatifs, car Liz ne pouvait pas prendre de contraception. Son corps était sujet aux caillots sanguins et tout ce qu'elle avait essayé par le passé, y compris les diaphragmes, avait entraîné des complications, allant une fois jusqu'à l'hospitalisation.

Alors, à moins de vouloir tomber enceinte – ce qui n'arriverait *jamais* si elle avait son mot à dire –, elle devait utiliser des préservatifs avec chacun de ses partenaires, *chaque* fois. Elle n'avait jamais eu de rapports non protégés. Heureusement, car ainsi, elle ne savait pas ce qu'elle ratait – selon Tessa, en tout cas. Un jour, son assurance couvrirait la ligature des trompes pour une femme célibataire de son âge, et elle pourrait protéger son corps et ses choix. En attendant, elle devait se coltiner le préservatif.

Et à l'instant, elle avait failli l'oublier.

Décidément, Owen nuisait gravement à sa santé.

— Mets-le-moi, demanda Owen, sa main libre glissant sur son poignet. Ça va, bébé ? Tu veux t'arrêter ?

L'inquiétude dans son regard l'émut aux larmes et elle secoua la tête. Ce n'était qu'une partie de jambes en l'air, du plaisir à l'état pur. Rien de trop personnel. Elle ne faisait jamais rien de personnel. Elle ne pouvait *pas* se le permettre.

— Donne-le-moi, dit-elle d'une voix un peu sèche.

Il arqua un sourcil, ce fichu piercing résolument trop sexy pour elle.

— J'allais le faire, répondit-il. Mais d'abord, je dois mettre le préservatif.

Elle tendit la main en riant.

— Je voulais dire le préservatif, abruti.

Il sourit.

— J'adore quand tu me traites d'abruti, parce que je suis sûr que tu as des mots plus grossiers, mais que tu essaies de ménager mes sentiments maintenant que ma queue est juste à l'entrée de ton sexe. Tu es trop gentille, Liz.

Elle leva les yeux au ciel, un sourire aux lèvres, et elle lui prit le préservatif avant de le déchirer. Alors qu'elle l'enfilait sur sa longueur, reculant pour pouvoir lui caresser les bourses en même temps, Owen émit un râle.

— Putain, j'adore tes mains, bébé. Tu peux me toucher quand tu veux.

— Ah, oui ? fit-elle avec un sourire.

Elle prit le lubrifiant qu'ils avaient utilisé un peu plus tôt lorsqu'Owen avait voulu jouer avec ses fesses et en versa dans sa main.

— Et si je fais ça ?

Elle avança la main entre ses fesses et les écarta un peu en utilisant le lubrifiant pour y exercer une pression du bout des doigts.

— Putain de merde, souffla-t-il. Ce n'est pas ce que j'avais en tête, mais si tu veux, je suis partant.

Elle se figea.

— Sérieusement ?

Il se redressa sur ses coudes et la regarda avec grand sérieux.

— Bien sûr. Tu m'as laissé jouer avec toi tout à l'heure,

alors pourquoi ne pas te laisser faire, à ton tour ? Il paraît que si tu frottes ma prostate, ce sera sensationnel. Et comme on vient de se doucher pour te préparer, je suis partant.

Elle expira, troublée. Elle voulait seulement plaisanter, mais maintenant, l'idée la séduisait.

— D'accord, Owen. Allonge-toi, tourne la tête et tousse un peu.

Il ricana avant de laisser échapper un long gémissement lorsqu'elle enfonça légèrement le doigt. Elle n'aurait jamais pensé que cela puisse être sensuel, mais il serrait la base de sa verge, les veines de son bras saillant sous l'effet de la tension, et elle sut qu'elle n'arriverait jamais à chasser cette image érotique de sa tête.

Elle exerça une friction délicate, cherchant l'endroit précis qui enverrait son corps vers l'extase.

— Ici ? demanda-t-elle.

— Oh, putain ! Oui, ici.

Il avait la tête en arrière de sorte qu'elle ne voyait pas ses yeux, mais elle le regrettait.

— Putain, je pourrais jouir, mais je préfère le faire en toi.

Il avait parlé dans un souffle et elle se mordit la lèvre en s'écartant lentement de lui.

Lorsqu'il tendit la main et tira sur son bras, elle se laissa hisser vers le haut et le chevaucha.

— Ta bouche, j'ai besoin de ta bouche.

Alors, elle la lui offrit. Leurs langues s'entremêlèrent et leurs respirations se synchronisèrent pendant qu'elle l'embrassait. Ses mains s'aventurèrent sur son corps, l'une entre ses fesses et l'autre se posant sur son sein.

— Chevauche-moi, cowgirl. Montre-moi ce que tu sais faire.

Il lui donna une claque sur les fesses et elle poussa un

gémissement de douleur. Pourquoi avait-elle aimé ? Elle n'était pas censée aimer ça.

— Allez, Liz. Je veux te voir.

Elle descendit enfin sur son corps et, de sa main, le guida en elle. Leurs yeux se rencontrèrent alors qu'elle s'enfonçait lentement et son souffle resta suspendu. Quand les larmes qu'elle n'avait pas versées lui piquèrent les paupières, elle les chassa en clignant des yeux, agacée de s'être trop ouverte, d'avoir trop ressenti.

Ce n'était qu'une aventure.

Rien de plus.

Elle ne pouvait pas faire plus.

Il lui saisit les hanches, la stabilisant lorsqu'elle fut complètement assise.

— Ça va, Lizzie ? demanda-t-il d'une voix éraillée.

Elle lui fit signe que oui, mais c'était un mensonge.

— J'ai besoin de bouger.

Cette partie était la pure vérité.

Il exerça une pression sur son sein, ses doigts jouant avec son mamelon.

— Alors, bouge, chérie. Jouis sur ma queue.

Elle lui sourit.

— Ah, oui ? Et qu'est-ce que tu vas faire, toi, paresseux ?

— Je resterais bien allongé ici à songer à la grandeur de la nation, mais je sens que ta poitrine sera trop tentante pour que je l'ignore.

Elle leva les yeux au ciel avant de faire rouler ses hanches. Quand leurs souffles s'accélérèrent, elle sut qu'ils étaient proches. Elle continua à se frotter contre lui, son sexe profondément ancré en elle.

Une fois de plus, leurs yeux se croisèrent. Elle eut beau essayer de rompre la connexion, elle en fut incapable. Ses mains étaient partout sur elle, ses caresses empreintes d'une émotion qu'elle ne pouvait pas mettre en mots. Même si elle voulait fermer les yeux et oublier ce qui se passait, elle n'en fit rien.

Quand l'orgasme déferla, ses muscles internes se contractèrent et il la suivit dans le plaisir. Son râle était un baume pour son âme, plus qu'il n'aurait dû l'être. Rien ne se passait comme il le fallait, bon sang, et elle ne savait plus quoi faire.

Elle s'effondra sur son corps, essayant de reprendre son souffle, consciente que si elle parlait, elle ferait l'inavouable et éclaterait en sanglots. Elle ne pouvait pas verser de larmes, ni pour lui ni pour elle-même.

Deux bras forts l'enserrèrent et Owen posa un baiser sur ses cheveux.

— Qu'est-ce qui ne va pas, Lizzie ? Parle-moi.

Elle secoua la tête, se recroquevillant de plus en plus sur elle-même en dépit de sa présence. Elle avait besoin de s'en aller, de sortir de la pièce, de quitter ses bras et de se rhabiller pour retrouver ce contrôle d'acier qu'elle portait comme une armure d'aussi loin qu'elle s'en souvienne.

Owen Gallagher la brisait, et elle ne pouvait pas l'autoriser.

Quand sa main glissa de haut en bas dans son dos, l'apaisant sans paroles, elle sut que c'était trop. Elle s'éloigna de lui, échappant à son corps, et se précipita hors du lit. Elle récupéra son jean, cherchant en vain ses sous-vêtements. Ils s'étaient déshabillés à la hâte après le dîner et elle n'était pas sûre de les retrouver dans sa panique.

— Merde, grogna Owen en tentant d'attraper la boîte de mouchoirs sur la table de nuit. Attends une minute. Qu'est-ce qui s'est passé ?

Il se débarrassa du préservatif avant de se lever pour essayer de l'attraper.

Elle évita son contact, le corps tremblant.

— Je dois absolument partir.

— C'est ta maison, bébé. Où veux-tu aller à dix heures du soir ?

Elle enfila son jean sans culotte.

— Alors, pars. Mon Dieu. Laisse-moi tranquille, Owen. Le sexe, c'était génial. Mais va-t'en, d'accord ? J'ai besoin... J'ai besoin que tu t'en ailles.

Elle était debout dans sa chambre obscure, dans la lueur d'une petite lampe de chevet, avec seulement son jean et rien d'autre. Ses yeux lui piquaient et elle avait le souffle court. Elle savait qu'elle paraissait à moitié folle, mais elle s'en fichait. Elle avait juste besoin de respirer, de ne plus ressentir. Si elle s'autorisait à ressentir... eh bien, elle savait ce qu'il adviendrait.

Owen avait levé les mains comme devant un taureau fou.

— Lizzie. Assieds-toi et raconte-moi ce qui s'est passé. Je t'ai fait mal ? Est-ce que le jeu anal était trop pour toi ? Dis-le-moi et j'arrangerai les choses.

— Tu ne m'as pas fait mal, dit-elle en plissant les yeux. Pas vraiment.

— Tu ne peux pas tout arranger, Owen, même si tu le souhaites.

Il tressaillit en percevant le venin dans sa voix, mais ne prit pas ses distances.

— Je ne sais pas ce que j'ai fait pour mériter ça, mais oui, j'aime arranger les choses. C'est ce que je fais.

— Tu ne peux pas m'arranger, moi.

À son grand dam, elle sentit une larme couler sur sa joue et elle l'essuya d'un geste rageur.

— Je n'ai pas dit que je le voulais, commença lentement Owen comme s'il la faisait descendre d'un rebord dangereux.

Peut-être était-elle déjà au bord du gouffre sans s'en

rendre compte. Quoi qu'il en soit, il devait partir pour qu'elle puisse se ressaisir.

— Allons te chercher le reste de tes vêtements. D'accord ?

— Pourquoi ? Parce que tu penses que j'ai besoin d'un bouclier ou quelque chose comme ça ?

C'était le cas.

— Va-t'en. Je ne peux pas réfléchir si tu es là, et tu ne peux pas rester en ce moment. C'était sympa le temps que ça a duré, Owen. Mais c'est fini. J'aimerais qu'on arrête, tous les deux.

Elle savait qu'elle se comportait comme une garce, mais elle ne put retenir les mots qui franchirent sa bouche. Elle s'en voulait un peu plus à chacune de ses paroles, or elle ne pouvait pas les retenir maintenant qu'elle avait commencé. Si elle lui faisait du mal en lui demandant de partir, peut-être évitait-elle de souffrir plus tard. Elle ne se vautrerait pas dans la douleur, avec mille entailles sur le corps, à attendre quelque chose qui ne viendrait jamais.

Owen enfila son jean et lui tendit son propre haut.

— Je ne retrouve pas le tien pour le moment.

Elle le prit avec empressement, s'imprégnant de son parfum en l'enfilant. Cela ne fit que décupler ses larmes.

— Sors.

Il secoua lentement la tête en s'approchant d'elle. Elle n'avait nulle part où reculer, car le lit lui barrait la route. Elle ne pouvait pas l'empêcher de poser les mains sur ses bras.

— Chérie. Liz. Parle-moi. Pourquoi as-tu si peur ? Si je ne t'ai pas fait mal pendant l'amour, alors j'ai dû faire quelque chose pour que tu me repousses comme ça. Oui, je sais que tu ne voulais pas t'ouvrir à moi quand on a commencé à se voir, et je comprends. Nous sommes encore nouveaux l'un pour l'autre, mais tu ne m'as jamais parlé franchement. Que s'est-il passé, Liz ? Tu peux tout me dire. Je te le promets. Peu

importe ce qui se passe entre nous au lit ou dans notre relation, je veux que nous soyons amis.

Elle leva le menton.

— Nous n'avons pas de relation.

La douleur dans son regard la blessa. Elle aurait voulu
ramper dans un trou et se cacher.

— Parle-moi.

Elle soupira.

— D'accord. Tu veux me connaître ? Tu veux savoir pourquoi je suis dans la merde, pourquoi je suis incapable de bien
faire les choses ? Très bien. Assieds-toi et écoute la petite vie
sordide et triste de Liz McKinley.

— Liz.

— J'ai dit : assis !

Elle ferma les yeux, prête à fondre en larmes.

— S'il te plaît.

Le grincement du sommier lui fit ouvrir les yeux et elle
laissa échapper un hoquet en voyant Owen assis sur le bord,
sa main fermement serrée autour de la sienne.

— Parle-moi, répéta-t-il.

— Je ne suis jamais en couple.

— Je m'en doutais, dit lentement Owen.

Elle secoua la tête.

— Je dois tout sortir d'un coup, alors ne m'interromps
pas.

Il arqua un sourcil, mais se garda de tout commentaire.
Elle était une vraie garce, impolie et sèche, et pourtant il
n'avait pas encore déguerpi. Elle ne le méritait pas.

De toute manière, elle ne voulait pas de lui.

— Je ne suis jamais en couple parce que ça ne marche pas.
J'ai vu ma famille s'effondrer et ça m'a brisée. Quand j'ai finalement cru être heureuse, un jour, avec une relation stable,
tout s'est cassé la figure.

Elle dégagea sa main et il la laissa faire, tant qu'elle poursuivait son récit.

— Ma mère était... *est* une alcoolique. Elle parvenait à fonctionner, si bien que personne n'a jamais réalisé qu'elle était bourrée la plupart du temps, rarement sobre. Elle me conduisait à l'école avec une bouteille de vodka dans son sac à main, mais personne ne s'en souciait. Personne ne remarquait que son sourire était toujours un peu trop éclatant aux réunions de l'association des parents d'élèves et qu'elle ne tenait jamais ses engagements lors des ventes de pâtisseries et autres conneries de ce genre, parce qu'elle était trop ivre pour le faire.

Elle expira, refermant ses bras autour de son buste. Seule l'odeur de la chemise d'Owen l'ancrait dans la réalité, et cela l'inquiétait. Mais bientôt, il serait parti. Bientôt, il saurait quel genre de personne elle était, d'où elle venait, et alors elle n'aurait plus à se soucier de son désir pour lui. Elle n'aurait pas à craindre de devenir le monstre qu'était sa mère... elle ne redouterait plus de transformer Owen en coquille vide, comme son propre père l'avait été.

Elle rencontra son regard, mais il tint parole et ne dit rien. Pourtant, elle devinait la fureur dans ses yeux. La colère. Aucune pitié, en revanche. Curieux. Elle s'attendait à de la pitié. Elle aurait été en mesure de résister à la pitié. Mais la fureur ? Elle ne savait pas qu'en faire.

— Elle me criait toujours dessus quand on était à la maison. Et quand elle ne criait pas, elle avait cette voix calme et aigre, me menaçant de toutes sortes d'horreurs. La première fois qu'elle m'a frappée, j'avais six ou sept ans. Elle m'a giflée au visage parce que j'avais besoin d'une autorisation signée et qu'elle n'était pas d'humeur. Elle n'a jamais cessé de me frapper jusqu'à ce que je déménage. Chaque fois que j'ai essayé de me défendre, elle a aggravé la situation. Et personne n'a rien fait.

Quand il prit enfin la parole, elle sursauta.

— Où était ton père ?

Elle se mit à renifler, en proie à cette même douleur, une douleur creuse qui ne semblait jamais guérir. Elle était infirmière, bordel, une soignante, et elle n'était même pas fichue de se guérir elle-même. Elle n'y arrivait pas.

— Ce cher vieux papa était là tout le temps. Il s'en fichait éperdument. Il la regardait me tabasser après m'avoir traitée de pute et de paresseuse, et il ne levait pas le petit doigt. Il s'en fichait, c'est tout. Elle l'avait brisé bien avant moi. Et pourtant, il aurait dû s'en soucier. Il aurait dû faire quelque chose. Mais il ne l'a pas fait. Il n'a jamais rien fait, putain. Et quand j'ai eu quatorze ans, il a fait ses bagages et il est parti. Il m'a *laissée* seul avec elle. L'année suivante, maman a repris son nom de jeune fille et je suis restée sans nouvelles de lui. Il est peut-être mort, pour ce que j'en sais. En tout cas, il ne m'a plus jamais donné signe de vie. Alors, voilà, les relations finissent mal, Owen. En tout cas, c'est ce sang-là qui coule dans mes veines.

— Lizzie, c'est leur histoire. Je pourrais les tuer pour ce qu'ils t'ont fait, mais c'est leur faute.

— Ils étaient heureux avant. Et puis, je suis née et maman a commencé à boire. Elle avait horreur de la césarienne. Elle détestait cette putain de cicatrice et elle n'arrêtait pas de m'accuser. Ses seins se sont affaissés après l'allaitement, même si ça n'a duré qu'une semaine avant que la douleur la pousse à arrêter. Je suis passée directement au lait maternel après ça, apparemment. Elle m'a dit qu'elle n'avait jamais eu le temps de faire quoi que ce soit de sa vie parce qu'elle était coincée avec une petite sangsue blonde. Mon père n'a plus voulu la toucher après l'accouchement, du moins c'est ce qu'elle prétend. Alors, elle disait qu'elle devait se trouver des mecs qui voudraient bien d'elle puisque mon père était un minable inutile.

— Seigneur, souffla Owen. Elle t'a dit tout ça ? Quel âge avais-tu ?

Liz haussa les épaules, ramassant quelques peluches invisibles sur sa chemise.

— Environ sept ans la première fois, je pense. Je ne m'en souviens pas vraiment, parce que ça a duré la majeure partie de ma vie. C'était une ivrogne abusive qui aimait nous insulter, papa et moi. Et quand les mots n'ont plus été suffisants, elle s'est mise à lui lancer des objets, frustrée qu'il ne se défende pas. Il était bien élevé, jamais il n'aurait frappé une femme, tu comprends. Mais il ne m'a jamais protégée. Il regardait sans rien faire quand elle me frappait avec la ceinture, avec sa main. La seule fois où il est intervenu, c'était pour lui dire de ne pas briser sur moi le verre en cristal dans lequel elle avait bu sa vodka. Mais c'était certainement parce qu'alors, j'aurais atterri à l'hôpital, ou simplement parce que le service en cristal avait appartenu à sa mère et que c'était leur cadeau de mariage. Je n'en sais rien.

Owen se leva et s'approcha d'elle. Elle tendit les mains en secouant la tête.

— Lizzie. Rien de tout cela n'est de ta faute. Ils auraient dû aller en prison bien avant qu'elle ne lève une deuxième fois la main sur toi. Ton père aussi.

Elle pressa ses lèvres l'une contre l'autre, son corps bizarrement engourdi.

— Mais ça me mine toujours. Je ne peux *pas* être en couple, Owen. Ça se gâte systématiquement si j'essaie.

Il fit un nouveau pas en avant et elle recula d'autant.

— Mais nous ne sommes pas comme eux. Nous ne sommes ni l'un ni l'autre.

— Pourtant, je suis la fille de ma mère. La fille de mon père. Tu vois ? À dix-sept ans, j'ai pu aller à la fac parce que je me suis démenée pour avoir mon diplôme en avance. J'étais intelligente, mais pas assez pour quitter la ville où nous avons grandi. J'ai trouvé un garçon qui avait dix-neuf ans et j'ai pensé qu'il m'aimait bien. Il s'est avéré qu'il aimait juste mes seins ou je ne sais quoi. J'ai surpris ma mère en train de se *le* taper dans *ma* résidence universitaire deux jours après que je lui avais donné ma virginité. Je lui ai dit de dégager et ma mère lui a tapoté la joue en lui disant que c'était un bon garçon qui avait besoin d'une femme mature s'il cherchait une chatte de qualité. Elle était tellement bourrée à ce moment-là, je crois qu'elle avait du mal à enchaîner deux mots.

— Quel connard, grogna Owen.

Il fut près d'elle si rapidement qu'elle n'eut pas le temps de reculer. Quand il prit son visage entre ses mains, elle ne pleura pas. Elle était à court de larmes, semblait-il.

— Lizzie, c'est la faute de cette tête de nœud. Pas la tienne. Rien de tout cela n'est ta faute.

Elle cligna des yeux, hébétée, incapable de véritablement l'entendre, trop absorbée dans son passé et l'histoire de sa mère. Elle se sentait seule, très seule. Et elle avait froid.

— Elle m'a aussi tabassée, ce jour-là. Je ne sais même pas pourquoi.

Sa voix sonnait creux à ses oreilles, mais c'était peut-être parce qu'elle était si loin dans les souvenirs.

— J'ai abandonné la fac le lendemain et j'ai déménagé mes maigres possessions dans une autre ville. Là, j'ai repris les cours. L'école n'était pas aussi bonne, mais sans pouvoir me baser sur l'absence de revenus de ma mère, qui me permettait d'obtenir des bourses et une aide financière, je ne pouvais pas trouver mieux. Enfin, c'est là que j'ai rencontré Tessa, alors tout est bien qui finit bien.

Son pouce effleura sa joue.

— Et tu n'as été avec personne depuis ?

— Pas dans une relation de couple. Ça m'arrive de baiser, parce que c'est tout ce qu'il me reste, Owen. C'est tout ce que je peux avoir. Ma mère était une fille gentille et douce avant de rencontrer mon père. Et lui, apparemment, c'était un gentleman avant que ma mère ne déraille. Ils se sont abîmés l'un l'autre et je refuse d'infliger ça à qui que ce soit.

Elle se dégagea de ses bras.

— Je refuse de t'infliger ça.

Il secoua la tête, les yeux tristes, mais dénués de pitié.

— Lizzie, ce n'est pas comme ça que les choses fonctionnent. Nous ne sommes pas nos parents.

— Tes parents étaient incroyables, pourtant. Alors, tu es mal placé pour parler.

— Mes parents ont travaillé jusqu'à la mort pour nous et ils se sont oubliés. Je ne veux pas être comme eux.

— Ne les compare pas, dit-elle doucement.

Elle avait essayé de le brusquer, mais elle s'était trouvée incapable de puiser l'énergie nécessaire.

— Va-t'en, c'est tout. S'il te plaît. J'ai juste besoin que tu partes.

Au loin, elle entendit la porte d'entrée s'ouvrir et elle comprit que Tessa était rentrée du travail. Liz pourrait toujours lui parler si elle en avait besoin, mais à ce moment-là, elle voulait seulement rester seule.

Owen la dévisagea avant de baisser lentement les mains.

— J'y vais, dit-il, et son cœur se brisa. Mais je n'y vais pas pour de bon. Je ne te quitte pas, Liz. Je te laisse respirer. Mais je reviendrai, bon sang. Je reviendrai.

Sur ce, il lui déposa un doux baiser sur le front avant de la laisser dans sa chambre et de sortir, torse nu et en jean.

Elle l'entendit échanger à mi-voix avec Tessa, mais elle ne

discerna pas les mots. Elle se mit lentement à genoux, les yeux écarquillés, les sens émoussés. Elle entendit Tessa entrer dans la chambre et sentit à peine ses mains sur ses épaules.

Lorsque sa meilleure amie la serra dans ses bras, Liz fit enfin la seule chose qu'elle s'était promis de ne jamais faire.

Elle pleura.

CHAPITRE NEUF

— C'est fini. Heure du décès, cinq heures quarante-deux.

Liz demeura immobile alors que les paroles du docteur Wilder la percutaient. Le sens de ces mots s'écrasa sur elle avec plus de violence que d'habitude. Elle ne connaissait pas ce patient et ne s'occupait de lui que depuis sept minutes, appelée en renfort à la dernière seconde, et pourtant elle était anéantie par cette déclaration irrémédiable.

Elle savait que son travail impliquerait de côtoyer la mort lorsqu'elle s'était inscrite à l'école d'infirmières. Elle ne s'était jamais caché les aspects sombres de son travail, même pendant ses études. Mais elle savait aussi que cela valait la peine. Il le fallait. Elle avait sauvé d'innombrables vies, aidé d'autres personnes aux urgences quand elle pensait ne pas pouvoir le faire, et pourtant aujourd'hui, cela n'avait pas suffi. Les médecins, les techniciens, les infirmières et les aides-soignants n'avaient pas suffi pour cet homme et l'accident de voiture avait eu raison de lui.

C'était le second patient qui mourait aujourd'hui pendant son service. Par deux fois, l'heure de la mort avait été prononcée. Chaque fois, elle n'avait servi à rien. Il avait fallu que d'autres viennent nettoyer le désordre à sa place, la seule preuve qu'une personne avait été en vie dans cette chambre, désormais disparue à jamais, emportée par une puissance bien supérieure à celle des médecins, des infirmiers et du personnel qui avait essayé de la sauver. Il n'était pas rare de perdre plus d'une personne en une journée, surtout aux urgences, mais aujourd'hui plus que tout autre jour, cela lui paraissait insurmontable. Les choses allaient-elles devenir plus faciles avec le temps ?

Oh, et puis merde.

Merde à tout ça.

Rien à foutre.

Rien à foutre de tout.

Après avoir pleuré pendant près d'une heure la veille, elle s'était finalement endormie dans les bras de Tessa, le corps épuisé. Heureusement, elle avait bénéficié d'un changement de service aujourd'hui et elle avait pu dormir un peu, son corps alourdi par les sanglots et le trop-plein d'émotions aux prises dans son esprit et son âme. Elle n'avait pas eu l'intention de tout raconter à Owen, ni même de lui dire quoi que ce soit. Le meilleur moyen d'assurer sa sécurité, c'était de le repousser, mais en fin de compte, elle n'était pas sûre du bien que cela lui avait apporté. Il avait dit qu'il reviendrait, mais le ferait-il vraiment ? À présent, il connaissait les parties les plus sombres de son être, celles qu'elle avait voulu garder enfouies, mais qu'elle avait laissé échapper malgré elle.

Bon sang. Aucune importance. Elle était au travail et elle ne pouvait pas penser à Owen ni à rien de tout cela. Elle devait se débarbouiller et essayer de garder le prochain patient en vie. Parce que si elle en perdait un de plus... Elle retint un frisson. Elle ne pouvait pas penser ainsi. Cela ne ferait de bien à personne.

— Liz ? Je peux te parler une minute ?

À la question de Nancy, Liz répondit par un rapide signe de tête.

— Bien sûr. Où ?

— Dans la salle de pause, si tu veux bien, dit-elle avant de s'éloigner précipitamment, Lisa sur les talons.

Avec un soupir, Liz les suivit. Le nœud dans son ventre se resserrait un peu plus à chaque pas. Nancy n'avait pas la capacité de la licencier, mais c'était elle qui annoncerait qui devait partir à cause des prochaines coupes budgétaires. Liz priait pour que ce jour ne soit pas arrivé. Ce serait la goutte d'eau qui ferait déborder le vase.

En chemin, elle fut interpellée par deux médecins qui lui posèrent des questions, si bien qu'elle avait presque dix minutes de retard lorsqu'elle arriva. Même si elle travaillait bien, à en juger par le regard de Nancy, le moindre retard était un péché capital.

— Désolée d'être en retard, le docteur Mendez et le docteur Johnson avaient besoin de réponses à quelques questions.

Elle se rendit directement à la cafetière et se servit, suivant l'exemple de Nancy et Lisa, une tasse à la main.

— Hmm, fit Nancy avec dédain.

Seigneur, parfois Liz détestait vraiment son travail, et cette journée soulignait plus que les autres cet état de fait. D'habitude, elle n'avait qu'à penser aux patients qu'elle pouvait aider pour reprendre courage, mais c'était un peu plus difficile aujourd'hui, et elle avait le moral dans les chaussettes.

Si seulement elle avait tenu sa langue devant Owen et avait pris ses distances, la tête haute tant qu'elle en avait l'occasion. Au moins, elle ne se serait pas engagée sur cette voie de l'apitoiement et du doute.

Une fois de plus, elle chassa Owen de ses pensées et se

concentra sur ce qu'elle avait devant elle – ou plutôt, sur *qui* elle avait devant elle.

— Assieds-toi, Liz, dit Nancy au bout d'un moment. Nous n'avons plus beaucoup de temps pour parler à cause du retard.

Liz retint une réplique cinglante, car le retard en question était lié à son travail. En service, elles avaient d'*innombrables* choses à faire. Elle s'installa en face d'elles, prête à subir leur inquisition.

— Oui ?

— Comme tu le sais, le budget devrait être déterminé d'ici la fin de la semaine prochaine. Les répercussions de cette décision se feront sentir, mais comme nous le savons tous, les réductions sont souvent rapides et impitoyables dans notre service.

Les mains de Liz se cramponnèrent à sa tasse.

— Alors, ce ne sont pas que des rumeurs ?

Ces deux derniers mois, les restrictions budgétaires n'étaient que des bruits de couloir, mais suffisamment fondés pour que tout le monde les prenne au sérieux.

Nancy répondit par un signe de tête, dardant vers Lisa un regard qu'elle fut incapable d'interpréter.

— Oui, nous allons perdre au moins un poste d'infirmière, et peut-être un deuxième si les choses prennent la direction que je crains.

Deux postes ? Bon sang. Liz se demandait bien comment les urgences étaient censées se débrouiller avec une infirmière en moins, sans parler de deux.

— Est-ce qu'ils se rendent compte en haut lieu que nous travaillons déjà de longues heures et que nous n'avons pas assez de personnel ? demanda Liz, l'esprit en ébullition.

Nancy haussa les épaules.

— Nous ne sommes que des sous-fifres, Liz. Il faut t'y habituer. Mais je vous ai appelées toutes les deux ici parce que vous êtes les deux infirmières en chef sous mes ordres. Je ne peux garantir aucun de vos emplois, car je n'ai pas cette influence, mais les évaluations de performance feront très probablement partie de la décision. Ce sera très dur de perdre l'une de vous, ou les deux, mais il se pourrait que le budget l'exige. Nous n'avons pas les fonds nécessaires.

Elle rencontra le regard de Liz, qui la dévisageait sans ciller.

Ses évaluations étaient excellentes, bien meilleures que celles de Lisa, et tout le monde dans cette salle le savait. Mais les rumeurs sur Owen et Murphy allaient bon train à cause de Lisa, qui se faisait un malin plaisir de remuer le couteau dans la plaie.

Elle refusait que ce détail lui coûte son emploi. Reculant sa chaise dans un raclement retentissant, elle déclara :

— Bon, très bien. Quand vous aurez des nouvelles, faites-le-moi savoir. Je dois retourner travailler, le service ne va pas se gérer tout seul.

Lisa leva les yeux au ciel sans rien dire. Liz était à deux doigts de la gifler, et pour éviter cela, elle se détourna et commença à s'éloigner. Elle n'était *pas* de nature violente. Chaque fois qu'elle pensait une chose pareille, elle se sentait devenir un peu plus comme sa mère, et il était hors de question que cela se produise. Voilà pourquoi elle avait été atterrée lorsqu'elle avait frappé Owen, la dernière fois. Ce n'était *pas* elle, quelles que soient les horreurs que sa mère lui avait mises dans la tête. Si seulement elle pouvait ne pas l'oublier.

Une heure supplémentaire s'écoula et la tension qui palpitait sous ses tempes n'avait pas diminué. Il ne lui restait plus qu'une heure environ avant de pouvoir rentrer chez elle, mais ses pieds étaient déjà hors d'usage. Avec un soupir, elle regarda ses chaussures orthopédiques. Il était grand temps de s'en procurer une nouvelle paire et de la roder, car si ses pieds lui faisaient déjà souffrir le martyre, ces maudites chaussures allaient passer à la poubelle.

Concentrée sur ses patients – les seules personnes qui comptaient aujourd'hui – elle ignora les murmures qui l'entouraient. Apparemment, Lisa menait une vraie campagne pour la faire virer.

Mais Liz n'avait rien fait de mal et elle tenait à se le rappeler. Lisa avait peur pour son poste et elle essayait de le conserver par tous les moyens, et même les moins recommandables. Ce n'était pas la faute de Liz si Lisa manquait tant de confiance en elle qu'elle répandait des rumeurs à son sujet. Mais bon sang, ça la tuait que des gens qu'elle considérait comme ses amis puissent parler d'elle dans son dos.

— Je ne sais pas avec quel patient elle est, mais ça pourrait être les deux, vous savez ? disait une autre infirmière, Freddie. D'après ce que j'ai entendu, ce n'est pas l'éthique professionnelle qui l'étouffe. Franchement, si elle passe son temps à faire je ne sais quoi dans les chambres, elle n'a peut-être pas sa place ici.

— Oui, c'est un hôpital respectable. Nous n'avons pas besoin de ce genre de réputation et de publicité.

Liz, qui allait rejoindre son patient suivant, s'arrêta net. Son sang ne fit qu'un tour et son estomac se noua. Seigneur. Était-ce vraiment ce que les gens pensaient d'elle ? Qu'elle était une salope qui passait de lit en lit sans se soucier du travail ?

Bon sang, si elle voulait coucher avec vingt mecs différents en vingt jours sur son temps libre, elle pouvait le faire. C'était une femme célibataire qui n'avait pas honte de sa sexualité. Owen et Murphy n'étaient plus ses patients, et elle s'était déjà promis qu'elle ne les soignerait pas si, pour une raison quelconque, le destin leur faisait franchir à nouveau la porte des urgences. Ces gens n'étaient que des enfoirés et elle avait envie de hurler.

Malheureusement, elle ne pouvait rien y faire.

Elle ferma les yeux et prit une grande inspiration. Si, en fait, elle pouvait faire quelque chose. On n'était pas au lycée et elle n'était plus l'adolescente solitaire trop timorée pour ouvrir la bouche.

Elle tira le rideau derrière lequel les deux infirmières étaient en train de nettoyer quelque chose et leva un sourcil.

— Vous devriez vous assurer que la personne dont vous parlez n'est pas juste derrière vous.

La plus jeune, Lydia, eut au moins la décence de rougir. Freddie, l'une des amies de Lisa, se contenta de soupirer. Sérieusement, ces femmes n'avaient-elles aucun respect d'elles-mêmes ni *aucune* autre façon de réagir ?

— Premièrement, nous sommes au travail. Concentrez-vous sur vos patients et pas sur les ragots. Deuxièmement, si je voulais sortir avec quelqu'un de cet hôpital, cela n'aurait aucune incidence sur mes performances. Et troisièmement, si je voulais sortir avec toute l'équipe des Broncos de Denver, à condition qu'ils soient célibataires, cela ne vous regarderait pas. Alors, vous devriez peut-être arrêter de mettre des bâtons dans les roues des autres et vous remettre au travail. Pendant que vous perdez du temps à essayer de savoir avec qui je pourrais bien coucher, il y a des gens qui ont besoin de votre aide.

Liz s'éloigna d'un pas lourd et se dirigea vers son patient suivant, consciente des yeux dardés sur elle. Heureusement, les urgences n'étaient pas débordées aujourd'hui et l'aile où elle se trouvait n'avait pas encore admis beaucoup de patients. Elle avait parlé à voix basse et personne ne l'avait entendue, à l'exception de l'homme de ménage, peut-être, et de quelques collègues.

Elle s'était ridiculisée, mais elle s'en fichait. Elle avait des patients à soigner, des saignements à interrompre, des corps à entretenir. Surtout, elle voulait s'éloigner des remous qu'elle venait de causer.

Elle était lasse de tout cela.

Ainsi, une heure plus tard, après avoir examiné ses patients, s'être assurée que la prochaine infirmière savait quoi faire et avoir récupéré ses affaires, elle n'aurait pas dû être étonnée de constater que sa journée ne prenait décidément pas la tournure qu'elle avait prévue.

Owen se tenait près des portes d'entrée, deux gobelets de café à la main, adossé contre le mur. Il portait une veste en cuir très sexy, son pantalon habituel et une belle chemise. Elle eut envie de se jeter à son cou.

Mais elle était sur son lieu de travail.

Là où tout le monde lui donnait l'impression de n'être *rien*.

L'impression que tout ce qu'elle faisait était mal, y compris son amitié avec Owen et Murphy.

La dernière fois qu'elle avait vu Owen, elle s'était effondrée devant lui après avoir tout déballé sur la table.

Ce n'était vraiment pas son jour.

— Tessa a dit que tu avais fini ton service, dit-il en lui tendant un gobelet sur lequel son initiale, *L*, était inscrite.

Elle ne devait pas sourire et laisser cette douce chaleur se répandre en elle devant cette délicate attention.

Ignorant les regards des autres infirmières et aides-soignantes dans le couloir, elle répondit :

— Ah, oui ? Elle travaille tard ce soir, elle doit être en route.

Owen répondit en secouant la tête.

— Elle est venue frapper à ma porte quand je suis rentré du travail. Apparemment, sa batterie était morte.

Tu m'étonnes ! Je n'ai pas arrêté de lui dire qu'elle devait remplacer ce vieux machin.

— Elle l'aurait fait certainement si elle n'avait pas acheté une maison. C'est ce qu'elle m'a expliqué en détail après avoir traité sa voiture de toutes sortes de noms que je ferais mieux de ne pas prononcer en public. Mais je lui ai proposé de la déposer ici. Elle a dit qu'elle avait une clé de ta voiture et qu'elle pourrait rentrer à la maison après son service si je te ramenais maintenant.

Liz arqua un sourcil. Génial, tout le monde planifiait sa vie à sa place. Nancy, Lisa, Tessa, et maintenant Owen.

— Elle t'a envoyé tout ça par texto, sachant que tu ne réponds qu'aux questions professionnelles pendant ton service.

—J'aurais pu prendre le bus, répondit-elle.

— Mais tu n'es pas obligée. Alors, dis « merci, Owen » et viens avec moi.

Il se pencha en avant de sorte qu'elle seule puisse l'entendre. Dieu sait ce que les autres pensaient à ce moment-là, mais elle n'en avait plus rien à faire. Elle avait dit ce qu'elle avait à dire.

—Je sais que je suis l'une des dernières personnes que tu as envie de voir en ce moment, mais je t'ai dit que je ne partirais pas de sitôt. Alors, viens, Liz. Laisse-moi te ramener à la maison.

Elle expira longuement.

— D'accord.

Il la regarda avec insistance et elle ajouta :

— Merci de me ramener.

Owen afficha un sourire éclatant et elle crut entendre Lisa et Freddie étouffer un cri derrière elle. Oui, Owen avec une veste en cuir était sexy. Et Owen souriant avec une veste en cuir, c'était encore autre chose.

Apparemment, il avait décidé de la faire sienne.

Il ne restait plus à Liz qu'à réfléchir à ce qu'elle comptait faire.

———

Owen était à la fois épuisé et exalté. Maintenant qu'il était seul dans sa petite chambre d'hôtel avec la télévision à faible puissance, sur les actualités du jour, il pouvait défaire sa cravate et essayer de se détendre un peu avant que les choses ne deviennent intéressantes. Il avait passé toute la journée en réunions avec le groupe Roland, à passer en revue les derniers détails du projet à venir. Il avait un bon pressentiment. Ils avaient l'air enthousiastes à la proposition qu'Owen avait présentée. Il n'avait pas les plans définitifs, car il aurait besoin de Murphy et de Graham pour cela, mais il s'était assuré que les futurs clients soient bien accrochés. C'était quasiment gagné, à moins d'un revirement de situation inexplicable. Il n'était pas dans son propre lit ce soir-là et Liz lui manquait terriblement, mais dès qu'il rentrerait à la maison, il allait fêter ça.

Enfin, dès que Clive Roland aurait signé sur les pointillés, bien entendu.

Gallagher & Frères Rénovation avait travaillé sur un nombre varié de projets tout au long de l'année. Parfois, c'était sur des maisons, à d'autres occasions sur de grandes propriétés ou des entreprises. Chaque fois, ils préservaient le patrimoine, respectant l'histoire de la bâtisse, tout en améliorant et modernisant certains aspects pour des raisons de sécurité et de commodité. C'était un équilibre délicat, mais ils étaient excellents dans leur domaine. À eux quatre, ils assuraient. Avec le temps, lentement mais sûrement, ils avaient acquis une réputation d'entrepreneurs talentueux et respectueux des délais.

C'était tout ce qu'ils attendaient de la première et de la deuxième phases de leur plan de développement. D'accord, c'était peut-être le plan d'*Owen*, mais les autres étaient partants depuis qu'il leur avait présenté des tableaux et des graphiques avec codes couleur. C'était Owen qui planifiait tout et mettait tout en place, Murphy s'assurait que leurs idées fonctionnent réellement, en phase avec leurs objectifs, quant à Graham, il était le maître d'œuvre. Et à la fin, Jake venait jouer les inspecteurs des travaux finis, apportant la touche finale.

Ils avaient toujours travaillé en équipe à chaque étape, si bien que ce projet-ci était un peu différent, car Owen était seul sur le coup. Mais les autres étaient tellement occupés par leurs missions qu'ils avaient poussé Owen à prendre en charge les premières propositions commerciales jusqu'à la signature. Ils interviendraient plus tard et finiraient les maquettes ainsi que le gros du travail une fois que tout serait officiel. Il avait montré ses plans aux autres, bien sûr, et ils s'étaient mis d'accord sur chaque détail, mais l'ensemble du projet reposait essentiellement sur les épaules d'Owen. Ce n'était pas comme ça qu'ils travaillaient normalement, mais il ne s'en était pas formalisé. Il aimait la responsabilité, savoir qu'il produisait quelque chose d'efficace, une base solide sur laquelle travailler. Chacun d'eux savait comment exécuter le travail de l'autre au cas où ils auraient besoin de faire une pause, tout en conservant chacun sa spécialité.

Il aimait mettre la main à la pâte dès le début du projet en sachant qu'il faisait partie d'un ensemble qui provenait de son idée, avec l'accord de ses frères. Certes, ce n'était pas toujours facile de travailler en famille, surtout avec la sienne, cette bande de barbus grandes gueules qui avaient tendance à frapper d'abord et à poser des questions ensuite, mais ils réussissaient tant bien que mal.

Après les réunions du jour, Owen plaçait la barre encore plus haut.

Ce projet en particulier était spécial en raison du terrain sur lequel il se trouvait. Ce n'était pas seulement une maison ou un domaine, mais un centre de village à restaurer. Une rue principale, dans une petite ville d'artistes à flanc de montagne, en dehors de Denver. La municipalité souhaitait attirer plus de touristes dans un contexte toujours plus compétitif. Owen prévoyait d'utiliser l'existant et de souligner l'histoire de la localité tout en la mettant au goût du jour. Il savait que certaines entreprises partiraient de zéro pour donner l'illusion de monuments historiques. Pour cela, elles passaient tout au bulldozer et construisaient à neuf, en essayant de créer un certain cachet afin de faire croire que tout était d'époque. C'était le moyen le plus expéditif, mais Owen n'aimait pas cela. Il tenait à rester fidèle aux structures architecturales et à l'histoire riche de la région.

Le groupe Roland semblait être d'accord avec lui, et il ne lui restait plus qu'à attendre que Clive l'appelle pour lui faire savoir dans quelle direction ils allaient.

Par conséquent, Owen se retrouvait seul dans une chambre d'hôtel, loin de sa famille et de la femme avec laquelle il voulait passer du temps. Il considérait Liz comme sa petite amie, mais ce mot épouvantait la jeune femme et il l'employait avec une grande prudence. Au moins, elle ne l'avait pas repoussé récemment. En fait, ils avaient presque agi comme un couple qui faisait ses preuves, sortant ensemble et passant du temps en tête à tête plutôt que de cacher dans la chambre à coucher ce qu'ils partageaient et ce qu'ils étaient l'un pour l'autre.

Il devrait peut-être lui dire qu'elle était sa petite amie, histoire de jauger sa réaction.

Et peut-être qu'il devrait cesser de penser comme un

lycéen et prendre son courage à deux mains.

Son téléphone vibra sur la table de nuit et il s'empressa de le décrocher, pour se dégonfler en voyant le nom de Murphy.

— Qu'y a-t-il ?

— Je travaille tard sur le projet Jefferson et je commençais à piquer du nez. Je me suis dit que j'allais appeler pour savoir où ça en est.

Owen se redressa en essayant de se mettre plus à l'aise. Les lits d'hôtel n'étaient jamais aussi confortables que le sien. Et puis, il évitait toujours de penser aux types de microbes qui pullulaient dans ces matelas.

Il retint un frisson avant de parler.

— Comment se présente le projet ? Je sais que tu avais envie de faire cet ajout à l'arrière, mais le couple n'était pas sûr de la taille qu'il voulait.

Murphy marmonna quelque chose qu'Owen ne comprit pas et il sourit. Malgré son visage de poupon, son frère était plus grossier que tous les Gallagher réunis.

— Ce putain de couple n'arrête pas de changer d'avis, d'où mon retard. J'ai décidé de leur préparer cinq plans différents et voir lequel ils choisissent.

— Et s'ils ne choisissent aucun d'entre eux ?

— Ils vont en choisir un, crois-moi. Même si je dois te demander d'y ajouter des graphiques à codes de couleur pour expliquer à quel point mon travail est incroyable.

Owen pouffa.

— Je peux ajouter tous les codes couleur que tu voudras. Il suffit de demander.

Murphy soupira.

— Pourquoi pas ? Ce couple n'est d'accord sur rien, alors je ne sais pas si tout va bien se passer.

Owen se passa la main dans les cheveux, constatant qu'il aurait besoin d'une coupe rapidement.

— Ils se disputent, mais ils se regardent ensuite et on comprend très bien qu'ils font monter la tension pour pouvoir se réconcilier plus tard. Graham et Blake font la même chose.

— Et Maya, Jake et Border, ajouta Murphy en riant. Bon sang, même Liz et toi, vous vous disputez comme ça.

Owen ne put s'empêcher de sourire.

— La partie réconciliation en vaut la peine.

En temps normal, mais il n'allait pas aborder ce sujet. Liz et lui progressaient lentement et il attendait juste le moment où ils pourraient passer à la vitesse supérieure.

— Si tu le dis, vieux. Bon, tu n'as pas répondu à ma question. Comment ça se passe ?

— Bien, jusqu'à présent. Ils ont vraiment aimé ce que j'ai dit à propos de nos précédents projets. Comme c'est tout un conseil et pas seulement une personne, ils doivent prendre une décision de groupe, alors ça met du temps.

Plus longtemps qu'il ne l'avait espéré, mais c'était la première fois qu'ils travaillaient avec un groupe aussi important en dehors de leur zone habituelle.

— Ça se comprend. Eh, Owen ? Je ne sais pas si on te l'a déjà dit, mais Graham et moi, on apprécie vraiment tout ce que tu fais. Je sais qu'en général, on travaille ensemble sur cette partie aussi, mais ces derniers mois ont été dingues. Enfin, on évitera de te placer dans une telle position à l'avenir, parce que je sais que tu abats deux fois plus de travail que d'habitude et ce n'est pas juste.

Owen fronça les sourcils.

— On forme une unité, Murphy. Si quelqu'un doit prendre le relais, il faut assurer. Et tu sais que ça ne me dérange pas d'organiser les choses.

Son petit frère éclata de rire.

— Je le sais bien. Je te jure, tu classais déjà mes peluches par taille avant que je puisse marcher.

— Je m'en souviens. Elles devaient être correctement alignées pour que tu puisses profiter au maximum de tes jeux.

— Tu es un idiot, mais on t'aime. Bon, je dois retourner à ce projet de l'enfer. Envoie-nous un texto quand tu auras des nouvelles.

— Ça marche.

Ils mirent fin à l'appel et Owen posa sa tête contre le cadre de lit. Il avait envie de dormir, mais il avait encore quelques heures à tuer avant l'appel de Clive. Il expira en fixant son téléphone. Il appellerait bien Liz pour voir ce qu'elle pensait du sexe par téléphone avant de se mettre au lit. C'était quelque chose qu'ils n'avaient pas encore essayé.

Mais dès qu'il prit son appareil, le nom de Clive Roland s'afficha à l'écran. Le cœur battant, il décrocha, faisant de son mieux pour garder une voix détachée.

— Bonsoir, Clive. Quel plaisir d'avoir de vos nouvelles.

— Owen. Bien, bien. Je suis désolé de vous l'annoncer par téléphone, car ce ne sont pas mes méthodes, mais vous êtes un jeune homme brillant et vous comprendrez. Le conseil a décidé de choisir une autre direction qui sera plus rentable pour nous. Nous connaissons mieux cet autre cabinet d'architecture, et comme il a des liens avec notre conseil d'administration, nous estimons que c'est la meilleure option. Merci de nous avoir montré ce que vous proposiez, mais comme vous le savez, les affaires sont les affaires, et on ne gagne pas à tous les coups.

Clive mit fin à l'appel avant même qu'Owen puisse ajouter un mot.

Était-ce bien réel ? Owen avait-il vraiment perdu le projet qui permettrait aux Gallagher de tenir jusqu'à l'année suivante ? Bon sang ! Il avait tout perdu. Il avait *perdu*. Au profit d'une société aux critères moins élevés, aux produits moins chers, et qui avait des *liens* avec le conseil d'administration.

Ses mains étaient moites et il essaya de reprendre son souffle, sans succès. La sueur ruisselait dans son dos et il passa ses pieds hors du lit, les appuyant au sol comme s'il essayait de se lever.

Il avait échoué.

Comment annoncer à ses frères que tout son travail, tout le temps qu'il avait passé seul et sans eux n'avait servi à rien ? Ils devaient trouver d'autres projets à intégrer au calendrier qu'ils avaient établi pour cette mission d'envergure et il n'était pas certain d'y parvenir. C'était un risque calculé, sur lequel ils étaient tous d'accord.

Ils avaient accepté parce qu'ils avaient confiance en Owen.

Et il avait lamentablement échoué.

Son téléphone sonna à nouveau et il déglutit péniblement avant de regarder l'affichage. Les mains tremblantes, il décrocha.

— Liz.

— Qu'est-ce qui ne va pas ? demanda-t-elle d'une voix douce. J'appelais pour savoir comment tu allais après ta longue journée, mais on dirait que quelqu'un t'a volé ton goûter. Parle-moi, bébé.

Elle ne l'avait jamais appelé *bébé*. Il devait vraiment paraître mal en point.

— J'ai perdu la mission.

Pas *nous*. Pas *l'entreprise*. C'était *sa* faute. Et d'une manière ou d'une autre, il devait trouver un moyen de rectifier le tir, mais il ignorait comment.

— Ce client a de la merde dans les yeux ou quoi ? Je suis vraiment désolée, Owen.

Il lui avait déjà parlé du projet, mais n'avait pas mentionné de noms ni de détails, pour raisons de confidentialité. Maintenant, ça ne semblait plus aussi important.

—Je suis désolé, moi aussi.

— Merde. Tu veux rentrer ? Ou tu préfères que je vienne ?

Il secoua la tête, même si elle ne pouvait pas le voir.

— Il y a au moins deux heures de route et il fait nuit. Je rentrerai demain.

Sa proposition lui réchauffait le cœur, même s'il n'était pas sûr de pouvoir un jour s'en remettre.

— Quel connard. Bon, mets-toi à l'aise et glisse-toi dans ton lit. Peut-être que le sexe au téléphone rendra cette nuit un peu meilleure.

Owen partit d'un grand éclat de rire et serra son téléphone un peu plus fort dans sa main.

— Merci, Liz. Je... merci.

— Il n'y a pas de quoi, Owen. Tu le sais bien. Je suis là pour toi.

Il le savait, même si leur relation demeurait incertaine. Bon sang, tout ce qu'il avait semblait être précaire en ce moment. Mais sa voix, son rire... ça l'aidait beaucoup.

Seulement, il ne savait pas si cela suffirait.

Si quoi que ce soit pouvait suffire.

CHAPITRE DIX

Une fois de plus, Liz avait mal aux pieds. Elle mourait d'envie de s'immerger dans sa vieille baignoire et d'oublier cette longue journée. Mais elle ne pouvait pas, car elle avait fait des projets avec Owen et, de toute façon, sa baignoire avait une petite fuite. Ce n'était qu'une ligne de plus sur sa liste de choses à faire qui semblait interminable. Elle avait le sentiment que, bientôt, elle devrait demander de l'aide aux Gallagher.

Elle avait horreur de quémander.

Liz retira ses chaussures de travail. Le fait qu'elle déteste demander de l'aide n'était pas nouveau. Elle préférait endurer mille supplices, la plupart du temps, plutôt que de montrer qu'elle était incapable de faire quelque chose toute seule. C'était probablement pour cela qu'elle était au bout du rouleau, qu'elle détestait son travail et qu'elle avait besoin d'un bain moussant inaccessible.

Ça l'aiderait peut-être de boire un coup avec Owen ce soir.

Ou de s'envoyer en l'air. Oui, voilà qui l'aiderait grandement.

Si autrefois elle l'évitait, à présent elle avait besoin de lui dans sa vie. Elle ignorait comment un tel changement avait pu s'opérer, mais elle ne voulait pas y penser. Si elle continuait à s'y attarder, elle finirait par tout foutre en l'air à nouveau. Il ne s'était pas enfui quand elle lui avait révélé son passé, mais il l'avait incitée à lâcher prise. Alors, peut-être que s'ils y allaient doucement, s'ils prenaient leur temps, ils avaient une chance, tous les deux.

Elle sortit une jambe de son pantalon et se figea, son regard croisant son reflet dans le miroir.

Une chance ? Elle en était déjà au stade de vouloir *une chance* avec Owen ? Ce n'était pas un sentiment en l'air. Il était question d'avenir, de confiance. Elle voulait croire qu'il ne gâcherait pas tout, la laissant exsangue, anéantie.

Depuis quand s'autorisait-elle un tel espoir ?

Et surtout, le *voulait-elle* réellement ?

Liz cligna des yeux devant son reflet avant de laisser échapper un soupir. Ce n'était qu'un rendez-vous de plus, un jour supplémentaire avec un homme qui la troublait intensément. Ce n'était pas une proposition durable. Elle devait vivre au jour le jour et ne pas se stresser. Entre le travail, sa maison et Owen, elle allait finir par avoir un ulcère.

Bon, il était temps de se remettre en selle et de se ressaisir. Elle avait rendez-vous avec un homme somptueux ce soir, et si tout se passait bien, quelques orgasmes étaient au programme. Owen était doué de ses mains, au lit comme en dehors. Elle se sentit rougir. Elle était vraiment une petite veinarde. Il fallait juste qu'elle ne l'oublie pas. Et tant qu'elle ne pensait pas à tout gâcher, ça se passerait bien.

Elle sauta dans la douche, se lavant de la journée et du stress, consciente qu'elle n'avait pas beaucoup de temps pour se préparer avant l'arrivée d'Owen. Heureusement, elle avait coupé quelques centimètres de cheveux la semaine précédente et il ne lui fallut pas des heures pour les sécher comme d'habitude. Trente minutes plus tard, elle avait les cheveux aussi bien coiffés que possible, un peu de maquillage et une robe portefeuille que Tessa lui avait fait acheter un an plus tôt et qu'elle n'avait pas encore eu l'occasion de porter.

Elle avait enfilé des bas et s'apprêtait à chausser ses bottes jusqu'aux genoux quand on sonna à la porte. Comme Tessa était déjà sortie pour la soirée – un deuxième rencard avec un type rencontré en ligne –, Liz se précipita, ses bottes à la main.

De l'autre côté, Owen se tenait sur son petit porche, son pantalon anthracite sexy en diable sur ses jambes épaisses et musclées. Il portait une chemise à manches longues, quelques nuances plus claire que son pantalon, et n'avait pas pris la peine de mettre une cravate ou un manteau. Au lieu de quoi, il portait la veste en cuir qu'elle adorait, celle qui lui donnait envie de lui sauter dessus et de le baiser sans plus attendre.

D'après son regard complice, il avait la même envie.

—Je suis presque prête.

Le regard d'Owen parcourut son corps et il passa la langue sur ses lèvres.

— On pourrait rester ici, tu sais. Je vais t'aider à enfiler ces bottes, et ensuite je t'enlèverai tes collants pour te prendre par-derrière. Bien sûr, il faudrait que je lèche tes jolies fesses au passage, parce que bon sang, chérie, cette robe fait ressortir tes courbes. Tout le monde peut voir qu'elles sont parfaites pour mes mains.

Elle leva les yeux au ciel, alors même que son corps s'échauffait à ses mots.

— C'est une robe moulante, elle est censée rendre mes courbes plus affriolantes. Selon Tessa, en tout cas.

Owen s'avança pour fermer la porte derrière lui avant de tendre la main, effleurant le côté de sa poitrine.

— Tessa a raison. Et une robe portefeuille ? Ça veut dire que je vais t'effeuiller plus tard ?

Liz se laissa aller, embrassant son menton barbu.

— C'est l'idée, en effet. Mais sérieusement, j'ai faim, et tu m'as promis un rendez-vous. On pourra faire l'amour autant que tu voudras à notre retour, mais j'ai sauté le déjeuner à cause d'une urgence et je suis morte de faim.

Owen se renfrogna avant d'aller chercher son manteau sur la patère près de la porte.

— Allons manger, alors, Lizzie. Mais tu sais qu'il ne faut pas sauter des repas. Tu es infirmière.

Liz remonta la fermeture de ses bottes et lui tourna le dos pour qu'Owen puisse l'aider à mettre sa veste.

— Oui, eh bien, les infirmiers et les médecins ont un régime alimentaire épouvantable. On mange ce qu'on a sous la main et on compte sur le café pour venir à bout de la journée. J'aimerais pouvoir dire que je mange des salades au déjeuner et que je m'hydrate correctement, mais ce n'est pas du tout le cas.

Elle se retourna et Owen déposa un tendre baiser sur ses lèvres. Son cœur traître accéléra à ce contact et elle résista à l'envie de s'abandonner contre lui, d'en exiger davantage.

— Alors, d'abord on t'alimente, puis on t'hydrate. Ensuite, je m'occuperai des nœuds dans ton dos et je te baiserai jusqu'à l'épuisement.

Elle lui sourit alors qu'il ouvrait la porte.

— Ça me plaît bien, Gallagher. Bouffe et sexe à gogo. Que demander de plus ?

Owen lui lança un regard étrange qu'elle fut incapable de déchiffrer. Elle avait dit quelque chose qui l'avait troublé ou qui le laissait songeur, et elle avait le sentiment que cela avait un rapport avec le fait qu'elle le repoussait sans cesse, aussi subtil que ce soit. Bon sang, elle devait faire un effort, mais chez elle, c'était un réflexe.

Le trajet jusqu'au restaurant qu'Owen avait réservé ne se déroula pas dans un silence gênant et elle en fut reconnaissante. Il lui posa des questions sur sa journée et elle lui raconta tout ce qu'elle pouvait sans entrer dans les détails. Non seulement elle ne voulait pas bafouer la confidentialité des patients, mais elle savait que la vie des urgences n'était pas la discussion la plus agréable pour un dîner.

L'établissement qu'Owen avait choisi était proche du centre-ville de Denver, mais pas dans la partie la plus fréquentée, où il était difficile de trouver une place de parking. Apparemment, les belles-sœurs d'Owen travaillaient dans le quartier, dans un salon dont Maya était à moitié propriétaire. Peut-être que si Liz avait un moment à elle, elle y passerait pour voir si elle pouvait se faire faire un petit quelque chose. Elle aimait le tatouage d'Owen et elle en avait toujours voulu un.

Quand elle en fit part à Owen un peu plus tard, alors qu'ils dégustaient des apéritifs à table, son regard s'assombrit.

— Qu'est-ce que tu te ferais ?

— L'idée te plaît, alors ? répondit-elle en souriant.

Owen se pencha par-dessus leurs assiettes pour passer le doigt sur le dos de sa main, lui donnant le frisson.

— Oui, beaucoup. Je trouve ton corps parfait pour des œuvres d'art.

Il avait murmuré, mais elle rougit de plus belle à l'idée qu'on puisse l'entendre. Elle avait beau aimer parler crûment et sans retenue, elle préférait le faire à huis clos. Owen ne semblait pas avoir les mêmes réticences.

— Euh... je pensais à quelque chose en rapport avec la guérison, comme un symbole, une couleur ou une fleur qui représente la renaissance, le renouveau. Sur la hanche, sans doute, ou au bas du dos, puisque ces parties sont toujours cachées sous ma blouse. Je vais devoir faire quelques recherches avant de me décider.

Owen fit un signe de tête avant de reculer la main pour prendre une gorgée de vin. Ils avaient tous deux commandé un verre de shiraz pour accompagner leur repas et ils n'en boiraient pas plus, car ils devaient rentrer après.

— Maya ou Blake pourraient faire ça pour toi. N'importe qui chez Montgomery Ink te ferait un superbe tatouage. Tout le monde a sa spécialité, mais Callie, l'une des autres femmes qui y travaillent, est un vrai génie avec les fleurs. Elle est arrivée plus récemment que les autres, mais d'après ce que j'ai vu, elle connaît son métier.

Liz prit une bouchée avant de poursuivre :

— Tous tes tatouages viennent de ce salon, alors ?

Owen acquiesça.

— Je m'y suis mis plus tard que les autres parce que j'ai passé beaucoup de temps à faire des recherches sur ce que je voulais. Puis Jake a rencontré Maya dans un bar et ils sont devenus meilleurs amis. Une fois que j'ai vu ce qu'elle, son frère et les autres pouvaient faire, j'ai su qui réaliserait mon tatouage.

Il ricana.

— De toute façon, je ne pouvais pas aller ailleurs après ça, sinon Maya m'aurait botté le cul.

Liz afficha un immense sourire.

— C'est pour ça que j'aime Maya et Blake. Elles ne s'en laissent pas compter.

Owen arqua le sourcil, où son arcade percée d'un anneau assez petit pour que les gens ne le remarquent pas à première vue, mais bien présent, indiquait qu'il n'était pas du genre guindé.

— Toi non plus, tu ne te laisses pas faire, Liz.

Elle haussa les épaules et recula sur son siège pendant que le serveur débarrassait leurs apéritifs pour déposer les entrées à la place.

— J'ai dit quelque chose de mal ? s'enquit Owen.

Elle le regarda en secouant la tête.

— Non, pas du tout. Mais je ne pense pas pouvoir me comparer à l'une ou l'autre. Elles sont si fortes.

— Toi aussi. Je sais que tu ne le vois pas, mais je peux te dire qu'elles non plus, parfois. Ce n'est pas facile d'être objectif sur soi-même. On a tous des jours avec et des jours sans. C'est la façon dont on traverse ces mauvaises passes et notre persévérance qui définissent notre force.

Elle inclina la tête tout en le dévisageant.

— Tu es bien plus sage que tu ne le laisses paraître, Gallagher.

Il sourit.

— Ah, oui ? Je ne me sens pas toujours sage, tu sais.

Son sourire retomba et elle eut envie de le serrer dans ses bras. La table et les assiettes qui les séparaient l'en empêchèrent, mais de justesse.

— Ça fait une semaine que tu es rentré, dit-elle avec circonspection. Est-ce que tout va bien entre toi et tes frères ?

Owen baissa les yeux, jouant avec sa nourriture. Cela ne lui ressemblait pas du tout et elle comprit qu'il était vraiment soucieux.

— Je crois. Ils n'arrêtent pas de dire qu'ils ne m'en veulent pas, mais je ne sais pas. Il arrive souvent que des contrats tombent à l'eau, mais celui-là... ça fait mal.

Elle lui tendit la main pour saisir la sienne.

— Écoute tes frères, Owen. Ils te disent qu'ils ne t'en veulent pas, et tu sais quoi, je parie que c'est vrai. Vous travaillez tous très dur pour une entreprise que vous avez bâtie de vos propres mains et je suis tellement fière de toi.

Bon, d'accord, ce client vous file entre les doigts. Ce n'est pas grave, un de perdu, dix de retrouvés. Vous avez une excellente réputation et vous allez réussir. J'ai vu le travail que vous faites.

— Mais c'est douloureux, cet échec, tu sais ?

— Je sais, répondit-elle à mi-voix.

Ce projet était le sien et il le prenait personnellement. Elle ne pouvait pas lui reprocher ses sentiments, car elle aurait éprouvé la même chose, mais quand même, ça la blessait de le voir dans cet état.

— Et si je te laissais travailler sur quelques trucs chez moi ? Tu te sentirais mieux ?

Elle ne savait pas si elle pouvait faire autre chose pour lui, et de toute façon, elle avait besoin de grandir, d'apprendre à demander de l'aide pour les choses qu'elle ne pouvait pas faire toute seule. Tessa lui en parlait depuis des semaines, impatiente de solliciter le talent des Gallagher.

Il était peut-être temps pour Liz de l'écouter.

Il lui serra la main, les yeux brillants.

— Tu dois avoir pitié de moi si tu me demandes de l'aide.

— Je te ferais bien un doigt d'honneur, mais on est dans un resto chic et j'ai faim.

— Tu pourras me baiser plus tard pour me faire connaître ton point de vue, chuchota Owen.

Son cœur s'emballa à nouveau et sa respiration s'accéléra.

— D'accord.

Owen l'avait mise à genoux dans sa salle de bain et il pressait ses hanches contre les siennes, leurs corps synchronisés dans la même frénésie. Ils étaient peut-être encore habillés, tous les deux, mais elle était sur le point de jouir rien que par la friction. Ils avaient fini leur repas assez rapidement, discutant de sujets importants tout en évitant les routes qu'il ne valait mieux pas emprunter, avant de payer et de partir précipitamment.

Il suffisait de les voir pour comprendre ce qu'ils avaient l'intention de faire, mais elle s'en fichait. Le trajet avait été douloureusement long et elle avait littéralement dû s'asseoir sur ses mains pour se retenir de défaire le pantalon d'Owen. Elle ne pouvait tout de même pas leur faire risquer un accident de la route parce qu'elle était incapable de garder les mains dans ses poches.

Dès qu'ils s'étaient arrêtés dans l'allée d'Owen – il aurait été idiot pour lui de se garer dans la sienne, étant donné qu'ils étaient voisins –, ils s'étaient jetés l'un sur l'autre à grand renfort de mains et de langues. Elle ne savait pas comment ils avaient réussi à franchir la porte de sa maison, mais ils étaient entrés. Ils n'avaient pas pris le temps de décider sur quel lit se jeter. Aucune importance. Elle avait juste besoin de *lui*.

Lorsqu'il l'avait plaquée contre la porte d'entrée, elle avait fait la grimace, le corps endolori par sa longue journée de travail. Owen l'avait regardée et avait décrété qu'ils prendraient un bain pour se délasser avant de baiser comme des lapins.

Elle adorait tout ce qui sortait de sa bouche.

Et cette bouche était en train de glisser dans son dos, sur le tissu de sa robe, alors qu'il se penchait vers l'avant pour la lui défaire. Elle s'était retournée, toujours à genoux, se plaçant face à lui.

— On ne peut même pas attendre d'être debout pour se déshabiller, observa-t-elle, le souffle court.

— J'ai trop besoin de poser mes mains sur toi, lui dit Owen en gémissant. Que veux-tu ? Il a été question d'effeuillage, tout à l'heure. Je peux jouer maintenant ?

Elle sourit, amusée par sa drôle de moue. Seigneur, elle

pourrait tomber amoureuse de cet homme. Voilà pourquoi elle ferait de son mieux pour ne pas y penser, sinon elle céderait à la panique et abandonnerait cette relation.

— Il suffit de ramener la ceinture sur le côté. Puis en dessous par-dessus l'autre. Alors, tu auras ton cadeau.

Owen l'embrassa fougueusement avant de se pencher en arrière.

— C'est comme le matin de Noël.

— Hmm... Maintenant, déshabille-moi, parce que tu m'as promis un bain avant de me baiser, et au train où vont les choses, on va finir par zapper cette étape et mes pieds t'en voudront à mort.

— Ça m'ennuierait que tes pieds m'en veuillent.

Il s'avança pour défaire les nœuds, les yeux sur son corps alors que sa robe tombait sur les côtés. Elle fit rouler ses épaules et le reste du tissu se rassembla autour de ses genoux. Les yeux d'Owen s'assombrirent en se posant sur le soutien-gorge en dentelle noire et la culotte assortie qu'elle portait sous sa robe en laine.

— Tu as mis des jarretières, souffla-t-il d'une voix légèrement rauque. Et ce truc qui maintient tes bas en place.

Il rencontra son regard, les yeux réduits à deux fentes étroites.

— Tu m'avais dit que tu portais des collants. Pas des bas. Comment as-tu pu me cacher une chose aussi sexy ?

Elle sourit avant de se toucher les seins.

— Quoi ? fit-elle en clignant innocemment des paupières. Je t'avais dit que tu déballerais ton cadeau.

Il émit un grondement avant d'écraser sa bouche sur la sienne, une main dans ses cheveux, l'autre sur ses fesses. Ses doigts s'aventurèrent audacieusement.

— Je vais te prendre par-derrière ce soir, Liz. Tu es prête

pour moi, pour ma queue. Alors, on va délasser ton corps dans l'eau, le rendre tout souple et chaud, puis je vais prendre possession de tes fesses, m'y enfoncer jusqu'aux bourses. Ça te tente ?

Liz lui répondit avec un regard impassible.

— Tout n'est que joujoux et arcs-en-ciel avant qu'on aborde la question du sexe anal.

Owen resta interdit pendant quelques instants avant d'éclater de rire en la retournant.

— Oui, le sexe anal change tout. Alors, qu'est-ce que tu en dis ?

Il lui claqua une fesse et son corps se mit à trembler. Elle s'accrocha à lui, éperdue, douloureusement *prête*.

— C'est une punition pour t'avoir caché mes jarretières ?

Il lui tira légèrement les cheveux pour ramener sa tête en arrière et rencontrer son regard.

— Ce n'est pas une punition, Lizzie. C'est une promesse.

Il laissa échapper un souffle frémissant.

— Et parce que je tiens vraiment à ce qu'on se lave en prévision de tout à l'heure, je vais devoir te regarder enlever tes bas et ton soutien-gorge. Je ne pense pas pouvoir le faire à ta place, sinon je finirai par te pencher sur le bord de la baignoire pour obtenir ce que je veux. Il vaut mieux y aller lentement.

Il expira longuement avant d'ajouter :

— Aussi lentement que possible.

Elle rit en secouant la tête.

— Nous connaissant, ce n'est jamais très lent.

Il lui fit un clin d'œil avant de se relever. Lorsqu'il l'attrapa, elle posa sa main dans la sienne et se leva à son tour, les jambes flageolantes. Elle ne portait plus que ses bottes et ses sous-vêtements, consciente que cette image resterait gravée à jamais dans son cerveau. Elle aurait dû s'en douter, car le regard qu'il lui lançait maintenant resterait à jamais gravé dans le sien.

Si elle jouait les allumeuses, ils finiraient par manquer le bain dont elle avait si désespérément besoin. Elle se déshabilla donc en deux temps trois mouvements. Ils joueraient avec sa tenue une prochaine fois, quand ils ne seraient pas aussi proches du point de bascule.

Owen entra le premier dans la baignoire, l'eau jusqu'à la poitrine. Elle était assez grande pour trois personnes au moins et Liz savait qu'elle était faite sur mesure. Ce n'était peut-être pas une mauvaise idée de sortir avec un homme qui possédait une entreprise de construction, après tout. Il lui tint la main quand elle le rejoignit, l'eau si chaude qu'elle faillit s'ébouillanter. Mais c'était exactement ce qu'elle aimait.

Elle s'enfonça dans la baignoire, son dos contre lui, et soupira. Son sexe était dur et pressé fermement entre ses fesses, mais elle n'en fit pas cas. Elle n'avait pas été aussi à l'aise depuis des mois.

— C'est le paradis.

Owen l'embrassa derrière l'oreille.

— Attends un peu.

Il se pencha, appuya sur un bouton et elle étouffa un cri. Il venait d'allumer les jets, et les bulles autour d'eux grésillaient sur sa peau.

— Oh, oui, je pourrais bien m'y habituer.

Il lui lécha l'oreille, mordillant son lobe.

— C'est quand tu veux, bébé. Cette baignoire est la tienne.

— Je crois que je ne te veux que pour ta baignoire.

Elle avait les yeux fermés, et malgré son humeur joueuse, elle sursauta lorsqu'il posa la main sur son sexe, sous l'eau.

— Owen.

— Seulement pour la baignoire, hein ? Il va falloir y remédier. Je vais te laver pour que tu sois prête, pour après notre bain. Reste assise et détends-toi, Liz. Tu n'as absolument rien à faire.

Elle garda les yeux fermés en se disant qu'elle pourrait y prendre goût un peu trop facilement. Owen entreprit alors de lui nettoyer le corps à mains nues, sans gant de toilette ni éponge. Il avait un savon à la pêche qu'elle n'avait encore jamais senti sur lui. Apparemment, il l'avait acheté juste pour elle. Elle laissa sa tête penchée en arrière, posée sur l'une de ses épaules pendant que ses mains caressaient ses bras, sa nuque et son cou. Puis il descendit pour nettoyer son ventre et ses hanches. Il était si délicat, si attentionné, que les larmes lui montèrent aux yeux sans qu'elle puisse les retenir. À ce moment-là, il n'y avait ni passé, ni avenir, ni attaches, rien qu'Owen et elle, et la sensation de ses mains sur sa peau.

Il remonta lentement jusqu'à ses seins, passant ses doigts savonneux sur ses tétons, soupesant leur poids ferme dans ses paumes avant de rincer la mousse. Lorsqu'il glissa à nouveau ses mains sous l'eau et entre ses jambes, elle poussa un gémissement, écartant les cuisses pour lui donner un meilleur accès.

Ses doigts agissaient comme par magie, glissant lentement sur sa vulve et le renflement de son clitoris avant de retourner sur son corps pour chercher plus de savon. Il la caressa ainsi jusqu'à ce qu'elle soit à deux doigts de jouir, puis il s'arrêta et posa un baiser sur le côté de son cou.

— Tourne-toi, Lizzie. Je dois atteindre ton dos.

Elle ouvrit paresseusement les yeux.

— Hmm ?

Owen sourit tendrement et lui embrassa les lèvres.

— Chevauche-moi pour que je puisse te laver le dos.

Oh, eh bien, dans ce cas.

Elle se retourna dans ses bras avec précaution, consciente de l'eau qui les entourait, et glissa ses jambes sur les siennes de sorte que son sexe appuie contre le sien. Ils gémirent tous les deux, mais ne bougèrent pas les hanches pour se rapprocher.

Le moment n'était pas encore venu.

Mais bientôt.

Oh, oui, très bientôt.

Cette fois-ci, elle garda les yeux ouverts, plongés dans les siens alors qu'il glissait ses mains de haut en bas le long de son dos, répandant un doux parfum de pêche autour d'eux. Quand ses doigts s'aventurèrent entre ses fesses, elle ne se raidit pas. Au contraire, elle se pencha en avant. Il enfonça lentement un doigt en elle, puis un autre. La brûlure était intense, mais atténuée par l'eau chaude. Ses seins étaient lourds et son corps bourdonnait d'une envie sourde. Dans cette optique, elle inclina lentement les hanches, son clitoris frottant sur sa verge rigide.

— C'est ça, chuchota-t-il. Fais-toi plaisir pendant que je te prépare pour moi. Tu peux le faire, Liz ? Tu peux jouir en te frottant sur ma queue ?

Elle se pencha et prit sa lèvre inférieure entre ses dents, dans une morsure vive avant de la relâcher.

— Seulement avec toi, dit-elle honnêtement. Seulement avec toi.

Les yeux d'Owen se voilèrent lorsqu'il inséra un autre doigt et elle cria, ses hanches actives sur son membre. En proie aux deux sensations simultanées, elle ressentit un plaisir trop intense et elle jouit avec force, enfonçant les doigts dans ses épaules.

Il retira lentement ses doigts avant de l'embrasser.

— Tu es si belle quand tu jouis. Rose comme une déesse. Prête à aller au lit ?

Ses bras étaient lourds, le reste de son corps encore plus alangui.

— J'ai besoin de te sentir en moi.

— Bientôt, Lizzie.

Par une prouesse physique, il les fit sortir tous les deux de la baignoire et les sécha avant de la porter jusque dans la chambre. Il l'allongea sur son lit avec une serviette avant de l'embrasser tendrement, comme s'il ne pouvait pas se passer d'elle.

— Je veux que tu me regardes en face quand tu le feras, dit-elle d'une voix empressée. Je veux te voir.

Owen se pencha en arrière, hochant la tête.

— Tout ce que tu voudras.

Il lui déposa un baiser sur les deux tétons avant d'aller mettre un préservatif et du lubrifiant supplémentaire. Elle se mit à jouer avec ses seins pendant qu'il revenait à la charge, les doigts enduits. Elle savait que dès qu'il serait en elle, elle jouirait. Il était tellement doué avec ses mains.

Il s'avança au-dessus de son corps et se pressa contre elle avant de l'embrasser.

— Tu es prête ?

Elle cambra ses hanches, agrippée à ses épaules.

— Oui. S'il te plaît. On en a envie tous les deux.

Il déposa un nouveau baiser sur ses lèvres, cette fois-ci en avançant. La brûlure fut bien plus vive que celle de ses doigts, mais ce n'était pas la première fois et elle y était préparée. Cependant, Owen était plus grand que les autres hommes et elle se réjouissait qu'ils se soient préparés pendant des semaines.

Il entra lentement, progressivement, jusqu'à ce qu'il soit complètement ancré en elle. Ils étaient couverts de sueur. Même si elle était détendue après le bain, son corps s'était crispé dès qu'il l'avait pénétrée.

— Tout va bien ?

Elle hocha la tête en déglutissant.

— Oui, tu es plutôt épais, tu sais.

Il sourit tendrement.

— C'est tellement gentil de ta part.

Liz leva la main pour la poser sur sa joue.

— Bouge. J'ai besoin que tu bouges. Fais-nous jouir.

— Tes désirs sont des ordres. Mais je veux que tu caresses ton clitoris en même temps. Tu peux le faire ?

Elle répondit par un signe de tête et glissa sa main le long de son ventre, sur son corps. Ses doigts se mêlèrent à ceux d'Owen et ils caressèrent son clitoris ensemble, aidés dans la manœuvre par la moiteur de son excitation. Il entra et ressortit, la brûlure se transformant en un plaisir indescriptible qu'elle n'avait jamais ressenti auparavant.

— Tu es tellement serrée que je ne vais pas tenir longtemps, s'exclama Owen en grinçant des dents.

— J'y suis presque, moi aussi.

— Jouis, Liz. Jouis sur ma queue.

Elle poussa sa poitrine vers l'avant et Owen prit ce geste comme une invitation à lui sucer les seins. Entre cette initiative, leurs mains sur son clitoris et sa façon de bouger, elle ne tiendrait plus très longtemps. Le plaisir la traversa enfin, son corps tremblant et son esprit embrumé par l'intensité de la succion. Elle sentit Owen jouir, dans un cri assez fort pour réveiller les autres voisins.

Liz eut l'impression que son orgasme durait des heures, son corps saisi de tremblements alors qu'Owen se retirait. La brûlure revint, mais avant qu'elle puisse gémir, il avait collé la bouche entre ses jambes, léchant sa vulve humide d'excitation. Elle jouit encore une fois. Cette fois, ce fut trop.

Elle cligna des yeux à plusieurs reprises, essayant de reprendre son souffle, mais elle ne parvint qu'à se laisser aller dans ce gouffre où il la projetait. Cet abîme où Owen l'avait entraînée.

Un doux baiser sur ses lèvres.

Un gant de toilette chaud entre ses jambes.

Des bras forts autour d'elle.

Un autre baiser dans le cou.

Une couverture sur leurs corps.

Un léger grognement contre sa peau.

Alors qu'elle le remerciait dans un souffle, lui exprimant tout son bonheur, quelques mots tendres lui parvinrent aux oreilles.

— Je t'aime.

Avant qu'elle ne puisse se demander si ce n'était que son imagination ou si Owen venait réellement de lui faire cet aveu, elle sombra dans le sommeil, son corps trop comblé pour rester éveillé... et son esprit bien trop évanescent pour qu'elle ait le temps de se demander si, à son tour, elle pouvait lui dire la même chose.

CHAPITRE ONZE

Agrippée à la porcelaine, Liz avait l'impression de mourir. Bon, ce n'était peut-être pas aussi dramatique que ça, mais elle n'était pas dans son état normal. Son corps lui faisait mal et elle ne cessait de vomir. Ce n'était pas l'idéal, pour une infirmière, alors on l'avait renvoyée chez elle. Elle ne pouvait pas risquer de contaminer les patients.

Pourtant, Liz gardait en tête le regard suffisant de Lisa alors qu'elle quittait les urgences, la tête en vrac et l'estomac fragile. Son travail était en jeu, mais elle ne pouvait rien y faire. On avait pris sa température, mais elle n'avait pas de fièvre et ils ne pouvaient rien faire d'autre que de lui recommander du repos. Si c'était une gastro, elle attendrait que ça passe, bien au chaud chez elle. Mais elle avait le sentiment que Lisa et Nancy retiendraient cette faiblesse contre elle.

Si Liz était la meilleure dans son travail à certains égards, tout se résumait en fin de compte à des questions politiques. Après tout, chacun a des domaines de prédilection. C'était un jeu auquel elle n'avait jamais su jouer, et elle avait bien peur de perdre cette manche.

Son estomac se retourna et elle s'arc-bouta au-dessus des toilettes. À ce stade, elle n'avait plus grand-chose à purger. Elle était en sueur et son cerveau avait du mal à travailler dans le brouillard des vertiges.

En rentrant, elle s'était ruée directement dans la salle de bain pour vomir une nouvelle fois. Elle n'était même pas sûre d'avoir fermé cette foutue porte derrière elle. Il était encore tôt dans la journée. La pelouse était couverte de givre et un vent froid et impitoyable soufflait. Le soleil se levait à peine. Malgré cela, elle n'arrivait pas à se rafraîchir. Elle n'avait peut-être pas de fièvre, mais son corps lui paraissait en feu.

Quel que soit le virus qu'elle avait attrapé, c'était loin d'être une expérience agréable. Elle devait trouver l'énergie nécessaire pour se lever et enfiler des vêtements normaux au lieu de la blouse qu'elle portait encore, puis manger quelque chose pour se calmer l'estomac. Et ce, même si elle ne pouvait rien avaler. Elle devait au moins essayer de boire pour rester hydratée. Plus cela durait, plus elle aurait du mal à rebondir.

Avec un soupir, elle appuya sa tête contre le mur et ferma les yeux. Elle se relèverait bientôt. *Encore un moment.*

Elle était sur le point de s'éloigner quand elle entendit la porte d'entrée s'ouvrir. Tessa était au travail et ignorait que Liz était rentrée plus tôt. Qui cela pouvait bien être ? Elle était tendue et elle craignait d'avoir commis une erreur en laissant sa porte ouverte.

Liz ? C'est ouvert et j'ai vu ta voiture dans l'allée alors que je partais au travail. Où es-tu ? Je croyais que tu étais de garde tôt ce matin.

La voix d'Owen la rassura et elle se détendit. Il était là et pouvait l'aider à se mettre au lit, ou du moins s'assurer qu'elle ne passe pas toute la journée sur le carrelage de la salle de bain. Bien sûr, elle ne voulait pas qu'il la voie ainsi, mais elle n'avait pas l'énergie de s'en soucier à ce moment-là. Elle ne savait pas comment elle était passée du rejet à l'envie permanente de l'avoir auprès de lui, même quand elle était malade, et ce changement l'inquiétait un peu, mais pour l'heure, elle ne pouvait pas y penser, pas alors que son pouls battait un rythme staccato dans ses tempes.

— Par ici, lança-t-elle, dans un murmure brouillon au lieu du cri qu'elle avait cherché à pousser.

En arrivant dans la salle de bain, Owen fronça les sourcils.

— Qu'est-ce qui ne va pas ?

Il se mit à genoux et posa le dos de sa main sur son front. C'était un geste tellement protecteur et attentionné qu'elle se sentit tomber un peu plus amoureuse de lui. Elle en fut effrayée, mais elle n'avait pas la force de résister, pas pour le moment.

— On m'a renvoyée chez moi, dit-elle tout bas.

— Je vois ça. Quels sont tes symptômes ?

Il s'avança et elle ouvrit les yeux pour le voir prendre un gant de toilette et le passer sous le robinet.

— Tu bosses dans le domaine médical maintenant ?

Owen regarda par-dessus son épaule et lui fit un clin d'œil.

— Eh bien, les infirmiers et les médecins sont connus pour être de mauvais patients, à en croire les séries télé.

Elle fit la grimace.

— Si tu te bases là-dessus, je vais te décevoir en te disant qu'on ne s'envoie pas vraiment en l'air dans les salles de repos. Ni dans les placards à balais. Ni n'importe où ailleurs. La quantité de microbes qui y courent est franchement répugnante.

Elle regarda sa blouse en ronchonnant.

— Je ne devrais même pas porter ça en ce moment, ce n'est pas hygiénique.

Owen appliqua le gant de toilette froid sur son front et elle soupira.

— On va te l'enlever tout de suite. Je dois dire que je suis plutôt content qu'il n'y ait pas de coucheries à ton travail. Je n'ai jamais trouvé ça très sexy de le faire dans un hôpital.

Elle essaya de sourire, sans succès. Son estomac faisait à nouveau des siennes. Cette fois, Owen lui tint les cheveux et lui passa une main dans le dos tout en la redressant. Elle aurait dû être gênée, mais c'était impossible, pas avec Owen, venu spécialement pour s'occuper d'elle. Elle n'aurait jamais laissé personne la materner, pas même Tessa, et pourtant elle ne pouvait pas s'empêcher de se laisser dorloter par Owen. Elle aurait dû s'en inquiéter, mais qu'importe ! Elle se laissa aller contre lui, se promettant de creuser la question à tête reposée.

Elle se laissa étreindre et passer la main dans les cheveux.

— Bon, Liz, ma chérie, on va retirer cette blouse et te mettre quelque chose de confortable. Puis tu iras au lit. Je vais voir ce que nous avons contre les maux de ventre.

Liz le regarda en fronçant les sourcils.

—Je croyais que tu allais bosser.

— Tu es plus importante. Je vais appeler les gars et leur faire savoir que je ne viendrai pas aujourd'hui. Ils peuvent gérer une journée sans moi.

Comme il affirmait le contraire depuis le jour où elle l'avait rencontré, elle n'était pas convaincue qu'il doive tout laisser tomber pour elle. Elle aurait dû trouver cette mesure excessive, et pourtant...

Son regard se posa sur une boîte au-dessus du lavabo et elle se figea. Elle ferma les yeux et effectua de rapides calculs mentaux, la bile lui emplissant à nouveau la gorge. Comment avait-elle pu être aussi stupide ? Elle connaissait les risques, elle *savait* comment éviter cela, et pourtant elle n'avait pas bien calculé.

— Qu'y a-t-il ? demanda Owen d'une voix empreinte d'inquiétude alors qu'il s'agenouillait à côté d'elle. Ça empire ? Veux-tu que je te ramène à l'hôpital ?

Elle secoua la tête d'un air hébété, le regard toujours rivé sur la boîte. C'était impossible. Tout, mais pas ça. Ce n'était qu'un virus, elle allait prendre une journée et elle serait comme neuve. Ce n'était pas ce à quoi elle pensait. Hors de question.

— Liz, bébé, tu me fais peur.

Il lui écarta les cheveux du visage et se plaça dans son champ de vision.

— Parle-moi.

— J'ai du retard, fit-elle dans un murmure rauque.

Il se renfrogna, ses sourcils se rejoignant sur son front. Son piercing scintilla dans la lumière.

— Quoi ? Je ne comprends pas. Tu étais au travail et tu es rentrée à la maison. Tu ne peux pas être en retard.

Elle secoua la tête avant de le regretter aussitôt, saisie de vertiges.

— J'ai du *retard*, répéta-t-elle, insistant sur le dernier mot.

Ses yeux s'arrondirent, mais elle n'y vit pas la peur qu'elle aurait dû y percevoir.

— Oh.

Il déglutit avec peine.

— Bon, je vois... fit-il en expirant longuement. Et tu es barbouillée. Bien. Je suppose que la prochaine étape sur la liste serait de passer un test pour voir si tu obtiens une réponse ou si c'est juste une coïncidence. Je peux aller à la pharmacie pour toi, si tu veux. Il te suffira de me dire quel type de test fonctionne le mieux. On pourrait aussi aller chez un médecin, ce sera plus fiable là-bas, n'est-ce pas ? Ils font une prise de sang ? Cela dit, comme tu travailles dans un hôpital, ça pourrait devenir délicat avec toute cette histoire de vie privée. Je sais que tu tiens à la discrétion dans ce domaine. On va faire une liste de tout ce dont tu as besoin. Ensuite, on procédera par étapes.

Il prit son visage entre ses mains.

— On va faire ça ensemble, lui dit-il. Parce que je ne peux pas vomir pour toi ni pisser sur un bâtonnet, mais je peux faire d'autres choses.

Pourquoi était-il si gentil ? En même temps, c'était typique d'Owen de parler listes et organisation, même s'il s'agissait d'un *test de grossesse*.

— Owen, dit-elle au bout d'un moment. Je... je ne peux pas penser, là maintenant.

— Ce n'est rien. Moi non plus, je pense que je ne peux pas. Enfin, je viens de dire que je *pensais*, mais tu as compris l'idée...

Elle pinça les lèvres, retenant un rire même si le cœur n'y était pas. Elle s'était juré que cela n'arriverait pas, et voilà que ça tombait au pire des moments. En proie à la panique, elle essaya de se calmer. Mais c'était peine perdue.

— Il y a quelques tests dans le placard à linge, près du lavabo, dit-elle au bout d'un moment, d'une voix étrangement atone.

Si elle ne ressentait rien, elle ne se briserait pas. Parce qu'elle était si proche de la rupture, en cet instant précis, qu'elle n'était pas sûre de ce qu'il convenait de faire. Elle ne pouvait pas devenir comme sa mère, transformer Owen en son père, mais une fois qu'ils auraient un enfant... Son corps se mit à trembler. Une fois qu'ils auraient un enfant, tout changerait. Elle deviendrait la personne qu'elle détestait le plus. Déjà, elle n'était pas la personne la plus gentille au monde, parce qu'elle repoussait constamment les autres pour se protéger et *les* protéger. Si le couperet tombait, elle était fichue.

— Vous avez des tests dans le placard ? fit Owen, visiblement troublé.

Liz soupira.

— Oui. Tessa et moi sommes deux femmes célibataires, sexuellement actives, et professionnelles du domaine médical. On a aussi des préservatifs et d'autres options pour nous protéger lors de rapports sexuels avec un partenaire. Alors, oui, on a des tests de grossesse au cas où le stress retarderait nos règles. Ça arrive en période éprouvante. Je suis sûre que ce n'est que ça.

Elle laissa échapper un soupir.

— Mais il faut en avoir le cœur net.

— Absolument, dit-il au bout d'un moment.

Il se leva pour fouiller dans son placard. Ses mains ne tremblaient pas et il semblait sûr de lui. Pourtant, elle savait qu'il était dans tous ses états. Peut-être pas autant qu'elle, mais suffisamment pour fonctionner en pilote automatique.

Elle pressa les doigts sur ses yeux. Elle tenait à s'en sortir sans se laisser engourdir. Elle devait passer ce test, avoir la confirmation qu'il était négatif et manger quelques biscottes pour calmer son estomac. Ils avaient pris leurs précautions chaque fois qu'ils avaient couché ensemble. Il n'y avait pas eu un seul accident, pas une seule déchirure du préservatif, pas une seule fois où il l'avait pénétrée par inadvertance avant de se protéger. Même quand le plaisir lui faisait perdre la tête, elle n'avait jamais oublié ce détail.

Malgré tout, elle savait que les préservatifs n'étaient pas efficaces à cent pour cent.

Son corps tremblait. Tessa et de nombreuses femmes avaient la chance d'avoir d'autres moyens contraceptifs, mais Liz ne pouvait utiliser que des préservatifs. Ce genre... d'événement n'était pas inévitable et les calculs penchaient en ce sens.

— Tu en as deux types, dit Owen en s'asseyant à côté d'elle, deux boîtes à la main. L'un contient des lignes, l'autre une lecture claire. Laquelle veux-tu en premier ?

— En premier ?

Décidément, elle avait du mal à réfléchir.

— Je me suis dit que tu préférerais en faire deux pour être sûre.

Il était si prévenant avec elle, comme s'il avait peur qu'elle craque à tout moment. Et il n'avait pas tort dans cette évaluation.

Elle expira.

— Le plus précis, dans ce cas. Je ne voudrais pas me tromper.

— Ça marche.

Il ouvrit la boîte et lui remit un bâtonnet emballé.

— Les instructions sont sur la boîte. Je les ai déjà lues, au cas où, mais il ne faut que trois minutes après avoir uriné sur l'applicateur pour que les mots apparaissent. Je ne vais pas rester là à te regarder, mais je vais te chercher un verre d'eau ou autre chose si tu en as besoin.

Il soupira et posa les mains sur ses joues. Elle ne se laissa pas aller contre lui comme elle l'avait fait juste avant. Il s'en rendit compte, mais ne dit rien.

— Je serai juste derrière la porte. Appelle-moi quand tu auras besoin de moi.

Il secoua la tête.

— Enfin, quand il sera temps de lire le test.

Elle ne voulait pas admettre qu'elle avait besoin de lui, et il le savait.

Décidément, il la connaissait si bien. Elle ne voulait pas le faire souffrir, et pourtant, si ce test s'avérait positif, elle savait qu'elle lui ferait encore plus mal. C'était toujours comme ça.

Ce n'était peut-être pas logique pour d'autres, mais pour elle, c'était cohérent – douloureux, mais cohérent.

— J'aurai besoin d'eau pour le deuxième test, répondit-elle au bout d'un moment.

— D'accord.

Il l'embrassa tendrement, mais elle recula.

— Je viens de vomir.

— Je peux supporter un peu de vomi, dit-il avec un clin d'œil, même si son visage trahissait son sérieux. Tu sais, ce ne sera sûrement qu'une bonne vieille gastro.

Ils savaient aussi bien l'un que l'autre qu'il y avait une autre possibilité.

— Quand je tomberai malade, ce sera à toi de jouer au docteur avec moi. Je reviens tout de suite.

Il se leva, la laissant seule dans la salle de bain, et referma la porte derrière lui.

Incapable de regarder le bâtonnet plus longtemps sans devenir folle, elle se leva et le déballa en lisant les instructions figurant sur le manuel à l'intérieur de la boîte.

Deux minutes plus tard, elle avait posé le test sur le bord du lavabo et Owen était revenu pour lire le résultat avec elle.

Trois minutes après, son monde s'effondra.

— On est enceinte, dit Owen, sous le choc. Bon sang... Alors, là...

Elle cligna des yeux, son monde au ralenti, son cœur battant à tout rompre, si fort qu'elle craignait qu'il ne jaillisse hors de sa poitrine. Au fond, elle avait espéré que ce serait négatif, que tout cela ne serait qu'une terrible coïncidence. Elle n'avait pas le choix.

Elle ne pouvait *pas* être enceinte.

Elle ne pouvait *pas* être mère.

Il la retourna dans ses bras, les paumes sur ses joues.

— Tu ne dis rien. Je sais que tu es sidérée, et Dieu sait que moi aussi. C'est pour ça que je radote un peu. Mais, on est enceinte, Liz. Enceinte.

— Arrête de dire ça, s'écria-t-elle.

Il parut hébété.

— Quoi ?

— Arrête de dire ce mot, répéta-t-elle. Je ne peux pas réfléchir, Owen. Je peux à peine respirer, et tu continues à dire ça, encore et encore, comme si tu essayais de le rendre plus réel.

Décidément, elle allait perdre la tête, sur le point de tomber dans le terrier du lapin blanc.

Owen recula et ses mains retombèrent alors qu'elle s'éloignait.

— C'*est* réel, Liz. Tu as besoin de t'asseoir ? Tu te sens encore malade ?

Elle planta ses mains sur ses hanches.

— Toute ma vie, j'ai fait mon possible pour retrouver le contrôle que j'avais perdu dans mon enfance. *J'ai tout fait.* Maintenant, je risque de perdre mon travail, je suis dans une relation dont je voulais me préserver, et là... là, je suis...

Elle éclata d'un rire sans joie avant de céder aux larmes.

— Je ne peux même pas dire le mot, Owen. J'ai besoin d'espace, d'accord ? Je ne peux pas réfléchir avec toi dans les parages. Tout s'embrouille.

Owen se tenait bien droit, le visage tel un masque impassible.

— Je vois.

Non, il ne voyait rien. C'était impossible. Pas alors qu'elle ne pouvait pas y voir clair elle-même.

— J'ai juste besoin d'espace pour réfléchir.

— Quand tu auras ton espace, je te demande d'y penser. La relation dont tu voulais te préserver ? Eh bien, nous y sommes, Liz. Toi et moi, nous nous dirigeons vers quelque chose que je pensais que nous étions deux à vouloir. Et maintenant, nous sommes en plein dedans. Tu ne m'as pas repoussé depuis des semaines, pas comme au début, quand tu avais peur, alors épargne-moi cette excuse. Tu as peur maintenant et je le comprends. Putain, j'ai peur, moi aussi, mais je n'irai nulle part. Je vais partir pour que tu puisses respirer, mais je reste près de toi, parce que... Liz ? Je t'aime. Je t'aime tellement que ça me fait mal et je veux passer le reste de ma vie avec toi. Tu es encore plus pâle en ce moment, même si je ne pensais pas que c'était possible étant donné que tu as déjà la nausée, alors je comprends que tu ne veuilles pas entendre ça. Mais dis-toi que je t'aime. J'attendais de te l'avouer quand tu serais prête. Et peut-être que ce n'est pas le meilleur moment, comme ça dans une salle de bain alors que tu viens de vomir, avec l'impression que notre monde a changé. Mais je t'aime.

— Tu ne peux pas, chuchota-t-elle. Je ne suis pas bien pour toi, Owen. Je...

Il pressa le doigt sur ses lèvres.

— Ne me dis pas ce que je ressens. Je comprends que tu aies peur, et avec le contexte dans lequel tu as grandi, je le comprends d'autant plus. Alors, je vais te laisser ton espace aujourd'hui parce que je ne veux pas te pousser, je ne veux pas que tu te sentes coincée. Mais promets-moi quelque chose.

Il laissa échapper un souffle frémissant.

— Ne... ne fais rien tant que nous n'aurons pas discuté, d'accord ?

Sa voix se brisa à la fin et elle versa d'autres larmes.

Elle avait le cœur au galop, irradiant de douleur à l'idée de mettre fin à la vie qui grandissait en elle.

— Oh, Owen. Je ne ferais jamais... Je ne te priverais *jamais* de tes droits ni de tes choix.

Elle pinça les lèvres avant d'ajouter :

— Je ne peux pas réfléchir en ta présence, mais ce n'est pas parce que j'ai besoin d'espace que je veux en profiter pour faire quelque chose que nous regretterions tous les deux.

Il fut ébranlé par un frisson avant de venir poser un baiser sur son front.

— Merci, murmura-t-il. Je t'aime, Liz. Et je vais continuer à te le dire jusqu'à ce que tu me croies. Maintenant, je vais partir pour te laisser respirer, mais je reviendrai. Je reviendrai toujours.

En le regardant s'éloigner, elle laissa enfin couler les larmes. Elle n'avait aucune idée de ce qu'elle faisait, mais elle avait besoin de temps pour réfléchir, pour respirer.

Honnêtement, elle ne savait pas ce qu'elle voulait ni ce qu'elle allait faire. Elle avait tellement peur qu'un jour, elle le rejette si violemment qu'il ne voudrait plus jamais revenir.

Et puis... eh bien, elle ignorait tout simplement la réponse.

Parce qu'elle était enceinte, c'était indéniable. Maintenant, elle devait trouver une signification à tout cela. Elle ne pouvait pas devenir comme sa mère. Elle ne pouvait pas détester la vie qui grandissait en elle.

Elle ne le ferait pas.

Jamais.

Elle allait devoir trouver le moyen de devenir la femme qu'elle voulait être, plutôt que celle qu'elle était douloureusement consciente de risquer de devenir.

———

Owen avait toujours cru que le jour où il apprendrait qu'il allait être père serait un jour de fête. Il aimait sa nièce et son neveu, ainsi que les enfants du clan Montgomery qui semblaient toujours être dans les parages et le considéraient comme un oncle par adoption. Il savait qu'il voulait être papa un jour, un mari, un père de famille, et maintenant qu'il avait passé plus de temps avec Liz, il savait que c'était avec elle qu'il voulait passer le reste de sa vie.

Seulement, ce n'était pas ce qu'elle souhaitait.

Ou, du moins, c'était ce qu'elle disait à l'époque.

— Tu vas nous dire pourquoi tu as l'air de vouloir frapper quelque chose et vomir en même temps ? demanda Murphy en se laissant tomber sur le canapé à côté de lui.

Owen se tourna vers la voix de son frère, remarquant son extrême pâleur.

— Tu vas bien ?

Murphy haussa les épaules.

— Je bosse de longues heures sur ce projet, mais je devrais avoir bientôt fini. Et arrête de t'inquiéter pour moi, papa poule. C'est Graham qui est censé jouer ce rôle.

— C'est le cas, dit Graham en entrant dans le salon. Mais Jake et Owen sont autorisés à participer quand je ne suis pas là. C'est comme ça que les grands frères fonctionnent. C'est vrai que tu as l'air un peu pâlot, frangin. Mange quelque chose.

Il leur tendit un plateau de champignons farcis et Murphy écarquilla les yeux avant d'en prendre deux.

Owen avait appelé Graham dès qu'il était sorti de chez Liz pour lui annoncer qu'il avait besoin de parler, mais il n'avait pas précisé pourquoi. Il avait passé la journée seul chez lui, à travailler sur des listes et des plans de travail plutôt que de s'occuper de sa vie qui échappait à tout contrôle. Graham avait insisté pour qu'il vienne dîner, et le reste de la famille avait débarqué – à l'exception de Rowan, qui était chez une copine – pour s'assurer qu'il allait bien. Noah dormait dans le berceau portatif qu'ils avaient installé dans la chambre d'amis et les autres étaient regroupés dans le salon, prêts à l'écouter.

— Dis-nous ce qui se passe, fit Maya, perchée sur les genoux de Border. Vous vous êtes disputés avec Liz ?

Owen posa son verre d'eau sur la table, l'esprit déjà trop embrouillé pour songer à boire.

— Liz est enceinte.

Tout le monde garda le silence pendant un moment avant de se mettre à parler en même temps. Blake et Maya se précipitèrent pour le serrer dans leurs bras tandis que les gars le gratifiaient d'une tape dans le dos, en le félicitant et en demandant où se trouvait Liz.

Mais il s'écarta et enfouit sa tête dans ses mains alors que chacun retournait à sa place.

— Liz... Liz a dit qu'elle avait besoin d'espace pour réfléchir.

Murphy se retourna et posa une main sur son épaule.

— Réfléchir à quoi ?

Owen expira longuement, redoutant de s'effondrer devant sa famille. Ils ne le nargueraient pas sur un sujet pareil, mais il devait leur dire tout ce qu'il pouvait avant de craquer. Il ne pouvait pas non plus trahir la confiance de Liz et leur parler de son passé dans son intégralité.

— Liz a grandi... commença-t-il avant de secouer la tête. Je ne peux pas tout vous dire, parce que ce n'est pas mon histoire, mais disons que son enfance n'a pas été facile.

— Et maintenant, elle est sur le point d'avoir un enfant et elle remet son couple en question, compléta Border.

Owen leva la tête, étonné par la clairvoyance avec laquelle Border s'était exprimé.

— Ne fais pas cette tête, dit-il. Je n'aime pas parler à moins que ce ne soit important, même si vous me faites sortir de ma coquille, les Gallagher et les Montgomery réunis, mais tu sais que j'ai grandi avec un parent lamentable qui m'a fait croire que je ne méritais pas ce que j'avais. Quand Maya a appris qu'elle était enceinte...

Il secoua la tête.

— Ça m'a fait une peur bleue. Je ne pensais pas être assez bien pour elle et Jake, et j'ai presque gâché ce que nous avions à cause de ça.

— On l'a compris, ajouta Jake. Mais on n'a pas reculé.

— Oui, on est un peu têtus, renchérit Maya. Tout comme toi, Owen. Laisse-lui du temps pour réfléchir. Les grossesses surprises, c'est effrayant, mais ne la laisse pas toute seule. Elle a besoin de savoir que tu es là.

Elle marqua une pause.

— Tu *seras* là, n'est-ce pas ?

Owen hocha la tête.

— Je l'aime, bon sang. Bien sûr, je veux être là. Je *serai* là pour elle.

Ce fut Blake qui prit ensuite la parole, d'une voix plus douce que d'habitude.

— Donne-lui l'espace dont elle a besoin, comme l'a dit Maya, mais ne recule pas. Nous ne connaissons pas son passé. Moi, j'ai fait de mon mieux pour repousser Graham parce que j'avais peur, et j'ai le sentiment que Liz pourrait être dans le même bateau.

— Moi aussi, je t'ai rejetée, ajouta Graham d'une voix rauque. Et je le regrette.

Blake regarda son mari en souriant.

— Tout va bien. Nous avons tous les deux fait des erreurs, mais nous sommes là maintenant. Ensemble.

Elle se tourna vers Owen.

— C'est difficile de faire fonctionner une relation, et quand quelqu'un a un lourd bagage, c'est encore plus dur. Mais je te connais, Owen. Tu ne te déroberas pas.

— Bien sûr que non. En tout cas, ça me fait mal de ne pas pouvoir la comprendre.

— Vous aviez l'air de bien vous en sortir avant ça, déclara Murphy au bout d'un moment. Tu es tenace, comme tout bon Gallagher.

Tout le monde se laissa aller à rire.

— Mais Owen ? Réfléchis-y. Tu es ici, à nous parler en sachant que tout le monde te soutient. Liz ? Elle a Tessa. C'est tout. Et même si Tessa est forte, capable d'aider Liz, elle aura besoin de plus que sa meilleure amie. Comme tout le monde.

Owen regarda son petit frère dans les yeux.

— Je ne te savais pas aussi perspicace.

Ses yeux s'assombrirent pendant un moment, puis il détourna le regard avec un sourire enjôleur.

— Tu sais, les femmes m'aiment bien. Que veux-tu que je te dise ?

— C'est ça, essaie de t'en convaincre, répliqua Maya. Bon, Owen, sache que nous sommes là pour toi. Et pour Liz aussi. Parce qu'on l'aime bien, tu sais. Je ne t'aurais pas vu avec elle, mais elle est super.

— Oui, ajouta Jake en riant. Je pensais qu'il finirait avec une femme douce et posée, qui serait effrayée par notre bande.

— Il y a toujours de l'espoir pour Murphy. Il trouvera peut-être une femme sans histoires, en tout cas, nous n'avons pas réussi.

Blake et Maya lui firent un doigt d'honneur en réaction.

En souriant, Owen s'adossa dans le canapé. Il commençait enfin à se détendre depuis le moment où il avait vu Liz par terre, en proie à la souffrance. Elle l'avait repoussé, effrayée d'être enceinte, mais après tout, il avait peur, lui aussi. Elle avait beau croire qu'elle n'avait pas besoin de lui, qu'elle ne voulait pas de relation, son comportement de ces dernières semaines lui disait tout le contraire.

Il lui donnerait du temps, puis il trouverait un moyen de lui montrer qu'ils avaient un avenir, tous les deux. Qu'elle ne deviendrait pas comme sa mère. Parce qu'elle n'avait rien de commun avec la mégère qu'elle lui avait décrite. Elle était attentionnée, douce quand elle le voulait, et elle faisait passer les autres avant elle. C'était pour cela qu'elle avait déjà essayé de rompre les liens, pour le protéger, *lui*, pas elle.

Il l'aimait et il n'allait pas l'abandonner.

Et puis...

— Je vais être père, chuchota-t-il. *Père.*

Murphy lui tapota le genou.

— C'est le début de la fin...

Owen cligna des yeux. Son cœur battait la chamade.

— Je dois faire des listes, tout organiser. Je n'y connais rien en paternité.

Sa famille éclata de rire et il se joignit à l'hilarité générale, son esprit tourbillonnant dans mille directions à la fois. Il se disait que tout irait bien. Parce qu'il le fallait. *Tout doit bien se passer.*

CHAPITRE DOUZE

— Tu es une vraie loque, lança Tessa en déboulant dans la chambre de Liz. Une loque qui a besoin de se remettre les idées en place.

Liz regarda le reflet de Tessa dans le miroir.

— Tu es mal placée pour parler.

Aussitôt, elle fit la grimace, coupable de cette répartie cinglante.

— Désolé.

— Mais non, voyons. Je sais bien que tu ne le penses pas. Je suis là pour encaisser quand tu as peur et j'ai la peau dure. En plus, je te fais subir la même chose. C'est pour ça qu'on est amies.

— Je dois me préparer pour le travail, Tessa. J'ai pris ma journée hier pour vomir mes tripes pendant des heures, mais maintenant, je ne peux plus prendre de congés. Ils annoncent le budget et les licenciements aujourd'hui. Je ne peux pas être en retard ni leur faire faux bond parce que je panique.

Tessa passa la main sur sa jupe crayon et secoua la tête.

— Tu n'as aucun souci à te faire. Tu es leur meilleure infirmière.

— Je suis aussi la moins lèche-bottes. Tous les autres semblent avoir quelqu'un à qui faire de la lèche. Moi, je n'ai pas ce genre de relation avec mes supérieurs.

— Parce que tu te concentres sur tes patients et sur le travail à faire.

Liz avait l'impression d'avoir couru un marathon, ses muscles lui faisaient mal, et pas seulement à cause de la grossesse. Elle avait travaillé beaucoup plus dur que d'habitude, ces derniers temps, avec tout ce qui se passait, et son corps le ressentait de plus en plus.

— C'est épuisant, Tessa, dit-elle à mi-voix. J'en ai assez de tout ça.

Une fois de plus, elle croisa les yeux de son amie dans le miroir.

— Alors, qu'est-ce que tu vas faire ?

Liz la dévisagea avant de secouer la tête.

— Je ne sais pas. Continuer à travailler, j'imagine. C'est à ça que je suis douée.

Tessa pinça les lèvres, croisant les bras sur son chemisier impeccable.

— Et Owen ? Que vas-tu faire avec lui ? Parce que, franchement, c'est la meilleure chose qui te soit jamais arrivée et ça me tue que tu l'évites comme ça. Vous allez avoir un putain de bébé, et il n'est pas là, parce qu'il fait ce que tu lui as demandé en te laissant de l'espace. Je ne sais pas comment il fait pour garder ses distances. Tu sais que les Gallagher n'aiment pas être menés par le bout du nez.

La seule mention d'Owen fit monter le pouls de Liz, mais elle ne savait pas si c'était parce qu'elle le voulait toujours à ses côtés ou si elle avait honte de son comportement. Elle détestait ce qu'elle lui avait dit et s'en voulait de lui avoir fait peur à propos du bébé. Elle n'était pas douée pour gérer les émotions, tout simplement, et en fin de compte, elle avait fait plus de mal qu'elle ne le voulait.

Exactement comme sa mère.

— Je suis perdue, admit-elle. Mais je ne peux pas tout faire en même temps. J'aimerais attendre que la question du travail soit réglée avant d'affronter le reste.

— Premièrement, ça ne t'a jamais réussi de faire les choses dans l'ordre comme ça. Tout est mêlé et intriqué, et les choses se mettent en travers les unes des autres. Deuxièmement, tu ne peux pas continuer à te reprocher ce que ta mère a fait. Tu n'es pas ta mère et tu le sais. Tu le *sais*. Alors, arrête de t'engager sur cette voie à sens unique, sinon tu finiras par revenir en arrière en pensant que tout ce que tu fais te rapproche d'elle.

— Je ne sais pas quoi faire d'autre, répondit Liz au bout d'un moment. C'est tout ce que je sais faire.

— C'est une réponse idiote, s'exclama Tessa. Ressaisis-toi, parce qu'un petit être grandit dans ton ventre et je veux être sa super tata Tessa. Alors, ne fiche pas tout en l'air. Owen a besoin de toi. Autant que tu as besoin de lui.

Sur ce, elle s'éloigna en marmonnant tout bas, laissant Liz seule avec ses pensées tourmentées, une fois de plus. Elle avait besoin de se mettre au travail et d'en finir, mais son esprit revenait sans cesse à Owen.

Qu'allait-elle faire ?

À chaque pensée, à chaque instant, l'idée qu'elle allait avoir un bébé devenait de plus en plus réelle. Et cela l'épouvantait.

Beaucoup de femmes étaient terrifiées à cette perspective, les premières semaines. Elle n'était pas la seule à réagir ainsi, mais elle avait quand même honte de ne pas pouvoir se jeter à l'eau. Il y avait vraiment quelque chose qui ne tournait pas rond chez elle. Malheureusement, elle n'avait pas le temps de s'attarder sur ce point.

Elle devait se concentrer sur son travail de la journée, sur son combat pour garder son emploi.

Si elle avait encore un travail à la fin de la journée, ce serait déjà ça.

Ce matin-là, la tension était palpable aux urgences, mais Liz n'en tint pas compte, se concentrant sur ses patients qui avaient besoin d'elle. Inutile d'entretenir de fausses idées qui ne mèneraient à rien. La journée n'avait pas été très chargée jusqu'à présent, mais elle ne risquait pas de le dire à haute voix. Rien qu'en y pensant, elle craignait de s'attirer la poisse.

Elle terminait ses rapports administratifs lorsque Nancy arriva au poste de soins infirmiers, la mine impénétrable.

— Liz ? J'aimerais que tu viennes avec moi.

Elle se figea avant de poser soigneusement le tableau qu'elle venait de mettre à jour.

— Dans la salle de pause, ajouta-t-elle.

C'était là que Nancy avait emmené les deux dernières infirmières pour leur annoncer que leur poste était maintenu. Apparemment, Nancy tenait à les voir chacune en tête à tête pour leur annoncer le sort qui les attendait.

Si Liz ne paniquait pas déjà pour un tas de raisons, elle pourrait vraiment commencer à détester cette femme. Après avoir fait rouler ses épaules, elle lui emboîta le pas jusqu'à la salle de repos. Elle saurait bientôt ce que l'avenir lui réservait. Elle devrait s'en sortir, quoi qu'il arrive. Tout semblait lui échapper et elle n'arrivait pas à trouver le juste équilibre, mais elle était intègre au travail. Elle avait les meilleures évaluations de rendement de tout l'étage et travaillait plus que la plupart des autres, parce qu'elle n'avait pas de famille à sa charge, sans parler de sa conscience professionnelle irréprochable. Elle devait au moins avoir confiance en elle sur ce point, elle savait aider les autres.

Ses supérieurs s'en étaient forcément rendu compte.

Nancy ne prit pas la peine de s'asseoir, mais se rendit directement à la cafetière pour se servir une tasse. Elle n'en proposa même pas à Liz.

— Comme tu le sais, la commission s'est enfin mise d'accord sur un budget définitif pour l'année, ce matin, commença Nancy.

— À ce qu'il paraît.

Tout le monde ne parlait que de ça, même si ce n'étaient pourtant pas les sujets de préoccupation qui manquaient.

— Alors, tu as aussi entendu dire qu'il y avait eu des changements dans tous les services et pas seulement aux urgences. Rien n'était personnel, bien sûr, mais les affaires sont les affaires.

— Je pensais que c'était un hôpital dont l'objectif était de guérir ses patients et de les renvoyer en bonne santé chez eux, rétorqua Liz d'un ton sec.

Elle avait horreur qu'on lui parle comme à une enfant et Nancy était la reine dans ce domaine.

L'autre femme haussa les sourcils.

— Quoi qu'il en soit, il a fallu prendre des décisions et, malheureusement, tu es à l'échelon supérieur en matière de salaire. Tu es la plus ancienne à ce poste, et comme il n'y en a pas d'autre plus élevé, la commission a dû faire un choix.

Une alarme retentit dans les oreilles de Liz alors qu'elle essayait de donner un sens à ce qu'elle entendait.

— Tu dis que je gagne trop d'argent parce que je suis ici depuis plus longtemps que les autres et que tu occupes un poste plus élevé que moi et que tu n'as pas encore eu de promotion...

Parce que Nancy n'était pas foutue de progresser dans la hiérarchie, mais Liz garda sa langue.

— Alors, quoi ? Je vais avoir une baisse de salaire ?

Elle gagnait à peine de quoi vivre avec ses crédits et la nouvelle maison. Et maintenant qu'elle était enceinte, les choses allaient changer du tout au tout.

Nancy secoua la tête.

— Ce ne serait pas suffisant, malheureusement. Le conseil d'administration, ainsi que le comité, ont été contraints à cette décision, et afin d'aider l'hôpital à rester à flot, on doit se passer de tes services. Tu as encore deux semaines, bien sûr, pour rassembler tes affaires et faire des projets, mais ensuite, ça se termine. Cette décision n'a pas été facile à prendre, mais c'est vraiment le mieux pour toutes les personnes concernées.

Nancy tendit la main et tapota celle de Liz.

— Tu n'étais pas vraiment à ta place ici, de toute façon, n'est-ce pas, ma belle ? Tu seras mieux ailleurs, tu ne crois pas ?

Liz retira sa main comme si elle s'était brûlée. Mais à quoi pensait cette femme ?

— Tu te fous de moi. C'est moi qui travaille ici depuis le plus longtemps, qui ai le meilleur dossier, et je me fais virer parce que je ne suis pas sympa ?

Nancy leva le menton.

— Évite de faire une scène. Tu devais te douter que ça allait arriver. Et puis, tu n'as pas un aussi bon dossier que tu le penses. Tu sors avec des patients, et pas plus tard qu'hier, tu es rentrée chez toi. Si tu tenais vraiment à ton travail, tu te serais plus appliquée.

Liz posa les mains sur ses hanches.

— Ce ne sont que des conneries et nous le savons toutes les deux. Je ne suis pas à ta botte comme Lisa, j'en suis bien consciente, mais ça ne veut pas dire que je devrais être virée.

Et pour ce qui est de sortir avec des patients ? C'est une rumeur que Lisa et toi avez lancée, alors ne me cherche pas. Ma vie personnelle ne regarde que moi.

— Pas quand c'est l'affaire de l'hôpital.

— Va te faire foutre, Nancy. Toi et Lisa, vous vouliez que je m'en aille et vous avez trouvé un moyen d'y arriver. Si je suis partie hier, c'est parce que j'étais malade, pas parce que j'avais envie d'une manucure. Tu sais quoi ? Tu as peut-être raison. Peut-être que je n'étais pas à ma place avec toi et ta clique, mais j'ai travaillé comme une folle, et maintenant je suis jetée dehors comme une malpropre parce que tu ne m'aimes pas et que tu as trouvé un moyen d'arriver à tes fins. Va te faire foutre, Nancy. Il me reste plus de deux semaines de vacances et je les prends. Je m'en vais. Tu as intérêt à me payer pour ces deux dernières semaines. Si tu me mets des bâtons dans les roues, je t'attaquerai de toutes mes forces. Et crois-moi, *ma belle,* je n'en manque pas.

Sur ce, elle quitta la salle de repos et rejoignit son casier où étaient rangées ses affaires. Elle en avait fini avec cet hôpital, les longues heures de garde et les salaires de misère. Elle avait travaillé d'arrache-pied et tout lui filait entre les doigts, simplement parce qu'elle ne s'entendait pas avec la responsable.

Qu'ils aillent tous se faire foutre.

Les mains tremblantes, elle vida son casier dans son sac de sport. Seigneur, elle venait d'être renvoyée. Elle n'avait pas de travail. Elle allait aussi perdre son assurance au pire des moments.

Qu'allait-elle devenir ?

Lisa passa à ce moment-là et gloussa. Nom de Dieu, elle avait le culot de *rire.* Liz fit volte-face et foudroya la femme du regard.

— Va-t'en, Lisa. Tu as eu ce que tu voulais. Mais rappelle-toi une chose, les patients doivent passer en premier. Compris ? Ne laisse pas quelqu'un mourir parce que tu es trop occupée à jubiler comme une garce.

— Va au diable, Liz. Si tu n'avais pas pris de grands airs, tu n'aurais pas été virée.

Sur ce, elle détala et Liz resta toute tremblante.

— Liz ?

Elle se retourna lorsque le docteur Wilder s'approcha d'elle, les mains dans les poches de son jean. Il semblait sur le point de quitter son poste et Liz n'avait qu'une envie en cet instant, s'en aller et ne plus jamais revenir en arrière. Elle n'avait pas l'énergie nécessaire pour faire face à tout cela.

Mais elle ne pouvait pas se montrer impolie envers l'homme qui faisait passer ses patients avant tout le reste, y compris lui-même et ses collègues.

— Oui ?

— Je voulais vous dire que je suis désolé. Je sais que ça ne veut pas dire grand-chose, mais je suis intervenu en votre faveur. Malheureusement, Nancy sait obtenir tout ce qu'elle veut.

Il plissa les yeux en ajoutant :

— Mais je vais m'assurer qu'elle ne puisse pas recommencer avec quelqu'un d'autre. J'ai été un peu lent à comprendre, cette fois-ci, à voir son vrai visage, et j'en suis désolé.

Il sortit une carte de sa poche et la lui remit.

— Je sais que vous n'êtes pas prête à y penser, mais mon frère a une clinique qui pourrait toujours avoir besoin d'aide.

Il haussa les épaules pendant qu'elle prenait la carte, les yeux écarquillés.

— Pourquoi faites-vous cela ?

— Parce que vous êtes la meilleure infirmière que nous ayons et nous allons vous perdre à cause de ces jeux politiques stupides. Ne laissez pas votre talent se flétrir parce que les autres sont des abrutis finis.

Elle secoua la tête avant d'examiner la carte.

— Une clinique ambulatoire d'oncologie ?

— Je sais que ce n'est pas un service d'urgences, mais les horaires seront plus intéressants pour vous et le bébé.

Elle releva brusquement la tête.

— Quoi ?

Il lui répondit avec un petit sourire.

— Je suis médecin depuis un certain temps maintenant, Liz. Je sais reconnaître les signes d'une grossesse, même si la femme en question ne le sait pas encore. Félicitations, d'ailleurs. Et si vous avez besoin d'une référence pour quoi que ce soit, faites-le-moi savoir.

Sur ce, il la salua de la tête avant de partir, la laissant plus troublée que jamais. Décidément, les gens la surprenaient tous les jours. Avec son monde qui se dérobait sous ses pieds, elle ne savait plus quoi penser.

Qu'était-elle censée faire maintenant ?

———

Owen entra dès que Tessa lui ouvrit.

— Comment va-t-elle ? demanda-t-il, les paumes moites.

— Elle flippe. Elle alterne entre le ménage et les vomissements dans la salle de bain. En ce moment, je crois qu'elle est assise sur le lit à essayer de ne pas avoir la nausée.

Tessa lui lança un regard déboussolé.

— Merci d'être venu aussi vite.

Elle l'avait appelé sur le chantier et il avait tout laissé tomber pour venir voir Liz au plus vite. Ses frères avaient bien compris et il leur en était infiniment reconnaissant. Il avait toujours l'impression de tout gâcher au travail, avec tout ce qui se passait, mais il devait faire passer Liz en premier.

— Je serai toujours là pour elle, répondit-il aussitôt. Quoi qu'il arrive.

Tessa sourit, les yeux brillants.

— Je te crois, et ça réchauffe mon cœur de Grinch tout froid. Maintenant, va lui faire sentir qu'elle est une reine capable de conquérir le monde. Et évite de la faire paniquer, sinon elle va te filer entre les doigts, une fois de plus.

Owen fut incapable de réprimer un ricanement.

— J'ai l'impression que tu as subi le même sort.

— Elle me traite pareil. C'est pour ça que nous sommes les meilleures amies du monde.

— Des sœurs, plutôt.

Tessa hocha la tête d'un air mélancolique.

— Oui. Des sœurs.

Elle se racla la gorge.

— Bref, va la retrouver. Je serai dans ma chambre si tu as besoin de moi.

Owen la serra dans ses bras avant de se rendre dans la chambre pour voir si Liz allait bien. Elle ne l'avait pas vraiment invité, mais il savait qu'elle souffrait et il ne pouvait pas la laisser seule.

Quand il arriva au bout du couloir, il la trouva assise en tailleur au milieu du lit, faisant rouler sa tête sur ses épaules. D'après les relents de citron, elle avait nettoyé les lieux de fond en comble, et il était heureux qu'elle soit suffisamment en forme pour le ménage. Elle s'était déjà repliée sur elle-même auparavant et il avait eu peur pour elle, alors il considérait cela comme un progrès.

— Liz.

Il ne voulait pas l'effaroucher, puisqu'elle avait les yeux fermés.

Elle se tourna vers lui, ouvrit les paupières et laissa échapper une lente expiration.

— Tessa m'a appelé.

— Oui, je sais.

Il entra lentement dans la chambre et s'assit sur le lit à côté d'elle. Il lui laissa l'espace nécessaire de sorte qu'ils ne se touchaient pas, mais il pouvait encore sentir sa chaleur. Bon sang, il aimait cette femme, chaque parcelle de son être, et il comprenait pourquoi elle ressentait le besoin d'être indépendante. Il espérait seulement qu'elle lui donnerait une chance.

— J'ai perdu mon emploi aujourd'hui.

Elle esquivait son regard, mais il se pencha et lui prit la main.

Il déglutit et entrecroisa ses doigts avec les siens.

— Je sais. Je suis navré, ma chérie. Ils ont fait une erreur. Une grosse erreur.

Liz le surprit en se jetant à son cou, sa tête sur son épaule.

— Oui, on peut le dire.

Après une pause, elle ajouta :

— Je suis désolée d'avoir été une garce et de t'avoir flanqué dehors hier. Je ne pouvais pas réfléchir correctement et ta présence m'embrouille toujours le cerveau.

Elle exerça une pression sur sa main.

— Dans un sens positif, en général. Désolée. Je me suis mal exprimée.

Elle soupira.

— Je ne suis vraiment pas douée pour ça.

Il déposa un baiser sur sa tête.

— Je suis plutôt novice dans ce domaine, moi aussi, tu sais, alors je ne suis pas doué non plus. Ça ira, on va y travailler ensemble.

Ensemble. Cette notion lui plaisait.

— Je ne sais pas ce que je vais faire, Owen. Ça craint.

De son autre main, il décrivait de petits cercles sur son genou.

— Je sais que ça craint. Mais tu es forte, avec un excellent dossier et sacrément bonne dans ce que tu fais. Tu trouveras bientôt un emploi qui te conviendra parfaitement, et où tu n'auras pas à sauter à travers des cerceaux enflammés parce que les autres manquent tant de confiance en elles qu'elles sont incapables de voir ce qui se trouve juste sous leurs yeux.

Elle se pencha en arrière pour lui sourire.

— Tu as du talent quand il s'agit de remonter le moral des troupes.

Avec audace, il baissa la tête et posa un baiser furtif sur ses lèvres. Comme elle ne se déroba pas, il estima qu'il venait de remporter une victoire.

— J'avais envie de dire quelque chose, du genre : je vais leur mettre une bonne raclée, mais je n'ai rien dit.

Elle pouffa et reposa la tête sur son épaule.

— Quand tu es arrivé aux urgences, ce soir-là, j'avais très peur qu'on te perde. Je sais que tu n'étais pas blessé très gravement, mais j'ai eu le sentiment, soudain, que le monde allait perdre un type extraordinaire. Un type inaccessible, dont je devais rester éloignée.

— J'ai eu beaucoup de chance que tu sois mon infirmière.

Il avait eu beaucoup de chance à de nombreux égards. Notamment, que le pick-up qui l'avait percuté l'ait fait à vitesse réduite. La police n'avait toujours pas de piste, mais personne ne semblait craindre qu'Owen soit agressé à nouveau. C'était un accident étrange, comme il s'en produisait parfois tard dans la nuit, sur les parkings des bars.

— Je ne sais pas quoi faire, répéta-t-elle.

— Tu n'es là que depuis quelques heures, Liz. Tu n'as pas besoin de plan pour l'instant.

— Dixit l'homme qui jongle avec quatre projets en même

temps et qui a probablement déjà dressé une liste pour le bébé.

Il se mordit la lèvre.

— Deux.

Elle recula, les yeux écarquillés.

— Nous n'allons *pas* avoir de jumeaux.

Il secoua la tête en riant.

— Je voulais dire que j'avais deux listes, jusqu'à présent. Mais je vais les jeter si tu préfères travailler sur une nouvelle liste à partir de zéro avec moi.

Il marchait sur des œufs, en cet instant précis, mais c'était elle qui portait le bébé, alors il ne devait pas le négliger.

Elle avala sa salive avant de lui serrer la main.

— Je ne connais pas les réponses, Owen. Je ne sais pas si je suis prête, mais... mais j'aimerais jeter un œil à tes listes.

Des larmes roulèrent sur ses joues et il se pencha pour les essuyer.

— Je déteste pleurer, et avec toi, on dirait que je ne fais que ça.

Il secoua la tête et embrassa la traînée humide sur ses joues.

— Tu ne fais pas que ça.

Il se retenait de brandir les poings en l'air en signe de victoire à l'idée qu'elle accepte de voir ses listes. C'était un progrès, et bien plus important qu'elle ne le pensait.

— Peut-être.

— Que dois-je faire maintenant, Liz ? Nous avons le temps de nous occuper de tout le reste, mais pour l'heure, fais-moi savoir ce dont tu as besoin.

Elle lui adressa un clin d'œil, sa force immuable toujours bien présente dans ses yeux.

— Tu me fais un câlin ? J'ai seulement besoin que tu me prennes dans tes bras.

Le cœur battant, il ouvrit les bras. Elle se glissa sur ses genoux et il l'étreignit, son corps si frêle comparé au sien.

— Toujours, Liz. Je te prendrai *toujours* dans mes bras.

C'est le premier pas, pensa-t-il. Et c'était un pas bien plus grand qu'il ne l'aurait cru pour ce soir. Il lui ferait un câlin, et quand elle serait prête, ils passeraient à l'étape suivante, ensemble. Parce qu'Owen devait y croire, il devait croire aux prochaines étapes. C'était la seule façon pour lui d'y arriver. La femme dans ses bras était son avenir, il devait seulement le lui faire comprendre.

CHAPITRE TREIZE

— Pourquoi ai-je accepté ce dîner chez les Gallagher ? demanda Liz en tirant sur l'ourlet de son haut.

Elle avait décidé de porter un pantalon confortable et un joli pull plutôt qu'une robe, mais elle n'avait toujours pas l'impression que cela convenait.

— Parce que tu m'aimes bien, moi et ma famille, et que nous pouvons enfin nous réunir pour un dîner commun à l'occasion de l'anniversaire de Rowan.

Owen passa les bras autour d'elle alors qu'ils se tenaient sur le porche de Graham avant d'entrer. Il se pencha pour l'embrasser tendrement et elle se fondit en lui, trop éperdue pour s'inquiéter de tomber amoureuse. C'était *Owen*, ni plus ni moins, et il n'y avait rien de plus agréable que ses bras autour d'elle.

— Tu es sûr qu'il ne fallait pas apporter un cadeau ? Ou quelque chose pour le repas ?

Elle avait horreur d'arriver les mains vides. Et comme elle n'avait plus de travail, elle avait eu toute la journée pour cuisiner en prévision de ce dîner prévu depuis des semaines, entre deux séances de béatitude.

Elle avait encore du mal à se faire à l'idée d'avoir été renvoyée, même si elle avait connu des montagnes russes émotionnelles toute la journée. Après tout, cela ne faisait que vingt-quatre heures. Elle n'était pas sûre d'avoir l'énergie nécessaire pour assister au dîner, après avoir vomi le matin même et encaissé les conséquences de son licenciement, mais Owen et elle avaient décidé de rejoindre la famille, maintenant qu'ils savaient pour le bébé. Apparemment, tout le monde était au courant qu'il l'avait mise en cloque et ils n'avaient pas encore pris de décision à ce sujet. Cette idée l'aurait gênée, autrefois, mais elle était un peu jalouse qu'il ait des gens vers qui se tourner quand il ne pouvait pas réfléchir par lui-même et qu'il avait besoin de soutien.

Elle se rappela qu'elle avait Tessa. Sa meilleure amie était tout pour elle depuis des années et elle ferait bien de s'en souvenir. Elle n'avait peut-être pas de famille sur laquelle compter, ni d'autres amis proches, mais elle avait Tessa.

Et si elle osait y croire, elle aurait aussi Owen.

Une étape à la fois, Liz. Juste un pas à la fois.

Owen lui donna une petite pichenette sur le nez, la ramenant de sa spirale de pensées.

— Tu as déjà changé d'avis ?

— Non, non, j'ai juste une bonne crise de panique.

Elle se pencha en avant pour appuyer son front sur son épaule et il l'attira à lui.

— On y reviendra après le dîner, si tu veux. Mais d'abord, pour répondre à ta question, non, il ne fallait rien apporter. Blake et Graham ont tout prévu et n'avaient besoin de rien, cette fois-ci. Parfois, chacun participe, d'autres fois, on se plie aux consignes. Tout dépend. Et j'ai déjà offert un cadeau à Rowan pour son anniversaire.

Liz lui sourit.

— Cet agenda rose et or, c'est ça ?

Mon Dieu, ça lui ressemblait tellement d'offrir à une petite fille de quoi organiser ses journées.

Il lui fit un clin d'œil.

— C'est le milieu de l'année, donc elle ne peut pas l'utiliser avant quelques mois, mais j'ai aussi des carnets et des stylos de couleur qui écrivent nettement, sans bavures. Il n'est jamais trop tôt pour apprendre à s'organiser.

Elle ricana et leva la tête pour pouvoir l'embrasser sur le menton.

— Tu es un crétin.

— Oui, mais *ton* crétin, répondit-il comme à son habitude.

— Vous allez continuer à vous embrasser sous le porche ou vous comptez entrer ? Venez vous embrasser dedans. Au moins, vous n'aurez pas froid.

Liz se tourna au son de la voix de Rowan et retint un sourire. Elle n'avait même pas entendu la porte s'ouvrir. Apparemment, elle était si concentrée sur Owen qu'elle n'y avait pas prêté attention.

Il prit le menton de Liz entre ses doigts et le tourna vers lui pour déposer un baiser sur ses lèvres.

— Et voilà, je l'ai embrassée. Bon, eh bien, je crois qu'on va entrer parce qu'une certaine nièce a besoin de câlins et de bisous.

Les yeux de Rowan s'arrondirent et elle gloussa avant de se retourner pour s'enfuir dans l'autre sens.

Owen regarda par-dessus son épaule et fit un clin d'œil à Liz.

— Si tu veux bien m'excuser, j'ai une petite fille à attraper.

Il s'empressa de suivre Rowan, lâchant des grognements menaçants tandis que la fillette déguerpissait en riant.

— C'est bon de la voir rire comme ça, dit alors Graham en tendant la main. Entre, Liz, je vais prendre ton manteau.

Elle lui serra la main, les sourcils froncés.

— Qu'est-ce que tu veux dire ? Concernant les rires ?

Il suspendit son manteau avant de mettre les mains dans les poches de son jean.

— Biologiquement, Rowan n'est pas ma fille. Tu le sais, n'est-ce pas ?

Elle hocha la tête.

— Owen m'a dit que c'était la fille de Blake, d'une relation précédente, mais que tu l'avais adoptée récemment.

Ses yeux brillèrent de fierté à ces mots et elle sut que chaque enfant de cette famille était aimé et pris en charge par ces grands hommes costauds et ces femmes fortes. Elle avait envie de poser la main sur son ventre, se demandant comment serait son enfant dans cette famille... seraient-ils capables de pallier ses manquements ?

— Les parents de son père biologique n'étaient pas contents que Blake l'élève et ils ont essayé de nous la prendre, à un moment donné. C'est une histoire compliquée, mais disons qu'ils ont enfreint quelques lois et que ça nous a fait peur.

Liz écarquilla les yeux en regardant Rowan, suspendue par les pieds dans les bras d'Owen, tandis que Murphy la chatouillait, provoquant son rire hystérique.

— Je n'en savais rien.

— Comme la plupart des gens, et nous ne tenons pas à ce que ça s'ébruite. Rowan mérite une enfance normale à partir de maintenant et c'est ce que nous allons faire pour elle. Mais tu fais partie de la famille, alors il fallait que tu le saches. Owen te donnera plus de détails plus tard si tu le souhaites.

La famille. Il estimait qu'elle faisait partie de la famille ?

— Graham... je ne sais pas où nous allons, Owen et moi. C'est encore précaire en ce moment.

Il lui adressa un regard qui en disait long.

— Tu portes un Gallagher là-dedans, fit-il en désignant son ventre. Vous n'êtes peut-être pas mariés, et tu peux décider de commettre une erreur en rompant avec mon frère, mais tu seras toujours liée à nous par cet enfant. Enfin, je ne vais pas te dire quoi faire...

— C'est un peu ce que tu fais, l'interrompit-elle à mi-voix. Mais continue.

Graham ricana.

— Pas de doute, tu t'adapteras parfaitement à Blake et Maya. Mais ce que j'allais dire, c'est : fais ce que tu dois faire pour toi, je comprends. Si tu ne l'aimes pas, alors très bien. Ne reste pas en couple avec lui. Ne lui fais pas de mal en essayant d'être ce que tu n'es pas. Cela dit, je ne pense pas que ce soit le cas. Je pense seulement que tu as peur. Crois-moi, j'en sais quelque chose, j'ai failli laisser la meilleure occasion de ma vie me filer entre les mains parce que j'avais trop peur pour y faire face, alors prends un peu de temps et réfléchis à ce que tu veux vraiment.

Liz dévisagea le frère d'Owen. Il avait une barbe plus fournie que lui, plus de tatouages. Elle essaya de se demander où il voulait en venir.

— Tu veux que je reste loin d'Owen ? Ou que je m'en rapproche ? Parce que je ne sais pas exactement dans quelle direction tu veux que j'aille en ce moment.

— Je veux que tu sois heureuse. Comme je souhaite le bonheur de mon frère.

Graham haussa les épaules.

— Enfin, ce que je veux n'a aucune importance. Vous êtes des adultes et vous allez faire ce qu'il y a de mieux pour vous deux et pour la vie que tu portes. Sache seulement que si tu décides d'aimer Owen, tu gagneras aussi une famille. Et si tu lui tournes le dos, eh bien... nous serons toujours connectés, tu vas devoir t'habituer à nous.

Honnêtement, elle ne savait pas quoi dire. Elle n'avait jamais été dans une relation sérieuse auparavant, et même si elle avait essayé de résister, c'était du solide entre Owen et elle. C'était déjà le cas avant même qu'elle découvre sa grossesse. Si elle voulait garder la tête droite et faire son possible pour leur enfant, elle devait déterminer ce qu'elle voulait. Si elle ne le faisait pas rapidement, elle avait peur de tout ficher en l'air, exactement comme elle avait essayé de l'éviter pendant des années.

— Tout va bien ici ? demanda Owen en s'avançant.

Il passa le bras autour de la taille de Liz, l'attirant à côté de lui.

Graham croisa son regard et elle sut qu'elle devait prendre la parole.

— Tout va bien, dit-elle avec franchise.

Il n'avait rien fait d'autre que de lui annoncer qu'elle serait accueillie à bras ouverts si elle le souhaitait. Il lui avait aussi demandé de ne pas faire de mal à son petit frère, et c'était ce qu'elle essayait d'éviter de tout son cœur, elle aussi.

Owen fusilla Graham du regard et elle se retourna dans ses bras pour l'embrasser dans le cou.

— Vraiment, Owen, tout va bien. Il est un peu ronchon, c'est tout. Mais je crois que c'est sa façon de s'exprimer.

Blake arriva sur ces entrefaites et elle ricana.

— Tu as bien raison. C'est un vrai Monsieur Ronchon, celui-là.

Graham tourna les yeux vers sa femme.

— Qu'est-ce que j'ai dit à propos de ce surnom ?

Elle cligna des paupières d'un air faussement innocent.

— Que tu adorais ça. Parce que sinon, je ne ferais pas ce truc spécial que tu aimes tant.

Elle avait murmuré cette dernière partie, car Rowan était dans la pièce, mais la petite fille était trop occupée à se bagarrer au sol avec Jake et Border. Ces types adoraient leur nièce et Liz savait que, quoi qu'il advienne, l'enfant qui était en elle serait aimé et choyé tout autant.

C'était important à ses yeux.

Graham se retira avec sa femme tandis qu'Owen entraînait la sienne à l'écart pour prendre son visage entre ses mains.

— Tu es sûre que tout va bien ? demanda-t-il.

— Oui, répondit-elle avec douceur. Tout va vraiment très bien. Il t'aime, tu sais. Il t'aime si fort. Comme tout le monde ici. Tu n'as pas idée de la chance que tu as.

Elle ravala la boule d'émotion dans sa gorge, consciente qu'ils avaient un public.

— Si, Lizzie. Je sais parfaitement la chance que j'ai. Je t'ai, toi.

— Oh, frangin, je ne savais pas que tu pouvais être si romantique, s'exclama Murphy en passant les bras autour de Liz, lui arrachant un cri de surprise.

— Lâche-moi ! cria-t-elle en riant, mais il n'en faisait qu'à sa tête.

— Je n'ai pas eu l'occasion de te saluer, protesta-t-il.

— Alors, tu me secoues comme un sac de patates ?

— Avec délicatesse, bien sûr.

Il lui fit un clin d'œil et elle n'y tint plus, laissant libre cours à son rire.

Cette famille ne cessait de créer de nouveaux liens avec elle. On aurait dit qu'ils savaient que s'ils ne trouvaient pas un moyen de la garder auprès d'eux, elle s'enfuirait. Du moins, c'était comme ça qu'elle avait toujours fonctionné par le passé. Mais maintenant... elle n'en était plus si sûre.

Peut-être, seulement peut-être, avait-elle une chance d'être heureuse.

Le temps que la fête se termine et que Liz et Owen rentrent chez eux, Liz était épuisée et avait besoin de faire un somme. Owen conduisait et elle se laissa aller contre l'appuie-tête, à demi assoupie.

Il avait une main sur la sienne et l'autre sur le volant pendant qu'elle somnolait.

— Tu te sens bien ? demanda-t-il alors qu'ils étaient presque arrivés dans leur rue.

Elle ouvrit paresseusement les yeux.

— Oui, ça va. Heureusement, je n'ai pas le mal des transports en ce moment, même si cela peut arriver pendant le premier trimestre.

Owen hocha la tête.

— J'ai lu ça quelque part.

Elle sourit.

— Tu te renseignes déjà ?

— Comme tu es infirmière, répondit-il avec un sourire assorti au sien, tu as une longueur d'avance, alors je me suis dit que je ferais mieux de rattraper mon retard.

— Je ne sais pas tout sur l'accouchement et la grossesse, tu sais. Nous n'avons pas autant de naissances aux urgences que la télévision veut le laisser croire.

— Alors, nous apprendrons ensemble, dit-il simplement.

Elle expira en le regardant, émerveillée qu'il soit si calme alors qu'elle était plus nerveuse que jamais.

— Oui, nous pouvons apprendre ensemble.

Elle avait envie de saisir cette chance. Owen en valait la

peine, et même plus que cela. Elle lui confierait sa vie. Peut-être un jour pourrait-elle avoir confiance en elle, grâce à lui.

Lorsqu'ils s'arrêtèrent dans son allée, son téléphone vibra et il fronça les sourcils.

— Attends, je vais répondre sur le portable plutôt qu'en Bluetooth.

Elle hocha la tête et resta sagement assise, contente de ne pas avoir à sortir tout de suite du véhicule.

— Oh, merde, s'exclama-t-il. Tu vas bien ? Non, j'ai compris. Je viens te chercher et je te ramène chez toi. Non, non, ne t'embête pas à appeler un taxi. Tu es l'un des nôtres. Oui, d'accord. J'arrive.

Owen raccrocha, la mine fermée.

— Qu'est-ce qui ne va pas ? demande-t-elle. Quelqu'un est blessé ?

Il secoua la tête.

— Un des nouveaux gars du chantier a fait une intoxication alimentaire et il est allé aux urgences. Pas celles où tu travailles, mais l'hôpital près de chez lui. Sa famille est en voyage scolaire et il n'a personne d'autre pour venir le chercher puisqu'ils viennent d'emménager dans le coin.

— Et ils refusent de le laisser partir sans que quelqu'un veille sur lui, conclut-elle avec un signe de tête. Ce devait être un cas assez grave, mais pas assez pour justifier l'admission.

— Si tu le dis.

Il s'autorisa à souffler.

— Je pourrais appeler quelqu'un d'autre, mais je ne vois pas qui serait disponible en ce moment.

— Ça ne fait rien, tu sais. Va t'occuper de lui. Moi, je vais prendre un bain avant d'aller me coucher, de toute façon. Je dois commencer à faire des projets sur mon avenir professionnel dès demain, et pour ça, je tiens à avoir passé une bonne nuit de sommeil.

Owen se retourna et l'embrassa tendrement.

— Je regrette déjà de ne pas prendre mon bain avec toi.

Elle sourit.

— Tu pourras en prendre un autre avec moi demain, pour soulager le stress causé par les réflexions. Je sais que tu aimes faire des listes et des tableurs, et moi aussi, je dois dire, mais cette fois, c'est peut-être trop pour une journée.

— Tu m'appelleras si tu as besoin d'aide ? Ce soir ou demain ?

Elle l'embrassa avec ferveur sur les lèvres.

— Je n'y manquerai pas.

L'aisance avec laquelle elle lui avait répondu sans se sentir prise au piège lui prouvait qu'elle était prête à aller loin avec lui. Elle tombait un peu plus amoureuse chaque jour et elle savait que, bientôt, il n'y aurait plus de retour en arrière possible.

De toute manière, elle n'était plus très sûre de vouloir encore cette option.

Liz l'embrassa encore une fois avant de se diriger vers sa maison, l'esprit préoccupé par tout ce qu'elle devait faire le lendemain dans le cadre de ses recherches d'emploi. Elle s'était laissé aller à la rêverie pendant plus d'une journée et il était temps de faire des projets concrets pour son avenir. Sa relation avec Owen s'y trouvait mêlée, mais cela ne l'effrayait plus autant qu'avant.

Elle était sur le point d'aller prendre son bain quand on sonna à la porte. Elle fronça les sourcils en se demandant si c'était Owen. Ils n'avaient pas encore échangé leurs clés, car ils étaient toujours fourrés l'un chez l'autre – et pour être honnête, elle avait maintenu cette limite parce qu'elle avait encore un peu peur.

Mais lorsqu'elle ouvrit la porte, son estomac se noua. Évidemment, ce n'était pas Owen. Parce qu'autrement, sa vie aurait suivi le chemin qu'elle souhaitait, celui qu'elle avait commencé à créer.

À présent, elle avait l'impression d'être propulsée d'une falaise et elle se débattit pour se raccrocher au bord.

Il n'avait pas l'air très différent. C'était toujours l'homme qui avait quitté sa vie tant d'années auparavant alors qu'il tournait le dos à la femme qui la haïssait à tel point qu'elle avait essayé de la battre à mort à d'innombrables reprises. Ses cheveux étaient grisonnants, à présent, mais pas tant que ça. Il avait pris quelques kilos au niveau de la taille, pourtant il conservait la même stature. Il avait toujours ces mêmes yeux, qui ne l'avaient jamais vue comme elle était vraiment, et ce même sourire qui lui donnait la chair de poule parce qu'il se fichait de tout.

— Qu'est-ce que tu fais ici ? demanda-t-elle d'une voix éraillée. Comment as-tu trouvé où j'habite ?

— C'est une façon de saluer ton papa ? demanda l'homme qui n'avait jamais pris la peine de l'élever.

— Va-t'en. Ça ne t'a jamais posé problème de partir, alors refais-le.

Ses paumes devinrent moites et elle sentit son estomac se soulever.

— Attends, Elizabeth. S'il te plaît, écoute-moi. Je suis ici pour faire amende honorable.

— Tu arrives vingt ans trop tard. Maintenant, sors de chez moi avant que j'appelle les flics.

— Tu ne ferais pas ça.

Il parut s'en alarmer, mais ça ne lui faisait ni chaud ni froid.

— Si, je n'hésiterai pas. J'appellerai les flics comme tu aurais dû le faire il y a vingt ans. Maintenant, fous le camp de ma vie. Tu étais aussi mauvais qu'elle, tu sais. Tu ne m'as peut-être pas frappée, mais tu l'as laissé faire. Et je ne veux pas d'un agresseur dans ma vie.

— Je ne suis *pas* comme elle.

— Regarde dans le miroir et tu verras le géniteur négligent que tu es. Je ne suis plus la petite fille d'autrefois, qui te regardait en croyant que tu pouvais me sauver. Tu n'es rien. Maintenant, va-t'en.

À ces mots, elle lui claqua la porte au nez, les mains tremblantes. Il avait tout remué, tout ce qui pouvait détruire son âme, sa vie, son avenir. La bile lui remonta dans la gorge et elle plaqua une main sur son ventre, sur la vie qui grandissait à l'intérieur.

Elle ne pouvait pas devenir comme sa mère.

C'était impossible.

Et elle ne pouvait pas devenir comme son père... ni laisser Owen se transformer, lui aussi.

Elle ferma les yeux et s'effondra sur le sol, saisie de frissons. Elle n'avait aucune idée de ce qu'elle allait faire, mais elle ne pouvait pas y penser maintenant. *Demain.* Demain, elle irait trouver Owen et elle lui dirait ce qui s'était passé. Le simple fait qu'elle envisage d'aller voir Owen pour cela lui indiquait une chose.

Elle était amoureuse de lui.

Il ne lui restait plus qu'à trouver une solution.

———

— Merci, monsieur l'agent, dit Owen au téléphone. Faites-moi savoir si vous avez besoin d'autre chose.

Après avoir raccroché, il resta là, à fixer ses mains du regard. Il était toujours sous le choc de ce que l'officier venait de lui dire, mais le poids qu'on lui ôtait de la poitrine aurait dû lui suffire.

— Tu vas bien ? demanda Murphy en entrant dans le bureau. Tu es tout pâle, vieux.

— C'était l'agent de police qui s'occupait de mon affaire. Apparemment, ils ont trouvé le pick-up qui m'a renversé.

Et qui l'avait pratiquement laissé pour mort.

Les yeux de Murphy s'arrondirent.

— Sans déconner ?

— Sans déconner. Apparemment, c'était un des gars bourrés du bar. Ceux qui étaient avec Tessa. Ceux à qui j'ai dit d'aller se faire foutre. Il prétend que c'était un accident parce qu'il conduisait en état d'ivresse et pas parce qu'il voulait me tuer, mais quand même. C'est quoi, ce bordel ?

Murphy secoua la tête.

— J'espère qu'il va prendre cher pour ça. Il aurait pu te tuer. C'était moins une.

— Je ne sais pas ce qui va se passer ni même s'il y aura un procès. Je suppose que la police me tiendra au courant. Enfin, c'est mieux de le savoir, non ? Au moins, ce n'est plus un danger public qui traîne dans les rues.

— Honnêtement, j'aurais préféré qu'on ne croise jamais son chemin.

— Oui, tu as raison.

Owen s'adossa dans sa chaise et passa une main sur son visage.

— Ces deux derniers mois ont été tellement mouvementés.

— J'allais le dire, ajouta Murphy. Je te proposerais bien d'aller boire un verre ce soir pour fêter ça, mais ça paraîtrait déplacé, vu les circonstances.

Il ricana.

— Oui. Peut-être une pizza, à la rigueur. Mais pas ce soir. J'ai promis à Liz que je l'aiderais avec ses projets.

Murphy hocha la tête en ramassant le carnet qu'il était

venu chercher.

— Et un de plus qui se passe la corde au cou.

Owen haussa les épaules.

— Tu n'as pas tort.

Son frère sourit.

— Je suis content. Sérieusement. Je plaisante sur tous les couples qui se forment, mais je suis heureux pour vous.

— Et toi, quand comptes-tu te caser ?

— Je dois d'abord vivre un peu, tu sais ?

Il y avait une certaine gravité dans les yeux de Murphy qui toucha Owen en plein cœur, mais il ne fit aucun commentaire. Ce n'était pas le moment, et de toute façon, son frère ne l'aurait pas écouté. Au lieu de ça, il acquiesça avant de regarder Murphy sortir du bureau, le laissant à ses pensées.

Il s'était démené pour remplir le planning après la perte de ce contrat juteux. Il s'en voulait encore que sa seule initiative personnelle ait échoué, mais ses frères lui avaient répété à maintes reprises que ce n'était pas sa faute. Quoi qu'il en soit, il s'efforçait de décrocher de nouvelles missions et de travailler le mieux possible.

La porte s'ouvrit à nouveau et il leva les yeux. Ses sourcils remontèrent sur son front lorsque Clive Roland en personne franchit le seuil.

— Owen, formidable. Je vous cherchais.

Il cligna des yeux avant de se redresser sur sa chaise, sans prendre la peine de se lever. Il n'avait aucune idée de la raison de la présence de cet homme, après qu'il les eut plantés pour une autre entreprise sans état d'âme, et il avait un mauvais pressentiment en le voyant.

— Que puis-je pour vous, Clive ?

L'homme plus âgé se frotta les mains en regardant dans le bureau d'Owen. Il était sur le chantier aujourd'hui, dans une caravane aménagée plutôt que dans son grand bureau au siège de l'entreprise. Ce n'était pas spécialement sophistiqué, puisqu'ils ne rencontraient jamais leurs clients ici, et d'après le regard de Clive, il n'était guère impressionné.

Tant pis.

Owen avait fait son possible pour faire pencher la balance de son côté, et le conseil d'administration avait finalement opté pour une main-d'œuvre moins chère. Ce n'était plus son problème.

— Eh bien, voyez-vous, le groupe Roland rencontre quelques problèmes et pourrait bien avoir besoin de votre aide.

Owen hocha la tête en faisant signe à l'homme de continuer. Il n'était pas étonné d'apprendre qu'ils se retrouvaient dans une impasse, mais il ne comprenait pas ce qu'il venait faire ici, à lui demander son aide.

— La société que nous avons engagée revient sur des promesses qui n'étaient pas prévues dans le contrat et le conseil municipal n'est pas satisfait des changements à venir. En fait, ils ne sont *vraiment* pas contents. De plus, il semblerait que ces hommes fassent l'objet d'une enquête pour malversation sur un projet précédent, et... enfin, inutile de vous dire que le groupe a besoin de votre aide.

Owen secoua la tête.

— Je ne sais pas quoi vous dire, Clive. Vous nous avez refusés et nous avons déjà commencé à remplir le planning que nous vous avions consacré.

— Nous aurions de quoi vous inciter à nous donner la priorité.

Cet homme était un sacré numéro. Owen venait juste de réaliser la chance qu'ils avaient de *ne pas* avoir décroché cette mission. Si sur le papier le groupe Roland était ce qui se faisait de mieux, il voyait bien qu'ils étaient arrivés au sommet par des moyens retors dont ils s'étaient bien gardés de faire la publicité. Ses frères auraient dû être là pour l'aider à prendre cette décision, mais Owen savait quelle devait être sa réponse. Ils lui avaient déjà accordé leur confiance et il allait s'en montrer digne.

— C'est impossible.

— Au moins, pensez-y.

— Clive…

— Que se passe-t-il ? demanda soudain Liz depuis la porte d'entrée.

Owen se leva.

— Liz ?

— Il n'y a pas de Liz qui tienne, s'écria-t-elle. Que fais-tu ici, Clive ?

Owen fronça les sourcils en s'avançant.

— Tu le connais ?

— Comme si tu ne le savais pas, rétorqua-t-elle avec mépris.

— Je t'ai demandé de m'appeler papa, pas Clive, dit alors le vieil homme d'une voix chevrotante.

Owen se figea à ces mots.

Elle lui avait dit que son père avait un nom de famille différent du sien, mais jamais Owen n'aurait imaginé que Clive Roland puisse être le père de Liz. Maintenant qu'il les regardait, il se rendait compte qu'ils avaient les mêmes yeux. Il déglutit péniblement, essayant de retrouver une contenance, mais la trahison sur le visage de Liz le transperçait jusqu'à la moelle.

Ils avaient fait tant de progrès ensemble, or en cet instant, il sut que s'il ne disait pas exactement ce qu'il fallait, s'il ne *faisait* pas ce qu'il fallait, il la perdrait à tout jamais.

— Je ne savais pas, fit-il.

— Comment veux-tu que je te croie ? demanda-t-elle, les yeux écarquillés. Comment ?

CHAPITRE QUATORZE

Le cœur de Liz se mit à cogner dans ses oreilles et elle fit de son mieux pour ne pas crier, pour ne pas s'enfuir. Elle n'arrivait pas à y croire.

— Chérie, ne crie pas sur ce jeune homme.

Les paroles de son père étaient d'une condescendance écœurante et elle eut envie de le secouer. C'était un homme creux qui l'avait ignorée pendant la plus grande partie de son enfance, mais les rares fois où il lui parlait, c'était toujours avec cette voix.

Elle jeta un œil vers Clive.

— Qu'est-ce que je t'ai dit ? Ne t'approche pas de moi.

— Vous devez vous en aller, Clive.

La voix d'Owen était basse, déterminée, comme s'il avait conscience que tout était en équilibre sur le fil du rasoir. Elle était là, avec lui, et pourtant elle ne savait pas ce qui allait sortir de sa bouche la seconde d'après.

— Nous n'avions pas fini de parler affaires, protesta Clive en passant une main dans ses cheveux, son regard alternant entre eux. Comment connaissez-vous Liz ?

— Ça ne vous regarde pas, grommela Owen. Nous en avons fini avec le groupe Roland et avec vous. Dehors.

Son père, même si elle hésitait à lui donner ce nom, les regarda une dernière fois avant de sortir, la tête basse. Honnêtement, elle se fichait éperdument de lui, en cet instant. Depuis la veille, elle avait décidé de le chasser définitivement de son esprit. Elle voulait penser à l'avenir, s'assurer qu'elle ne risquait pas tout en tombant amoureuse d'Owen, et voilà qu'une fois de plus, l'univers la frappait au visage avec ses mensonges.

— Liz, parle-moi, dit Owen au bout d'un moment, d'une voix trop calme, trop mesurée, comme s'il avait peur de faire un faux pas et de l'effaroucher.

Trop tard, elle était déjà effrayée.

— Tu le savais ? demanda-t-elle d'une voix atone.

Elle était incapable de rencontrer son regard.

— Si je savais que cet homme était le salaud qui t'a fait du mal ? Bien sûr que non. Je n'en avais aucune idée. Il avait un nom de famille différent. Tu m'avais dit que ta mère avait repris son nom de jeune fille après son départ, mais il ne m'est jamais venu à l'esprit qu'il puisse s'agir de lui. Jamais de la vie.

Elle se tourna vers lui, le corps engourdi.

— Pas une seule fois ?

— Non. Je t'ai même parlé de ce type. C'est le client qui nous a laissé tomber.

Elle fronça les sourcils.

— Alors, que faisait-il ici ?

Owen passa la main dans ses cheveux, perplexe.

— Il a dit qu'il avait fait une erreur et qu'il voulait nous engager.

Le sol sous ses pieds était instable et elle tendit la main vers la chaise à côté d'elle pour ne pas perdre l'équilibre. Elle ne pouvait pas supporter l'idée que cet homme travaille avec Owen et la famille qui l'avait accueillie à bras ouverts. Même si cela ne répondait à aucune logique. C'était l'enfant effrayé en elle, celle que personne n'avait jamais écoutée, la fillette blessée. C'était cette voix qui lui faisait monter les larmes aux yeux et qui empêchait son cerveau de fonctionner correctement.

— Vous allez travailler avec lui ?

Owen avança, mais elle recula d'un pas. Une fois de plus, elle perçut son regard blessé et elle s'en voulut atrocement. Elle détestait tout, à ce moment-là, et elle ne savait pas quoi faire.

— Tu viens de m'entendre dire que nous n'avions plus rien à voir avec lui.

— Alors, vous allez passer à côté du contrat de votre vie à cause de moi ?

Parce qu'elle n'était pas certaine de ce qu'elle ressentirait, le cas échéant. Il lui en voudrait forcément plus tard, et c'était ainsi que la haine se répandrait, que leur couple se disloquerait à petit feu.

— Certainement pas. J'avais déjà dit non, mais il n'a rien voulu entendre. C'est un connard qui mérite d'être mis plus bas que terre pour ce qu'il t'a fait. Il vient d'enfoncer le clou dans son cercueil.

Il se rapprocha, et cette fois, elle ne se déroba pas. Il prit son visage entre ses mains, mais elle ne se laissa pas aller contre lui.

— Je t'aime, Lizzie. Je refuse que cet homme et tout ce qu'il a fait nous causent du tort.

Elle cligna des yeux et ses larmes coulèrent enfin. Toutes les émotions qu'elle avait enfouies depuis longtemps remontaient à la surface et elle n'arrivait pas à reprendre son souffle.

— Et s'il était trop tard ?

— On ne peut pas le laisser faire. Il est parti, Lizzie. Il est parti pour de bon.

Il la suppliait, mais une petite partie de son être se rebellait encore, redoutant que les choses tournent mal et que tout le monde soit encore plus blessé en cours de route. Le fait que son père soit venu ici devait être un signe, et c'était un signe auquel elle devait prêter attention.

Seulement, elle ne pouvait pas réfléchir avec les mains d'Owen sur elle et elle ne pouvait pas se défaire des tracas et de la logique malsaine qui accompagnaient tout ce qu'ils avaient vécu jusqu'alors.

— J'étais venue ici pour te dire que j'avais reçu une offre d'emploi, déclara-t-elle. C'est à Cheyenne.

Il se raidit et ses mains se détachèrent de son visage.

— Cheyenne, ça fait un sacré trajet, Lizzie.

— Il faudrait que j'y vive, dit-elle d'une voix rauque. Mais ce serait un poste plus important que celui que j'occupais, avec un meilleur salaire et de meilleurs horaires.

— Et tu l'accepterais ? Comme ça ?

Elle lui faisait du mal, c'était plus fort qu'elle. Elle n'avait aucune intention d'accepter ce poste, bien sûr, mais elle ne le lui dit pas. Elle n'arrêtait pas de parler d'avantages sociaux et de vanter les merveilles de cet emploi dont elle ne voulait pas. Parce que son père était venu ici et lui avait rappelé tout ce qu'elle risquait de devenir si elle tombait amoureuse d'Owen.

Cependant, elle savait qu'il était trop tard.

Elle l'aimait déjà.

Et maintenant, elle devait trouver un peu d'espace pour ne pas le briser à son tour.

— Je ne sais pas encore, mais je dois évaluer toutes mes options.

— *Je suis* ton option, Lizzie. Toi, moi et le bébé. Tu ne peux pas partir seulement parce que tu as peur.

— Je ne sais pas ce que je fais ! s'écria-t-elle en refermant les bras autour de sa propre taille. Depuis que je t'ai rencontré, tout ce que j'ai construit semble s'effondrer autour de moi. Je pensais être forte, indépendante, mais au lieu de ça, je continue à paniquer, à pleurer et à dire tout ce qu'il ne faut pas. Je n'aime pas cette personne, Owen. Je n'aime pas ce que je suis en train de devenir.

— C'est parce que tu résistes. Si tu te laissais aller, tu ne te détesterais pas.

Ses yeux l'imploraient, mais elle ne pouvait s'empêcher de penser qu'il la haïrait un jour pour ce qu'elle risquait faire si elle n'était pas prudente.

Elle ne voulait pas s'en aller. Elle ne voulait pas *ne pas* l'aimer.

Mais elle était transie de peur.

— Je ne sais pas comment me laisser aller, chuchota-t-elle. Et je dois m'assurer de ne pas nuire à notre bébé en faisant les mauvais choix. Tu ne pourrais pas me laisser le temps de digérer tout ça ?

Owen posa les mains sur ses hanches et ses yeux sombres et empreints de douleur sondèrent son visage. Elle voulait lui tendre la main, mais elle avait peur de faire quelque chose de stupide. Elle avait toujours su que si elle tombait amoureuse d'un homme et s'autorisait à changer, elle deviendrait ce dont elle avait horreur. Or pour être avec Owen, elle devait en passer par là. Elle croyait être en bonne voie, mais le retour inattendu de son père rendait soudain les choses plus difficiles.

— Je t'aime, Lizzie. De tout mon cœur. Je te laisse le temps de réfléchir, mais je n'irai nulle part. Tu sais ce que je ressens, ce que je veux. Pourtant je ne peux pas te forcer à m'aimer. Je ne peux pas te forcer à rester.

Elle tendit la main vers lui, mais la laissa aussitôt retomber.

Elle ne pouvait pas le toucher et réfléchir en même temps, le toucher et se rappeler pourquoi elle résistait encore.

Alors, elle lui tourna le dos et s'en alla, sachant qu'elle prenait probablement la pire décision de sa vie. C'était pour Owen. Et elle savait que c'était un mensonge. Mais si elle partait maintenant, elle pourrait réfléchir et s'assurer de ne pas lui faire de mal par la suite.

Ses joues étaient baignées de larmes alors qu'elle courait vers sa voiture, ignorant les cris de Graham et Murphy qui l'appelaient. Elle ne pouvait pas les affronter. Pas avec ce qu'elle venait de faire.

Au lieu de quoi, elle rentra chez elle, son attention exclusivement portée sur la route et rien d'autre. Elle ne pouvait pas formuler de pensées au-delà des voix dans sa tête qui lui hurlaient de faire demi-tour. Le temps qu'elle s'arrête dans son allée et qu'elle franchisse la porte d'entrée, elle savait qu'elle avait commis une terrible erreur.

Elle n'était *pas* sa mère.

Elle n'était *pas* son père.

Ils s'étaient abîmés mutuellement en même temps qu'ils l'avaient abîmée, elle, mais elle n'était pas comme eux. Elle ne voulait pas de ce foutu poste à Cheyenne et elle savait qu'une carte de visite l'attendait sur sa commode. Il lui faudrait changer sa façon de travailler depuis des années pour y arriver, mais elle en était capable. Tout comme elle avait commencé à changer sa vision de la vie en général. Elle n'aurait pas dû quitter Owen. Elle devenait complètement folle. Bien sûr, il ne le savait pas, mais elle cherchait juste une excuse pour tout gâcher, comme toujours. Elle avait fait la seule chose qu'elle avait promis de ne pas faire : le blesser.

Elle devait aller le trouver. Elle devait y retourner.

Posant sa main sur son ventre, elle prit une profonde inspiration. Elle devait faire ce qu'elle avait juré de ne jamais faire et admettre qu'elle était tombée follement amoureuse d'Owen Gallagher, accepter de prendre le risque de sa vie.

Une fois sa décision prise, elle laissa échapper un souffle frissonnant. Elle avait pris peur et avait réagi de manière impulsive, ce qui n'était pas dans ses habitudes, du moins jusqu'à ce qu'elle soit soufflée par sa première rencontre avec Owen. Il avait raison. Si elle ne résistait pas, elle n'aurait pas réagi comme elle l'avait fait si souvent maintenant.

Une fois qu'elle lui aurait avoué son amour, qu'elle le voulait dans sa vie et qu'elle lui faisait confiance, elle cesserait peut-être de se transformer en une personne qu'elle reconnaissait à peine.

En tout cas, elle l'espérait.

Alors qu'elle se retournait pour récupérer les clés qui étaient tombées par terre sans qu'elle s'en aperçoive, la sonnette retentit. Elle resta pétrifiée. Avant qu'elle ait le temps de regarder par le judas, une voix grave se fit entendre de l'autre côté de la porte.

— Ouvre cette foutue porte, Lizzie. Nous n'avons pas fini, tous les deux.

Non, en effet. Loin de là.

Avec une grande inspiration, elle prit son destin en main et ouvrit.

———

Liz se tenait devant lui lorsqu'elle ouvrit la porte, le visage livide, les joues maculées de larmes, mais au moins, elle avait ouvert. Cela devait bien signifier quelque chose.

— Owen.

— Tu vas me laisser entrer ou veux-tu que le reste du quartier entende ce que j'ai à dire ?

Il était tellement en colère, en cet instant, qu'il ne pouvait pas réfléchir correctement. Il savait que ce n'était pas entièrement sa faute. La vie ne cessait de lui mettre des bâtons dans les roues, mais il était hors de question qu'il laisse les embûches les empêcher d'obtenir ce qu'ils méritaient.

Liz était la meilleure chose qui lui soit jamais arrivée et elle devait le savoir.

Bon sang, il espérait qu'il était aussi la meilleure chose qui lui soit arrivée, à elle.

Elle s'empressa de s'écarter et il entra, ravi qu'elle referme la porte derrière lui.

— Je n'aurais pas dû te laisser partir comme ça, commença-t-il. Tu étais bouleversée, et pourtant je t'ai laissé monter dans ta voiture et partir. Qui sait ce qui aurait pu se passer ? Enfin, c'est vrai, ils ont arrêté le type qui m'a renversé, mais les fous du volant ne manquent pas.

Elle écarquilla les yeux et fit un pas vers lui.

— Ils l'ont trouvé ?

Il avait presque oublié. On aurait dit que ça faisait une éternité qu'il avait appris la nouvelle, pas une heure seulement.

— Oui. C'était un des gars du bar qui avait trop bu. Il n'a même pas réalisé qu'il m'avait renversé, c'est te dire comme il était bourré.

Elle expira.

— Je suis contente qu'ils l'aient attrapé, mais j'ai quand

même envie de lui donner un coup de pied dans les couilles pour ce qu'il t'a fait.

Il partit d'un petit rire.

— Oui, moi aussi.

Après quoi, il prit le temps de respirer en passant les mains dans ses cheveux. Il n'avait jamais fait ce geste aussi souvent qu'aujourd'hui, mais Liz le stressait en permanence et il commençait à avoir des tics nerveux.

— J'ai été prudente sur la route, lui dit-elle. Je suis restée attentive et je me serais arrêtée si je n'avais pas pu le supporter. J'ai été bête, mais pas téméraire avec ma vie ou celle de notre enfant. Je te le promets.

Il ferma les yeux, essayant de se calmer.

— Tu n'es pas bête, Liz.

— Si, un peu. Je m'enfuis toujours quand j'ai peur, et ça ne fait que nous blesser tous les deux.

Ses yeux s'arrondirent au fur et à mesure qu'il comprenait le sens de ses paroles.

— Qu'est-ce que tu dis ?

Elle s'avança et posa les mains sur son torse.

— Je n'aurais pas dû partir comme ça.

— C'est vrai, dit-il en prenant son visage dans ses mains. Tu es tout pour moi. Toi et le bébé. Je peux me permettre d'ajouter que je suis fou de nervosité à l'idée d'avoir un bébé ? Bon sang, je n'arrive toujours pas à y croire, mais je sais qu'on peut y arriver, parce qu'on va le faire ensemble.

Elle pinça les lèvres en clignant des paupières.

— Ça me semble irréel. On n'arrête pas de dire ce mot et pourtant...

— Je sais, Lizzie. Je sais. Tout est allé si vite depuis qu'on a commencé, et on s'habitue à peine à la notion d'un nous deux. Mais Liz ? Je ne te laisserai pas t'enfuir à nouveau. Je ne te lâcherai pas. Tu ne fuis que parce que tu as peur, pas parce que tu ne veux pas être près de moi.

Il ajouta avec une grimace :

— Bon, d'accord, on dirait du harcèlement, dit comme ça, mais j'essaie d'être romantique. La limite est subtile.

Elle haussa un sourcil.

— Pas si subtile que tu le penses, mais je vois ce que tu veux dire.

Elle rencontra son regard et ses épaules se soulevèrent, comme si elle était sur le point d'annoncer quelque chose qu'elle n'était pas sûre d'être prête à dire.

— Je t'aime, Owen.

Son cœur battait la chamade et il dut déployer tous ses efforts pour se retenir de réagir en l'attirant à lui. Il voulait goûter ses lèvres, sentir son corps contre le sien maintenant qu'ils s'étaient enfin dit la vérité sur leurs sentiments mutuels.

— C'est le cas depuis un certain temps, mais je ne le voyais pas. Ou peut-être que je ne voulais pas le voir. Chaque fois que j'avais l'impression d'y être, ou du moins assez près pour avoir confiance, il se passait autre chose. Entre la grossesse, mon travail, et puis mon père, c'était trop pour moi.

De son pouce, il effleura son menton.

— Mais tu as assuré.

— Pas très bien, fit-elle avec un ricanement.

Sur ce point, il ne pouvait pas la corriger.

— On gère tous les choses différemment. Bien sûr, tu étais accablée, mais je n'étais pas beaucoup mieux. J'ai commencé à faire des listes et à essayer de m'occuper de tout par moi-même, sans demander de l'aide. Ça m'a éloigné de tout le monde, y compris de toi, et je n'aurais pas dû.

— Je ne vais pas à Cheyenne, déclara-t-elle. Je n'ai jamais voulu y aller, mais j'avais besoin d'une échappatoire, alors quand tout est devenu trop difficile, j'ai abattu cette carte.

— C'est vrai, tu ne vas pas à Cheyenne ?

Il marqua une pause pour réfléchir.

— Bien sûr, Gallagher & Frères Rénovation pourrait toujours ouvrir une antenne là-bas, au cas où, dit-il en se frottant le menton. Ce n'est pas une mauvaise idée, d'ailleurs.

Elle leva les yeux au ciel et lui décocha un coup de poing.

— Arrête. Je n'y vais pas.

— Mais si c'était le cas, je partirais avec toi. Je t'aime, Liz. Tu es mon avenir, tu ne comprends pas ? Partout où tu iras, j'irai.

Des larmes lui emplirent les yeux et il craignit d'avoir dit quelque chose de mal jusqu'à ce qu'elle l'embrasse sur le torse.

— Je vais faire des erreurs, Owen. Des tas. Je vais faire quelque chose d'irréfléchi et de stupide quand je serai contrariée, même si j'essaie de rester juste. Je serai sans doute submergée par la recherche d'un nouvel emploi et la grossesse, sans parler de tous les enjeux de l'éducation d'un enfant. Je veux être avec toi, de tout cœur, mais je ne peux pas laisser Tessa toute seule dans cette maison que nous avons achetée, alors je vais stresser là-dessus et te stresser toi aussi, par ricochet. Je me répète, mais même si je t'aime, je traîne un lourd passé.

Owen l'enlaça. Il n'en revenait pas que tout ce dont il avait toujours rêvé se trouve dans ses bras à ce moment-là. Bon sang, il n'aurait jamais cru que cela puisse arriver, et pourtant, il y était.

Liz était *à lui*.

Enfin.

— Nous avons tous un passé, Lizzie.

Elle renifla et il poursuivit :

— Certains plus lourds que d'autres, bien sûr, mais personne ne fait exception. Il va falloir que tu supportes mes tendances à l'organisation obsessionnelle et mon besoin de tout planifier. Tous les jours.

— Ce n'est toujours pas pire que moi, murmura-t-elle contre sa poitrine.

— Ce n'est pas une compétition et je suis sûr que tu trouveras des choses qui t'agacent chez moi au fil du temps. Mais c'est ça, le truc, Lizzie, le *temps*. Je te veux à mes côtés et dans ma vie jusqu'à la fin. Je veux élever notre enfant ensemble et commettre des erreurs, en sachant que nous pourrons les réparer si nous essayons. Et si tu as peur, promets-moi de ne pas t'enfuir. Parce qu'alors, je te retiendrai prisonnière avec des trombones et des pinces s'il le faut. J'en ai plein mon bureau.

Elle le regarda, perplexe, avant de rire à gorge déployée.

— Tu es vraiment un crétin, Owen Gallagher.

Il retrouva son sérieux avant de poser un tendre baiser sur ses lèvres douces.

— Je suis *ton* crétin, Lizzie. Il te suffit de rester auprès de moi.

Elle le regarda dans les yeux et ils expirèrent en même temps.

— Je vais rester. Tant que tu seras là pour moi, je resterai.

Le cœur d'Owen menaçait d'exploser lorsqu'il reprit possession de sa bouche dans un baiser enflammé. Il avait trouvé sa femme, celle qui le mettrait à l'épreuve et le soutiendrait jusqu'à la fin de ses jours, et bientôt, il aurait une nouvelle vie à élever, à qui enseigner comment planifier les choses quand tout devient trop compliqué.

Et s'il n'arrivait pas à tout supporter, il savait qu'il ne serait pas seul.

Parce que la femme en jean qui l'avait fait rêver le soir où il l'avait rencontrée avait surmonté toutes ses craintes et son passé pour pouvoir être à lui, autant qu'il pouvait être à elle.

Il n'y avait pas de listes ni de tableurs pour ces coups du destin, ces appels de la chance.

Et Owen Gallagher se disait que cela lui convenait parfaitement.

FIN

Prochainement dans la série *Les Frères Gallagher* :

Murphy et Tessa bouleversent les règles du jeu dans Un nouvel espoir.

NOTE DE CARRIE ANN

Merci d'avoir lu *Une passion nouvelle*. Si vous avez aimé cette histoire, merci de penser à poster votre avis.

La série des *Frères Gallagher* est dérivée de la série *Montgomery Ink*. Je suis si heureuse de continuer à développer ce petit monde. Si vous n'avez pas encore découvert la famille Montgomery, *À l'encre déliée* est le premier tome de cette série.

Le prochain tome des *Frères Gallagher* est *Un nouvel espoir*. L'histoire de Murphy et Tessa me démangeait depuis un moment et je sais qu'elle sera corsée... Je suis impatiente de vous la faire découvrir.

Je vous remercie de m'avoir lue et j'espère que vous avez aimé les frères Gallagher !

Pour vous assurer d'être informés de toutes mes nouvelles parutions, inscrivez-vous à ma newsletter sur www.CarrieAnnRyan.com ; suivez-moi sur Twitter @CarrieAnnRyan, ou sur ma page Facebook. J'ai également un Fan Club Facebook où nous discutons de sujets divers, avec annonces et autres goodies. C'est grâce à vous que je fais ce que je fais, et je vous en remercie.

N'oubliez pas de vous inscrire à ma LISTE DE DIFFUSION pour savoir quand les prochaines publications seront disponibles, participer à des concours et obtenir des *lectures gratuites*.

Bonne lecture !

La série des *Frères Gallagher* :

Tome 1 : *Un amour nouveau*
Tome 2 : *Une passion nouvelle*
Tome 3 : *Un nouvel espoir*

3. Adam
4. Maddox
5. North
6. Logan
7. Quinn

Griffes
1. Gideon

Pour plus d'informations, abonnez-vous à la <u>LISTE DE DIFFUSION</u> de Carrie Ann Ryan.

Carrie Ann Ryan n'avait jamais pensé devenir écrivaine. C'est seulement quand elle est tombée sur un roman sentimental alors qu'elle était adolescente qu'elle s'est intéressée à cette activité. Lorsqu'un autre romancier lui a suggéré d'utiliser la petite voix dans sa tête à bon escient, la saga *Redwood* ainsi que ses autres histoires ont vu le jour. Carrie Ann a publié plus d'une vingtaine de romans et son esprit foisonne d'idées, alors elle n'a guère l'intention de renoncer à son rêve de sitôt.